NE JAMAIS CRAQUER POUR SON PLAN B

Surtout s'il est ton meilleur ami

Cœur à prendre
Tome 1

KATE O'KEEFFE

Wild Lime
Books

Copyright © 2025 par Kate O'Keeffe
ISBN: 978-1-991378-21-7

À mon père, qui me manque tous les jours.

Prologue

— CE N'EST PAS TOI, c'est moi.

Mon verre plein est à mi-chemin de mes lèvres et je cligne des yeux, incrédule, observant Zack de l'autre côté de la table en bois poisseuse du pub de Soho. C'est le garçon que je fréquente depuis presque deux mois (enfin, six semaines et cinq jours, mais ne soyons pas pointilleux). — Qu'est-ce que tu as dit ? je couine, ma voix perçant le brouhaha des conversations et de la musique – une ballade des années 80 sur le fait de ne jamais renoncer à l'amour dont nous riions il y a à peine quelques instants.

La situation me semble un peu ironique, maintenant.

Zack passe ses doigts dans sa tignasse de cheveux blond sable, les lèvres pincées. — Tu vois, le truc, Zara, c'est que tu es à une étape de ta vie qui est vraiment géniale et tout, et je pense que tu es géniale. Carrément géniale.

Jusqu'ici, tout est… *génial.*

— C'est juste que je n'en suis pas là. Même si je suis sûr que j'y serai un jour. Mais pas maintenant. Ni de sitôt, en fait. Je suis complètement ailleurs. Tu vois ?

Euh, non ?

— De quoi tu parles, exactement ? Tu m'as perdue il y a plusieurs étapes de ça. Je souris, en prenant la conversation à la légère, même si je suis presque sûre de ce qui va suivre.

— D'accord. Je vais être direct. Tu es là, dit-il en joignant ses mains au-dessus de la table. Et moi, je suis là. Il déplace ses mains de l'autre côté. Tu vois tout cet espace entre nous ? C'est le fossé entre nos étapes respectives, et aucun de nous ne peut traverser ce fossé parce que, eh bien, il y a des crocodiles mangeurs d'hommes entre nous. Compris ?

— Des crocodiles mangeurs d'hommes ? Je hausse les sourcils. Donc, je devrais m'en sortir, vu que je ne suis pas un homme.

— Ha ! Tu es drôle. J'avais oublié.

Je recadre la conversation. — Tu sais, quand tu as dit « ce n'est pas toi, c'est moi », on aurait vraiment dit que tu rompais avec moi. Je laisse échapper un rire suraigu pour lui montrer à quel point l'idée que nous rompions est ridicule. Nous sommes Zara et Zack. Zack et Zara. Nous ne rompons pas. Quand nous nous sommes mis ensemble, j'adorais la façon dont nos noms sonnaient comme un duo de pop des années 70. Et je pensais que nous avions quelque chose.

Zack, semblerait-il, n'est pas du même avis.

Son visage reste impassible. — Je veux absolument te garder dans ma vie. Ses sourcils sont froncés d'un air concerné tandis qu'il attrape ma main.

Je laisse échapper un souffle soulagé – et franchement surpris. — Bon à savoir. Tu m'as bien eue pendant un instant.

— C'est juste que…

Ah. Il n'a pas fini.

— … tu es à cette étape, là, où tu veux, genre, de *l'engagement*, et moi je suis à cette étape, là… Il recommence à gesticuler à propos de ses fichues étapes.

Je m'emporte, irritée : — Assez avec tes histoires d'étapes !

Les gens aux tables voisines tournent la tête dans notre direction. Je les ignore. À la place, je me force à me calmer avant de lui adresser un sourire tendu. — Je ne suis pas sûre que cette image fonctionne pour moi.

— Vraiment ? Parce que pour moi, elle fonctionne.

Visiblement.

Je pose mes mains sur la table poisseuse, puis me ravise, les relève et dis : — Tu es en train de rompre avec moi ?

Il plisse le nez et répond : — En quelque sorte… ouais.

L'espoir se ratatine en moi. — Je vois.

— Mais je veux toujours de toi dans ma vie, tu sais, comme plus qu'une amie. Genre, une amie sexy. Tu vois ?

— Une amie sexy ?

Qu'est-ce que j'ai bien pu lui trouver, à ce type ?

— Ce n'est pas parce qu'on n'est pas ensemble qu'on ne peut pas… tu sais. Quand on en a envie.

Mes sourcils remontent jusqu'à la naissance de mes cheveux. — Tu es sérieusement en train de me dire que tu romps avec moi et que tu veux que je sois ton plan cul ?

— Ce serait si mal que ça ? demande-t-il.

Je me lève brusquement, me surprenant moi-même.

Ma chaise tombe au sol dans un grand bruit, et je sais que la moitié du pub me dévisage maintenant. — Oui, Zack, ce serait mal. Très, très mal.

Il hausse les épaules. — C'est toi qui vois, Zara, mais tu sais bien que c'est logique.

Je saisis mon sac à main à l'arrière de la chaise renversée et dois me battre avec, car il s'est emmêlé. La chaleur me monte aux joues. — Non, ça n'a aucun sens, je réponds en essayant de reprendre un peu de contrôle sur la situation, même si je n'en ai absolument aucun. — Aucun sens. Tu peux rester à ta « place », et je resterai bien volontiers à la mienne. J'espère juste que les crocodiles mangeurs d'hommes ne découvriront pas qu'ils peuvent te trouver en rampant.

— Ne sois pas comme ça. Tu n'as même pas fini ton verre.

Je jette un coup d'œil au verre de vin intact sur la table. Ma main a un soubresaut. Ce serait si facile de le prendre et de le lui jeter au visage comme une *Real Housewife*, là, maintenant. Je résiste à la tentation. Je me suis peut-être fait larguer, mais j'ai encore ma dignité.

Alors, à la place, je lance : — À plus tard, sans avoir la moindre intention de le revoir un jour, puis je tourne les talons et sors du pub en trombe, les joues enflammées par l'humiliation. Une fois dehors, je prends une grande goulée d'air frais du soir.

Comment a-t-il pu me faire ça ? N'y avait-il pas quelque chose entre nous ? On était Zara et Zack. On était *bien*, ensemble.

N'est-ce pas ?

Je descends la rue bondée en trombe vers la station de métro, la colère, l'humiliation et le regret se disputant la première place dans ma tête.

La colère l'emporte, mais de justesse.

En tournant au coin de la rue, je commence à ralentir.

Si je suis tout à fait honnête avec moi-même, Zack n'était pas un si bon petit ami que ça. Pas vraiment. Il était assez égocentrique et nous n'avions pas grand-chose en commun. Je veux dire, j'ai essayé d'aimer ses goûts musicaux, mais écouter quelqu'un hurler à pleins poumons dans un micro ce qu'il pense des pirates — sérieusement, ça existe — ce n'est tout simplement pas mon truc, peu importe le temps qu'il a passé à essayer de me convaincre.

J'arrive à la station de métro, je passe ma carte Oyster en franchissant les tourniquets et je monte dans l'escalator qui descend.

Normalement, je ne prendrais pas aussi mal une rupture avec un gars que je connais depuis quelques mois. Je veux dire, ce n'est pas comme si on sortait ensemble depuis des années et qu'on avait parlé d'avenir ou quoi que ce soit. En fait, jusqu'à l'année dernière à la même époque, j'abordais la vie avec une attitude qui criait *carpe diem*. Je ne pensais qu'à faire ce que je voulais et à m'amuser en le faisant. Devenir sérieuse avec un mec — surtout un qui aime le rock pirate — ne m'avait même pas traversé l'esprit.

Et puis quelque chose s'est passé.

J'ai vieilli.

Bon, pas *vieilli* vieilli. Je n'ai pas quatre-vingt-quinze ans ni rien. J'ai eu vingt-neuf ans, cet âge charnière, la dernière année où l'on est officiellement jeune. On m'avait dit que ça pouvait arriver, que je pouvais changer. Et c'est ce qui s'est passé.

Je suis devenue sérieuse.

J'ai grandi.

Je sais, pas vrai ? Moi, Zara Huntington-Ross, l'insouciante, l'heureuse, la confiante. La fêtarde, qui ne pense jamais au lendemain. Juste vivre ma vie un jour à la fois, remplie de plaisir.

Et puis soudain, j'ai commencé à me concentrer sur des choses comme ma carrière de décoratrice d'intérieur et je me suis associée avec mon amie Scarlett, la personne la plus déterminée que je connaisse. Faire la fête avec mes meilleures amies, Tabitha, Lottie, Kennedy et Asher, est devenu moins important. Mince, je suis même restée à la maison certains samedis soirs, choisissant plutôt d'aller dans ma maison d'enfance et de passer du temps avec ma famille. Moi, élue *la plus susceptible de bien s'amuser* au lycée — d'accord, seulement par mes amis. Mais quand même.

Et les rendez-vous ? Les rendez-vous sont devenus moins un sport et plus une quête de l'Âme Sœur.

Ce qui m'a menée à Zack et à sa musique de pirates.

J'arrive sur le quai et une rame entre en gare dans un sifflement. En montant à bord, je trouve un siège et m'y affale lourdement. De l'autre côté du couloir, un type en kilt, qui ressemble à une mauvaise imitation de Jamie d'*Outlander,* me reluque. Je lui adresse un sourire qui veut dire *merci mais non merci*, et je regarde le noir par la fenêtre tandis que le train file à toute allure dans les tunnels souterrains.

Maintenant, à presque trente ans, j'ai l'impression que le temps m'est compté. Je ne suis plus une gamine. Si je veux tout — la carrière, le mari, une tribu d'enfants, quelques chiens et un poulailler dans le jardin — je dois rencontrer quelqu'un. Le problème, c'est que je ne rencontre que des abrutis comme Zack qui ne sont pas à la même « place » que moi, des mecs qui ont le luxe de ne pas avoir une horloge biologique qui bat dans leur tête comme un tam-tam.

Assise là, je fais ce que je fais toujours quand j'ai besoin de parler à quelqu'un. Je sors mon téléphone et je commence à taper un e-mail. J'ai besoin de réfléchir à tout ça, j'ai besoin de trouver une solution.

J'ai besoin de mon père.

CHER PAPA, je commence.

Tu sais, tous ces mecs avec qui je suis sortie et que tu n'approuvais pas ? Tu te souviens que tu disais toujours qu'ils ne cherchaient qu'à s'amuser, pas le genre de garçons avec qui tu voulais voir ta fille ? Eh bien, ça me coûte de l'admettre, mais tu avais raison.

Mais ne va pas te vanter pour autant.

Pour la première fois de ma vie, je veux quelque chose de plus que ce qu'ils peuvent m'offrir. Je veux rencontrer un homme qui me fera tourner la tête, comme tu l'as fait avec Maman.

Comment trouver le bon ?

Comment trouver un homme comme toi ?

J'aurais vraiment besoin de ton aide.

Tu me manques. Je t'aime.

Ta Za-Za xoxo

JE FIXE l'écran un instant avant d'appuyer sur Envoyer, puis je me penche en arrière contre le dossier du siège en vinyle. L'aspirant Jamie d'*Outlander* me lance un autre regard, alors je ferme les yeux et je pars du principe que si je ne peux pas le voir, il ne peut pas me voir non plus.

Très mature, je sais.

Chercher l'âme sœur, c'est *difficile*. Genre, vraiment, vraiment difficile.

Si seulement il y avait un moyen de savoir que si ma tentative de trouver l'amour échouait, je pourrais quand même obtenir ce que je veux. Je parle du mariage, des enfants, des chiens et des poules. Surtout des chiens et des poules.

Ce qu'il me faut, c'est un filet de sécurité, quelqu'un sur qui me rabattre au cas où ma quête de l'âme sœur échouerait.

Et là, ça me frappe comme un coup de poing dans le plexus solaire. Il me faut un plan B. Oui ! C'est ça qu'il me faut. J'ai besoin d'un homme sur qui je peux compter pour qu'il soit là pour moi si tout le reste échoue. J'ai besoin de quelqu'un pour me rattraper si je tombe, quelqu'un que j'aime bien, quelqu'un que je connais, quelqu'un avec qui je pourrais m'imaginer avoir tout ce que je veux, même sans amour romantique.

Le train s'arrête dans un crissement et une secousse, et je jette un coup d'œil par la fenêtre. Fulham Broadway. Mon arrêt.

Je descends du wagon et me joins à la file de gens qui montent vers le trottoir, perdue dans mes pensées. Une fois dans la rue, je passe devant un restaurant que je vois tous les jours et l'arôme délicieux du naan à l'ail et des épices indiennes vient me chatouiller les narines. Mon ventre gargouille dans l'espoir d'être nourri. Mon rendez-vous avec Zack ayant été écourté, j'ai complètement sauté le dîner.

Je lève les yeux vers l'enseigne et lis le nom, Bollywood Star. Je prends une décision sur-le-champ. Un poulet tikka masala et un naan à l'ail aideront certainement à guérir mon cœur. Ou du moins à remplir mon estomac.

Alors que je me dirige vers l'entrée, je jette un coup d'œil par la fenêtre et reste interloquée. Asher McMillan, l'un de mes meilleurs amis, est assis à une table. Mesurant plus d'un mètre quatre-vingts, avec sa peau mate et crémeuse, sa mâchoire carrée et ses épais cheveux bruns, il est difficile de le manquer. Ma belle-sœur, Emma, dit toujours qu'il ressemble à Taylor Lautner dans *Twilight*, mais avec son t-shirt. Et elle a raison (sur son apparence *et* sur son t-shirt). Sa barbe de trois jours accentue sa mâchoire, et ses yeux marron foncé sont toujours pleins de malice. En ce moment, ils sont rivés sur sa cavalière, une fille de type pom-pom girl aux cheveux blonds rebondis et aux cils si épais et si longs qu'ils doivent faire faire un sacré exercice à ses paupières à chaque battement.

Et elle en bat des cils en le regardant, ça, c'est sûr.

Mais j'ai l'esprit ailleurs.

Asher est le plan B parfait pour moi. Non seulement c'est l'un de mes meilleurs amis et il est super marrant, mais en plus il ne cherche rien de sérieux pour le moment — bien qu'il veuille se ranger un jour. Je le sais, parce qu'il me l'a dit lui-même. Mais pour l'instant, il papillonne, profitant de sa jeunesse, du fait d'être un bel Américain à Londres et de tout ce que ça implique.

De plus, c'est un type génial. Il me comprend. Il saura que ce n'est qu'un filet de sécurité, rien de sérieux. Il saura que je cherche l'âme sœur.

Je lève la main pour lui faire signe et, lorsque son regard croise le mien, il hausse les sourcils avant que son beau visage ne se fende d'un sourire. Je fais un geste pour lui dire que je viens m'incruster à son rendez-vous, puis j'entre dans le restaurant et je me fraie un chemin entre les tables jusqu'à la sienne.

Il se lève pour m'accueillir avec une brève étreinte et un large sourire. — Je t'ai dit d'arrêter de me harceler, Zee. Sérieusement, ça devient bizarre.

Mon petit rire se termine par un reniflement. — Comme si je me donnais la peine de *te* harceler.

— Eh bien, tu es censée être à ton propre rendez-vous avec Zeke ou Zane, ou je ne sais comment il s'appelle, et pourtant, te voilà en train de t'incruster au mien.

— C'est Zack, et on a rompu.

— Est-ce que je devrais être triste ?

Je pince les lèvres et secoue la tête.

— Tant mieux, parce que je détestais ce mec.

— Non, tu ne le détestais pas.

— Bah si. C'était un crétin.

— Ash, tu ne l'as rencontré qu'une seule fois.

— Et il a passé tout son temps à se regarder dans le miroir.

Je repense au moment où j'ai présenté Zack à mes amis. C'était dans mon pub habituel, où les murs sont couverts de miroirs. — Il pensait qu'il avait quelque chose de coincé dans sa barbe, je proteste.

— Toute la soirée ? demande Asher.

— Hum, hum.

Au même moment, nous nous tournons tous les deux vers la cavalière d'Asher, qui nous observe depuis sa table, l'air agacé sur son joli visage.

— Salut, vous vous souvenez de moi ? dit-elle d'un ton mielleux mais acerbe.

— Désolé, répond Asher. Je te présente mon amie, Zara. Zara, voici… Il s'interrompt en plein milieu de sa phrase, et je sais qu'il cherche le nom de la pauvre fille. Après un temps qui semble une éternité, il lance : « Caroline », et pousse un soupir de soulagement. Zara, je te présente Caroline, ma cavalière pour ce soir.

Les traits de son visage se durcissent, et elle hausse un sourcil dans sa direction. — C'est Caro*lyn*, pas Caro*line*.

— Oh, je suis vraiment désolé. Ça doit être mon accent. Je suis américain.

Ses traits s'adoucissent tandis que ses lèvres s'étirent en un sourire. — Ce n'est pas grave. Votre accent est tellement mignon.

Il l'éblouit de son sourire et, intérieurement, je lève les

yeux au ciel. Bon, d'accord, je les lève aussi extérieure-ment, parce que c'est tellement typique d'Asher. Il est assez beau et charmant pour s'en tirer après avoir oublié le nom de sa cavalière. Tandis que moi, je me souviens du moindre détail de mes rendez-vous et je me fais *quand même* larguer.

Le monde est vraiment injuste.

— Oh, merci, répond Asher, et ils échangent un regard qui me donne envie de vomir.

— Carolyn, ça vous dérangerait si j'empruntais Asher une seconde ? J'ai juste besoin de lui poser une petite ques-tion et après, il est tout à vous. Promis.

Son regard fait la navette entre Asher et moi, visible-ment en train de décider si elle doit nous laisser partir. Finalement, elle doit se dire que je ne représente aucune menace. Elle hoche la tête et dit : — Oui, mais ne le monopolisez pas trop longtemps.

— Je n'en ai pas l'intention. Je tire Asher par le bras et l'entraîne vers la sortie.

— Tu me fais abandonner ma cavalière ? demande-t-il alors que je pousse la porte pour sortir dans la rue. Parce que ça se passait plutôt bien.

Dehors, sur le trottoir, je me tourne pour lui faire face. — Si seulement tu arrivais à te souvenir de son nom. Je suis sûre que de toute ta vie, tu n'as jamais prononcé Caro*lyn* comme Caro*line*.

Il hausse les épaules. — J'ai trouvé que c'était déjà pas mal de m'en approcher. Il laisse échapper un petit rire avant de dire : — Même si j'adore me faire traîner hors des restaurants par de belles femmes, tu peux me dire de quoi il s'agit ? Je suis censé être à un rendez-vous avec une femme très séduisante qui s'appelle peut-être ou peut-être pas Caroline.

Je vais droit au but. Inutile de tourner autour du pot pour ça. — Asher, il faut que tu sois mon plan B.

Ses yeux s'écarquillent comme des soucoupes. — Pardon, ton quoi ?

— Mon plan B. Tu sais, si aucun de nous deux n'est marié à un certain âge, on se marie.

Il éclate de rire, dévoilant ses rangées de dents parfaites d'un blanc nacré en rejetant la tête en arrière. — Zara, tu es saoule ? demande-t-il.

Je croise les bras. Ce n'est pas la réaction que j'espérais. — Non.

— Tu es défoncée ?

— Non !

— Mais qu'est-ce qui te prend, alors ? Enfin, ce n'est pas tous les jours qu'une fille t'arrache à ton rendez-vous pour te demander en mariage.

Je laisse échapper un soupir d'exaspération. — Je ne te demande pas en mariage.

— C'est un peu l'impression que ça me donne.

— Tout ce que je dis, c'est qu'on devrait être le plan B l'un de l'autre. Comme ça, si aucun de nous ne trouve la bonne personne, on pourra quand même avoir des enfants, un mariage et tout le tralala.

— Waouh, Zara, je ne savais pas que tu ressentais ça pour moi.

Je lui donne une petite tape sur le bras. — Tu peux arrêter de plaisanter une seconde et m'écouter, s'il te plaît ?

— D'accord. Vas-y, raconte, toi qui veux m'épouser. Il pince les lèvres pour réprimer son sourire. Ça ne marche pas.

Je lui jette un regard qui en dit long.

— Pour que les choses soient claires, je ne suis pas en train de te demander en mariage. Tu serais une solution de secours, rien de plus. Si je ne trouve pas l'amour de ma vie, on se mariera en tout dernier recours.

— Tu sais vraiment comment flatter un homme.

— Justement, c'est ça le truc. Je n'ai pas besoin de te flatter, car je te veux seulement comme une sorte de filet de sécurité. Je ne suis pas amoureuse de toi, je ne veux pas coucher avec toi, ni t'épouser, ni avoir tes enfants.

Il mime un coup de poignard dans le cœur.

— Aïe. Ça fait mal.

— Tu n'es pas amoureux de moi et tu ne veux pas coucher avec moi non plus, alors arrêtons de dramatiser. Laisse-moi te dire ce que je veux.

— « Ce que tu veux vraiment, vraiment ? » me taquine-t-il, en citant mon groupe de filles préféré des années 90, les Spice Girls.

J'ignore sa plaisanterie et commence à faire les cent pas sur le trottoir, l'excitation montant face au génie de mon plan.

— Tu vois, je veux tomber amoureuse de quelqu'un. *Follement* amoureuse. Je veux le genre d'amour que je n'ai jamais connu, celui qui vous fait chavirer. Le genre d'amour qui dévore tout dans votre tête et dans votre cœur.

— Tu veux ton Grand Amour.

— Oui ! Le problème, c'est que ça fait un an que je cherche et je ne l'ai pas trouvé.

— Un an, ce n'est pas si long.

— Je sais, mais c'est mon anniversaire la semaine prochaine et...

— Et tu paniques, termine-t-il à ma place, et j'acquiesce à contrecœur. Trente ans, ce n'est pas si terrible, Zara. Crois-moi, vraiment pas. Je pense que tu y survivras, tout comme moi. Avec ou sans moi comme solution de secours.

— C'est différent pour une femme, Asher. On a cette horloge biologique qui fait tic-tac et qui sonne de plus en plus fort chaque jour.

— Tu ne peux pas investir dans des bouchons d'oreilles ?

Mon rire est plein d'exaspération. Ce que j'aime chez Asher — sa nature enjouée, sa capacité à prendre les choses à la légère — rend la situation bien plus difficile que je ne l'aurais imaginé.

— Tu peux être sérieux une petite minute, s'il te plaît ?

Son sourire s'efface.

— Bien sûr. Vas-y.

— Je me donne, je ne sais pas, cinq ans ? Oui, ça me semble bien. D'ici là, j'aurai trente-cinq ans, et c'est largement assez de temps pour trouver l'homme de mes rêves et pouvoir encore avoir plein d'enfants, de chiens et de poules avant qu'il ne soit trop tard.

Il hausse les sourcils.

— Des poules ? À *Fulham* ?

— Je déménagerai à la campagne, je réponds d'un geste de la main. Alors, qu'est-ce que tu en dis ? je le regarde avec des yeux pleins d'espoir. Il *faut* qu'il dise oui.

— Ça fait cinq ans et une semaine.

— Ouaip.

— Et tu chercheras activement ton Grand Amour.

— Ouaip.

— Et on sort tous les deux avec qui on veut d'ici là.

— Tout à fait.

Il étudie mon visage un instant pendant que je retiens mon souffle, puis il tend la main.

— Marché conclu.

Le bonheur bouillonne et éclate en moi alors que je jette mes bras autour de son cou et que je le couvre de baisers sur les joues.

— Merci, merci, merci !

Il rit en jetant un coup d'œil à son rendez-vous par la fenêtre, puis il détache mes mains de son cou.

— Peut-être un peu moins de démonstrations d'affection en public jusqu'à ce qu'on soit mariés. D'accord, ma petite femme ?

Je laisse échapper un gloussement excité.

— Tu n'auras pas à m'épouser, tu sais.

Ses lèvres s'étirent en un sourire.

— On peut toujours espérer.

Je le serre une nouvelle fois rapidement dans mes bras avant de lui dire au revoir et d'adresser un sourire satisfait à Carolyn à travers la fenêtre. Tandis qu'il retourne à sa table, j'achète mes plats à emporter, puis je descends la rue vers mon appartement d'un pas léger.

Allongée sur mon lit en pyjama une heure plus tard, je tape un autre e-mail avant d'éteindre la lumière et de m'endormir.

CHER PAPA,

Ignore mon dernier e-mail. J'ai trouvé une solution. J'ai mon filet de sécurité. Et bientôt, je sais que j'aurai mon Grand Amour.

Tu me manques. Je t'aime.

Ta Za-Za xoxo

Chapitre 1

— On se fait battre à plate couture. Tu dois sortir l'artillerie lourde, la reine de la soirée. Asher brandit sa queue de billard dans ma direction, un sourire en coin.

Je prends une gorgée de mon verre, je repousse mes longs cheveux bruns derrière mes oreilles et je jette mon plus beau sourire à Asher. — Je m'en occupe. Reste cool.

Il fronce les sourcils en tapotant l'épaisse tignasse brune sur sa tête. — Rester cool ? Je pense que tu peux constater qu'ils sont plutôt bien accrochés à ma tête.

— C'est une expression, Ash. Assez courante ici, en Angleterre. Je lui lance un regard en lui prenant la queue de billard des mains et j'examine la table pour trouver le meilleur angle de tir. — Et de toute façon, tu as trente ans. Les jours de ta luxueuse crinière sont peut-être comptés.

— Jamais. De. La. Vie. Il est hors de question que je perde mes cheveux.

Je lui lance un regard scrutateur. Même s'il perdait ses cheveux, il resterait un sacré tombeur. — Je t'imagine telle-ment bien en chauve.

— En chauve ? éclate-t-il de rire. — Pas cool, ma p'tite femme. Pas cool.

On s'appelle « ma p'tite femme » et « mon p'tit mari » depuis qu'on est devenus le plan B l'un de l'autre, il y a une semaine. C'est une plaisanterie inoffensive, car on sait tous les deux qu'on n'ira jamais jusqu'au bout.

— Mon père a la fin de la cinquantaine et il a une chevelure super épaisse, poursuit-il, visiblement toujours obsédé par ma remarque. — Son père aussi, et le sien avant lui. Vraiment, on a une longue lignée de cheveux épais et virils dans la famille McMillan.

Mes lèvres s'étirent en un sourire. — Ah oui ?

— Ouais. Il passe ses doigts dans ses cheveux, qui sont, je dois l'admettre, épais. — Ces bébés-là ne vont nulle part.

Je pose l'extrémité de ma queue de billard sur le sol et m'appuie dessus. — Tu sais ce que je pense ? Je pense que qui s'excuse s'accuse.

— Allez, Zara. Laisse ce pauvre gars tranquille, dit mon amie Kennedy en riant depuis sa place au bar. Son sourire parfait et ses longues mèches ont fait d'elle une des préférées des fans de l'émission de téléréalité *Mon Prince pas si charmant*. J'ai hérité de Kennedy par ma belle-sœur, Emma, qui était dans l'émission avec elle. Comme Kennedy l'a dit, en tant que célibataire dans une nouvelle ville, elle ne peut pas passer tout son temps avec des gens mariés, en particulier Emma et mon frère, Sebastian, qui sont follement amoureux et passent beaucoup trop de temps à se bécoter.

Elle avait besoin de se mêler à la population de célibataires de la ville.

— Merci, lui dit Asher. — Il faut qu'on se serre les coudes, nous les Américains.

— Carrément, acquiesce Kennedy en affichant son grand sourire.

— U.S.A. ! U.S.A. ! scande Asher, le poing en l'air comme s'il était dans un stade.

Mes amies Lottie, Tabitha et moi levons les yeux au ciel, dans un mouvement typiquement britannique.

— Tu me fais honte, Asher, dit Tabitha en finissant son verre. — Il nous faut une autre tournée. Tabitha est mon amie fofolle de l'école, le genre de fille qui *vit l'instant présent*. Comme j'étais avant. Il lui est déjà arrivé de finir une soirée coincée dans un arbre… ou dans une cellule de dégrisement pour ivresse sur la voie publique.

Elle est très amusante.

— Tu as toujours besoin d'une autre tournée, ma belle, observe Lottie, la plus adorable de mes amies et aussi ma colocataire, avec un sourire ironique.

— Où veux-tu en venir ? lui demande Tabitha.

Lottie lève les mains en signe de reddition. — Je dis ça, je dis rien.

— Vous savez quoi ? C'est dur d'être une Américaine à Londres parfois, dit Kennedy, détournant l'attention de Tabitha. — Pas vrai, Asher ?

— Tellement vrai, répond-il. — Comprendre ce que vous racontez est le premier obstacle. Comme « keep your hair on ». Qu'est-ce que ça peut bien vouloir dire ? Que mes cheveux vont s'envoler de ma tête dans un accident bizarre ?

— Personne ne pourrait t'accuser d'être obsédé par tes

cheveux, dis-je en riant. — L'expression veut dire « détends-toi ». Et tu sais, ce n'est pas nous qui prétendons que
c'est la différence d'accent quand on se trompe de prénom
avec un rencard.

— Tu as fait ça, Asher ? demande Kennedy, les yeux
ronds.

— Asher n'a pas vraiment de mal à être un Américain
à Londres, si l'on en croit toutes les filles britanniques qui
font la queue pour sortir avec lui. N'est-ce pas, Asher ?
demande Lottie de sa voix douce, mais avec une pointe
d'ironie. Lottie est peut-être la plus douce de notre groupe
d'amies, mais elle a du caractère à sa manière.

— Elles ne font pas la queue, proteste-t-il. — Enfin,
pas de manière formelle, en tout cas. C'est plutôt un
rassemblement aléatoire. Peut-être que je devrais leur
suggérer de former une file ? Ça me simplifierait beaucoup
les choses.

— Tu vois ? dis-je en secouant la tête. — Il se
débrouille très bien.

— Tire, Zee, me dit-il.

Je me positionne, j'ajuste mon tir et je frappe la bille
blanche qui envoie la numéro treize directement dans la
poche du milieu.

— Bien joué, ma p'tite femme, dit Asher, et on se tape
dans la main.

— Vous êtes tordants, tous les deux, dit Tabitha de sa
place, où elle est appuyée contre la table. Vous devenez le
plan B l'un pour l'autre et soudain, ce ne sont que des *ma
petite femme par-ci* et des *mon petit mari par-là*.

— Peut-être qu'Asher pourrait être le plan B de tout le
monde ? suggère Lottie avant d'ajouter : Non, attends. Ça
ne marcherait pas, à moins qu'on ne change les lois britanniques sur le mariage.

Je hausse un sourcil. — C'est pour ça que ça ne marcherait pas ? Parce que la polygamie est illégale ?

— Tu es en train de me dire que tu ne veux pas être ma coépouse ? demande Kennedy. Je suis vexée.

— Ouais, moi aussi, ajoute Tabitha avec un petit rire.

— Mesdames, mesdames, dit Asher. Inutile de vous battre pour moi.

Toutes les trois, nous éclatons de rire, et il nous lance un regard faussement vexé.

— L'ego d'Asher est de toute évidence bien vivant, observe Tabitha.

— Et vous savez qu'on ne va pas vraiment se marier, n'est-ce pas, les filles ? On est juste un filet de sécurité l'un pour l'autre. Cinq ans, c'est une éternité pour trouver l'homme idéal, j'explique.

— Je ne veux pas trouver l'homme idéal, nous dit Asher avec un sourire ironique, et je secoue la tête en le regardant.

— Non, tu veux juste un flot continu de Mlles Idéales-Pour-Le-Moment, dit Kennedy. Tu vas tenter ton coup, Zee, ou tu devrais simplement nous déclarer gagnantes tout de suite, Lottie et moi.

Je fais le tour de la table en réfléchissant au prochain coup à jouer. La décision n'est pas facile, car aucun coup n'est évident.

— Tu ne vas pas trouver de coup facile, dit Kennedy alors que je m'arrête pour examiner la table. En fait, je dirais que c'est à peu près le moment où tu vas perdre contre Lottie et moi. *Encore une fois.*

Je lui lance un regard qui dit *même pas peur*, je place ma queue de billard sur ma main, et poc ! Je frappe la bille blanche qui file à travers la table, visant la bille numéro 15. Elle atteint sa cible, envoyant la bille foncer droit sur la numéro 8 et la faisant tomber dans la poche. — Non ! je m'exclame, consternée.

— Oh, dommage, dit Kennedy en tapant joyeusement dans la main de Lottie.

Sans perdre de temps, Kennedy saute de son tabouret et pose sa main sur mon épaule. — Il est temps d'aller nous chercher notre prochaine tournée, je crois, Zee.

Je fais la moue. — C'était un coup difficile. Je ne pense même pas que tu l'aurais réussi.

— Tu as probablement raison, répond-elle avec un sourire, mais je prendrai ce verre quand même.

— Juste pour moi, la presque-fille-d'anniversaire ? je demande.

— Oui, répondent-elles en chœur, Lottie et elle.

Je prends leurs commandes et, avec Asher, nous nous frayons un chemin à travers le pub londonien bondé, avec son haut plafond en bois et ses longues fenêtres à vitraux. — Désolée. J'ai complètement foiré cette partie.

— C'était un coup délicat, répond Asher.

— J'imagine. Mais il y a une consolation. Au moins, on n'a pas perdu contre mon frère. Je déteste ça encore plus.

— On dit que c'est moi qui ai l'esprit de compétition. Je crois que j'ai assisté à toutes tes défaites au billard contre Sebastian. Ce n'est pas beau à voir.

Je secoue la tête. — Nous sommes en compétition depuis la naissance.

— Tu jouais au billard quand tu étais bébé ? Il écarquille les yeux d'une surprise feinte. — Waouh, précoce !

Je donne un coup de coude à mon ami. — Tu es hilarant. En fait, maintenant que j'y pense, je me demande s'ils font des queues de billard pour bébés ? Ce serait trop mignon.

Il glousse. — Mignon et dangereux. Tu as déjà vu beaucoup de bébés coordonnés ?

— Bien vu. Qu'est-ce que tu veux boire ? J'attire l'attention de la barmaid.

— Je vais commander. J'ai travaillé sur un truc.

— Ah oui ?

— Regarde.

Une barmaid demande : — Qu'est-ce que je vous sers ? Elle porte un badge sur lequel on peut lire *Priscilla*.

— Salut, ma poule, commence Asher, et je me tourne vers lui, surprise. J'prendrai une pinte de Newky, merci, l'ami.

Je plisse les yeux en le regardant. — Tu essaies de faire croire que tu as un grave trouble de la parole ou c'est ton imitation de l'accent cockney ?

— Hé ! Je trouvais ça plutôt bien.

— Ça ne l'était pas.

— Elle a raison, dit Priscilla, la barmaid. C'était horrible, mon pote, et je suis Australienne.

Asher fait mine d'être vexé. — Je trouvais ça génial. Je visais David Beckham.

— Ça ressemblait beaucoup plus à Dick Van Dyke dans *Mary Poppins* qu'à David Beckham, mon petit mari, je réponds. Désolée.

— Ouais, c'est exactement ça ! commente Priscilla. Dick Van Dyke avec ce faux accent cockney à la con.

— Et si tu m'apportais cette pinte, mon pote, et que je continue à m'entraîner ? dit Asher en riant.

Priscilla lui lance un regard hautain. — Pas de souci, Monsieur Van Dyke. Je m'en occupe. Autre chose ?

Nous passons en revue notre liste et payons nos consommations. Ensemble, nous les rapportons à travers le pub jusqu'à nos amis, juchés sur des tabourets de bar.

— Comment vont les affaires ? Tu as eu d'autres clients intéressants dernièrement ? me demande Kennedy alors que je prends une gorgée de mon verre de vin rouge.

— Oh, c'est Scarlett qui s'occupe de la plupart des nouveaux clients. Elle a beaucoup plus d'expérience que moi. Elle est décoratrice depuis des années et elle a eu des clients incroyables. Tu sais, des célébrités et des gens richissimes. Des gens qu'on voit aux infos.

— Comme des tueurs en série ? dit Asher.

— Non, Ash. Pas des tueurs en série. De vraies célébrités.

— Génial ! Quelqu'un qu'on connaîtrait ? demande Kennedy.

— Je ne suis pas censée le dire.

Tabitha hausse les sourcils. — La confidentialité client, c'est si important que ça dans la décoration d'intérieur, de nos jours ?

— Pour certaines personnes, oui, je réponds. Je jette un coup d'œil dans le pub avant de me pencher et tous les quatre m'imitent. Ce n'est pas comme si quelqu'un pouvait nous entendre dans ce pub bondé, mais on n'est jamais trop prudent, n'est-ce pas ? Les murs ont des oreilles, et tout ça. — Il y a ce client dont Scarlett s'est occupée seule parce que c'était assez délicat.

— Et alors ? la relance Kennedy.

— Et… disons simplement que le mot « royauté » pourrait s'appliquer à cette personne.

— La royauté ? dit Kennedy bien trop fort, et je lui fais signe de se taire pendant que mes yeux parcourent la pièce. — Lequel ? Harry et Meghan ont quitté le pays, donc ce ne sont pas eux. C'est Kate et Wills ? Oh, je parie que c'est Kate et Wills.

Je me penche en arrière sur mon tabouret et lève les paumes. — J'en ai assez dit, je réponds, comme si j'avais fait allusion à un secret d'État et non au fait que Scarlett a redécoré le nouvel appartement londonien d'un membre *très, très* mineur de la famille royale il y a un mois ou deux.

Le visage de Kennedy s'illumine. — Ma belle, c'est trop cool. La royauté.

— Si tu veux y croire, commente Asher.

— Quoi ? Pourquoi on ne devrait pas y croire ? je demande. Une vision aux cheveux platine se dirigeant vers nous attire mon attention. — Tu peux lui demander toi-même.

Scarlett Lamington, mon associée et amie, s'avance nonchalamment vers notre table. Elle est toujours habillée de façon impeccable, et ce soir ne fait pas exception. Elle porte une robe moulante qui s'arrête juste au-dessus du genou, ses cheveux platine tombent en boucles souples dans son dos et ses ongles fraîchement manucurés sont peints d'un rouge parfait. Avec son visage maquillé et ses talons vertigineux, on dirait qu'elle a sa place dans un endroit bien plus glamour que notre pub local.

— Je suis si contente que tu sois venue, je lui dis, alors qu'elle m'attire dans ses bras pour une accolade. Je respire à pleins poumons son parfum cher.

— Je ne manquerais ça pour rien au monde. On n'a pas trente ans tous les jours. Elle fait la grimace. — Dieu merci. Elle salue tout le monde avec un sourire chaleureux. — Comment allez-vous tous ? C'est un plaisir de vous revoir.

— Zara nous disait justement que tu avais fait de la décoration d'intérieur pour un membre de la royauté, Scarlett, mais elle ne veut pas nous dire qui, dit Kennedy tandis que Scarlett pose son joli petit derrière sur le bord d'un tabouret.

— Oh, je ne pourrais absolument pas le dire. Certaines personnes préfèrent la discrétion, dit-elle d'un air mysté-rieux. — Bon, avec qui dois-je coucher pour avoir un verre par ici ? Elle lance un sourire aguicheur à Asher.

— Je vais te chercher un verre, je propose en me levant

d'un bond. — J'ai payé la dernière tournée pour tout le monde, donc ce n'est que justice. Qu'est-ce que tu prendras ?

— Je prendrai un gin tonic. Un gin artisanal, s'il te plaît. Quelque chose comme mûre de Logan ou pamplemousse. Surprends-moi.

— Compris. Je sens une main sur mon bras.

— Reste assise et profite, future trentenaire, m'ordonne Asher. — Je vais te chercher ton verre, Scarlett.

— Merci, répond-elle.

Il me lance un sourire avant de partir vers le bar.

— N'est-il pas adorable ? Je pense qu'on devrait toutes avoir un Asher, dit Scarlett, et nous le regardons toutes les deux. Il est accoudé au bar pendant qu'il passe sa commande à Priscilla, et je me demande s'il essaie encore une fois son terrible accent cockney. J'espère que non, pour le bien de Priscilla.

Pendant que Kennedy, Tabitha et Lottie discutent entre elles, je lui demande : — Tu as eu des nouvelles de Josie Smith cet après-midi ?

Elle plisse son joli visage. — Elle a choisi Karina pour le design. Tu te rends compte ? Encore une cliente que l'on perd à leur profit.

La chaîne de décoration d'intérieur, Karina Design, a emménagé dans une grande boutique sur la rue principale, au coin de notre petite boutique, il y a environ trois mois, et nous perdons des clients depuis. Nous sommes clairement le David de ce duo David et Goliath, et ce n'est pas du tout une bonne sensation.

Mon estomac se noue. — Sérieusement ? C'est la quatrième cliente ce mois-ci qui nous laisse tomber pour la nouvelle boutique tape-à-l'œil de la rue principale. Qu'est-ce qu'on va faire ?

—Je sais, répond-elle en soupirant. Tout ce qu'on peut

faire, c'est continuer d'essayer de trouver de nouveaux clients. Faire une nouvelle vitrine ? Peut-être baisser nos prix ? Investir un peu de budget marketing dans plus de pubs ?

— Il faut qu'on fasse tout ça, et vite, sinon ScarZar risque de devenir une vieille relique.

— Ne parle pas comme ça, renifle Scarlett. Ça porte malheur.

Asher revient et pose un verre devant Scarlett.

— Qu'est-ce qui porte malheur ?

— Le fait de parler négativement de ScarZar, répond-elle. Elle prend une gorgée de son verre. — Ooh, c'est délicieux. Je sens les baies de genévrier, bien sûr, mais il y a autre chose dedans, non ? Qu'est-ce que c'est ? Du cassis ? De la rose ? Oh, je sais, de l'indigo.

— De l'indigo ? je demande en gloussant. Comment peux-tu avoir le goût de l'indigo ? C'est une couleur, non ?

— C'est une couleur de l'arc-en-ciel, non ? Même si je soupçonne fortement que personne ne sait vraiment de quelle couleur il s'agit, commente Asher en s'asseyant à côté de nous. Je veux dire, si c'est du violet, pourquoi ne pas dire que c'est du violet ?

— C'est pour ça que c'est *nous*, les architectes d'intérieur, je le taquine.

Il se penche plus près de nous et demande :

—J'ai bien entendu que vous perdez des clientes ?

— On va s'en sortir, répond Scarlett.

— Ça vous dit de décorer mon nouvel appart ? demande-t-il.

Je ris.

— Je te l'ai déjà dit, tu n'as pas les moyens de nous payer.

Il hausse les sourcils.

— Il faut que je supplie ?

— Tu es sérieux ? je demande en plissant les yeux.

— Est-ce que Kelly Slater est le plus grand surfeur de tous les temps ? demande-t-il.

Je jette un coup d'œil à Scarlett et nous gloussons toutes les deux. Je ne comprends rien à Asher quand il se met à parler de surf. Originaire de San Diego, il a pratiquement grandi sur la plage, et il est évident que ça lui manque.

— Je ne sais pas qui est cette nana, Kelly Slater, donc je ne peux pas répondre, réplique Scarlett.

— *C'est un homme*, qui détient le record du monde de surf, onze fois, et *il* a créé ce ranch de surf incroyable dans le désert californien où tu peux surfer sur une vague artificielle. Ce n'est pas la plage, mais c'est assez génial.

Scarlett lui lance un regard condescendant.

— Tu ne me convaincras jamais de me mettre au surf, Asher.

Il lève un sourcil dans sa direction.

— Ce n'est pas mon intention. Crois-moi.

— Asher, tu n'es pas obligé de nous engager pour décorer ton appartement, dis-je. Même si c'est gentil de ta part, on n'a pas besoin que nos amis et notre famille nous fassent la charité. On trouvera des clients.

— Écoutez, tu as vu mon nouvel appart, Zee. Il est super fade et ennuyeux en ce moment. Un peu de design lui ferait le plus grand bien.

— On a de vrais clients, tu sais. De vrais clients qui *paient*, dit Scarlett d'un ton sec.

— Je suis un vrai client qui paie, et je veux que Zara s'occupe du design de tout mon appartement.

Je croise le regard de Scarlett. Après un instant, elle dit :

— Il a l'air sincère.

Je souris à mon amie.

— J'adorerais le faire. Merci, Ash.

Ses lèvres s'étirent en un sourire qui illumine tout son visage.

— Génial. Passe la semaine prochaine et on lancera le projet.

Tabitha passe son bras autour de l'épaule d'Asher.

— Où est-ce que tu passes la semaine prochaine ?

Sa voix est pâteuse à cause d'un peu trop d'alcool.

— Je vais refaire la déco du nouvel appart d'Asher, je lui dis, et Kennedy et Lottie se joignent à la conversation.

— Oh, ton appart en a vraiment besoin, lui dit Kennedy. Sans tes planches de surf, il n'y aurait aucune couleur nulle part.

— N'oublie pas les canapés en cuir noir très masculins, dit Lottie.

— Est-ce que le noir peut être considéré comme une couleur ? demande Kennedy.

— Le noir, c'est le noir, ma belle, déclare Tabitha, toujours appuyée sur Asher. Hé, on peut porter un toast à la presque-fille-d'anniversaire ?

— Oh, oui. Allons-y, dit Scarlett.

Tout le monde prend son verre sur la table et le lève.

— À Zara, notre meilleure amie, qui est malheureusement la proie des ravages du temps, dit Tabitha avant d'avoir un hoquet sonore et de nous sourire à tous.

— Que diriez-vous de ça ? dit Kennedy. À Zara, la meilleure amie qu'une fille puisse avoir... oh, et qu'un Asher.

— Merci de ne pas m'avoir oublié, répond-il.

— À la meilleure amie qu'une fille et un Asher puissent avoir, répètent Lottie, Tabitha et Scarlett alors que nous trinquons tous et prenons une gorgée.

— On dirait que je suis mon propre genre, se plaint Asher.

— Tu l'es. Tu es Asher, je réponds.

— J'ai besoin d'un autre verre, annonce Tabitha après avoir vidé le sien.

— Je ne crois pas, ma belle. Lottie se lève d'un bond. — Allez, on te ramène à la maison. C'est un soir de semaine et les membres les plus âgés de notre groupe ont besoin de leur sommeil réparateur. N'est-ce pas, Asher et Zee ?

— Merci bien. Vous aurez tous trente ans avant même de vous en rendre compte, et de toute façon, il me reste encore trois jours dans la vingtaine.

— Je m'accroche désespérément à mes derniers mois, dit Kennedy.

Lottie pousse un soupir. — Ouais, moi aussi.

— Tu auras peut-être trente ans samedi, Zee, mais à mes yeux, tu ne fais pas un jour de plus que trente et un, dit Asher, ce qui lui vaut un coup de poing dans le bras de ma part.

— Ne l'écoute pas, ma belle. Tu es magnifique et on t'adore tous, déclare Tabitha. Et je ne dis pas ça uniquement parce que j'ai bu deux délicieux verres un peu trop vite et qu'ils m'ont rendue un tout petit peu pompette.

— Elle a raison. Tu es magnifique et on t'adore tous vraiment, approuve Lottie, tandis qu'Asher, Scarlett et Kennedy hochent la tête.

— Oh, merci les amis. Je leur lance un grand sourire. ScarZar a peut-être des difficultés en ce moment et je suis peut-être sur le point d'atteindre la trentaine tant redoutée, mais j'ai mes amis, ma famille londonienne.

Chapitre 2

LE LUNDI MATIN ARRIVE. Je sors de la station de métro de Kensington High Street et entame ma marche quotidienne vers notre boutique de design. Au début, nous avions pas mal de clients. Après avoir suivi ensemble des cours du soir en décoration d'intérieur, nous avions quitté nos emplois pour lancer l'entreprise : Scarlett était assistante marketing dans une boîte de tech et moi, graphiste. Nous étions incroyablement reconnaissantes de nous être fait un nom sur la scène londonienne de la décoration d'intérieur, même si c'était un tout petit nom.

Je sens mon pas ralentir, comme toujours, lorsque j'arrive devant Karina Design. Bien que nous adorions notre charmante petite boutique située dans la ruelle pavée, elle ne peut rivaliser avec ce grand magasin tape-à-l'œil et clinquant.

Nous sommes la quintessence du petit Poucet face à la grande chaîne de design, avec ses budgets colossaux et son armée de designers. Nous sommes un peu comme Meg Ryan face à Tom Hanks dans *Vous avez un message*. Même si je suis presque certaine que ni Scarlett ni moi n'entretenons de liaison en ligne avec la propriétaire de Karina, ne serait-ce que parce qu'il s'agit d'une femme de plus de 80 ans.

Aujourd'hui, la vitrine de Karina est nouvelle. On y voit un ensemble de chaises jaune canari suspendues au plafond par une corde, avec une mer de coussins aux teintes vives en dessous. C'est accrocheur et ingénieux, et je ne peux m'empêcher de ressentir une pointe de jalousie en pensant que notre vitrine ne fait qu'un quart de cette taille et que, notre boutique étant si petite, suspendre des chaises à notre plafond constituerait une violation des règles d'hygiène et de sécurité.

Le ressort complètement cassé, je continue mon chemin le long de la rue animée. Je m'arrête devant l'une de mes boutiques préférées, une animalerie appelée Penelope's Pooches, qui a toujours un chiot ou deux en vitrine. Aujourd'hui ne fait pas exception. Sérieusement, il est impossible de passer devant sans s'arrêter pour regarder. Je rêve d'avoir un chien depuis toujours, mais ça n'a jamais semblé être le bon moment.

Aujourd'hui, alors que je m'arrête devant leur grande baie vitrée aux boiseries bleu pâle et aux nuages suspendus au plafond par des ficelles, le plus adorable des petits museaux me dévisage.

Mon cœur rate un battement.

C'est mon chien.

Oui, je sais. Ce n'est probablement pas la pensée la plus rationnelle que j'aie eue aujourd'hui. Mais je m'y accroche.

Je contemple le chiot et me rapproche, jusqu'à presque coller mon visage contre la vitre froide. Le chiot bondit hors de son panier, sa queue remue si fort que son petit corps a du mal à suivre. Son expression semble me crier *Achète-moi ! Achète-moi ! Je suis à toi !* à chaque soubresaut de son petit corps. Bien qu'il soit petit, il semble avoir quelques mois.

— Salut, petit Jack Russell, dis-je à travers la vitre.

Pour toute réponse, le chiot penche la tête sur le côté, les oreilles dressées. Mon cœur bat peut-être normalement en ce moment, mais il a commencé à fondre sur le trottoir pour cette petite créature si impatiente de me voir.

Je décide d'entrer *juste* pour jeter un œil. Je sais, je sais. Personne ne se contente de *jeter un œil* à un chiot qu'il envisage de prendre pour ensuite repartir. En fait, c'est probablement un exploit humainement impossible. Mais qui sait ? Je suis peut-être cette personne à la volonté de fer.

Mais bon, peut-être pas.

Je pousse la porte, mais elle ne bouge pas. Je jette un œil à l'intérieur et vois deux personnes en combinaison de travail bleu pâle qui remplissent des étagères. Un coup d'œil au panneau m'indique que la boutique est fermée.

Je me retourne vers le chiot, dont la queue se remet à remuer violemment. — Je reviendrai plus tard, d'accord ? Tâche que personne d'autre ne te prenne.

Sa seule réponse est de me regarder fixement.

Après un dernier regard, je reprends à contrecœur ma marche vers la boutique.

Cinq minutes plus tard, je franchis la porte de notre boutique. Scarlett est au téléphone.

— Je suis vraiment désolée que vous ayez choisi de prendre une autre direction, Janice. Y a-t-il quoi que ce soit que nous puissions faire pour vous faire changer d'avis ? dit Scarlett derrière le bureau.

Je remarque ses traits tendus et j'ai le cœur qui tombe dans mes chaussettes. Je mime « Janice Cromwell ? » et quand Scarlett me fait un signe de tête sinistre, je sais que nous venons probablement de perdre l'un de nos plus gros nouveaux clients.

— Non, je comprends. Ils ont une bonne réputation, vous avez tout à fait raison, continue-t-elle alors que je retourne le panneau de « Fermé » à « Ouvert ». Nous sommes peut-être beaucoup plus petites, mais nous avons cette touche personnelle que tant de clients apprécient, et nous...

Elle s'interrompt au milieu de sa phrase et je me mords la lèvre.

— Oui, merci, Janice... d'accord... si jamais vous changez d'avis, vous savez où nous trouver... Oui, je comprends. Elle raccroche et lève les yeux vers moi. — Janice Cromwell et son hôtel particulier de cinq chambres près de Sloane Square n'estime plus pouvoir poursuivre notre relation de travail. Elle laisse tomber ses épaules en poussant un soupir résigné.

— Ne me dis rien. Karina ?

— Ouep. Encore un chèque bon pour la déchiqueteuse.

— Oh, Scarlett. C'est terrible. On avait déjà tellement travaillé sur le design.

— Je sais, mais c'était une perte de temps. Janice Cromwell a abandonné le navire et a rejoint le Côté Obscur.

Je la regarde ouvrir notre agenda partagé, que nous utilisons pour suivre nos rendez-vous respectifs afin qu'au moins l'une de nous soit toujours à la boutique. Elle supprime l'entrée de Janice et, en un instant, notre semaine paraît tristement vide.

— Ne perds pas espoir, dis-je en essayant de rester optimiste.

Elle se force à sourire. — Tu as raison. On trouvera d'autres Janice Cromwell, avec son budget énorme et ses goûts de luxe.

— Bon, au moins, on a Asher, dis-je avec un grand sourire.

Elle grogne. — Ce ne sont pas des amis qui nous rendent service qui vont nous permettre de nous acheter une île, ma belle.

— Je sais, mais c'est un début.

Le téléphone de Scarlett sonne de nouveau. Elle décroche et dit bonjour en se dirigeant vers la réserve et la minicuisine à l'arrière de la boutique.

Restée seule, je lisse ma queue de cheval tout en inspectant la boutique. Nous avons reçu la semaine dernière un canapé en velours vert foncé, somptueux et luxueux, que j'ai mis en scène avec une collection de coussins aux tons de pierres précieuses et un lampadaire en laiton. C'est le genre de canapé dans lequel on pourrait imaginer des topmodèles s'enfoncer, l'air terriblement glamour, et je souris chaque fois que je le regarde.

Je remarque qu'un livre sur le paysagisme n'est pas centré sur la table basse en laiton et en verre, alors je le redresse.

Je jette un œil par la fenêtre, espérant voir un groupe de nouveaux clients potentiels se précipiter vers la porte, mais la ruelle tranquille est vide, à l'exception d'un chat écaille de tortue qui flâne sur les pavés.

— D'accord, ma belle. Il faut que je file. Bisous. *Ciao, ciao, ciao.* Scarlett lance son au revoir caractéristique en raccrochant. Je ne l'ai jamais entendue dire un simple *salut*. Elle n'est même pas italienne. Elle vient de Solihull, mais on ne le devinerait jamais à son accent.

— C'était sympa hier soir, dis-je pour changer de sujet et éviter celui, déprimant, d'avant.

— Ce n'est pas tous les jours qu'une de mes meilleures amies atteint un âge si scandaleusement avancé, me taquine-t-elle.

— Encore trois jours, tu te souviens ? Et puis, tu auras trente ans à la fin de l'été, tu sais.

Elle se bouche les oreilles et fredonne : — La la la la la. Si je ne t'entends pas, ça n'arrivera pas.

Je lui souris. — Le déni n'est pas qu'un fleuve en Égypte, à ce que je vois.

— Au moins, tu as droit à une grande fête à Martinston, dit-elle en nommant la maison de campagne de ma famille, où vivent encore tous les miens, sauf moi. J'ai acheté une robe magnifique à porter samedi. Je veux être belle pour Harry.

— Tu sors toujours avec Harry Honeydew ?

— Oh que oui ! C'est un super parti. Pas question que je le laisse tomber.

— Parce qu'il te plaît. C'est bien ça ?

— Oh, ça aussi, répond-elle d'un geste de la main. On sera tous les deux là pour compatir avec toi.

— J'aurai trente ans, je ne serai pas morte. Et tu sais quoi ? Ça ne me dérange pas d'avoir trente ans. En fait, je pense que ça va être plutôt merveilleux.

Elle lève un sourcil. — « Merveilleux », c'est peut-être un peu fort, ma belle. C'est un pas de plus vers la tombe ou, pire : les rides. Elle frémit de façon théâtrale.

Je lève les yeux au ciel. — Tu es *vraiment* une drama queen.

— Les rides sont un danger réel et imminent à notre

âge, Zara. Tu dois les prendre au sérieux. Elle me lance un regard lourd de sens et, gênée, j'examine mon visage dans le miroir doré.

— Tu sais, avoir trente ans, ce n'est pas la mer à boire. Je me suis fait à l'idée.

— Ah oui ?

Bien que j'aie parlé à mes amies les plus proches – Tabitha, Kennedy et Lottie – d'Asher comme mon plan de secours, je n'en ai pas encore parlé à Scarlett. Mes meilleures amies savent que c'est juste un filet de sécurité, que je ne finirai pas par *épouser* ce type. Quelque chose me dit que Scarlett ne comprendrait peut-être pas aussi bien qu'elles.

— J'ai un plan.

— Tu vas faire du Botox ! déclare-t-elle avec enthousiasme.

— Non. Pas un plan *anti-rides*, Scarlett. Plutôt un projet de vie.

Elle lève au ciel ses yeux gris soulignés d'eye-liner. — Ne me dis pas que tu es devenue l'une de ces adeptes des coachs de vie qui ne peuvent rien faire qui ne soit pas dans leur grand plan. Qui vas-tu voir ? Pas Delilah Sorbonne, j'espère ? Elle m'a dit que je devais travailler avec des oursins. Sérieusement, c'est quoi ce délire ? Peut-on même trouver un travail avec des oursins ? Elle frissonne. Beurk.

— Pas d'oursins. J'ai un plan pour obtenir ce que je veux, c'est tout.

— Qu'est-ce que tu veux ?

— Ce que je veux, ce que je veux vraiment ? dis-je, en répétant la réplique d'Asher tirée d'un groupe de filles des années 90.

Scarlett me regarde comme si j'avais perdu la tête. — Tu me cites les Spice Girls, maintenant ?

— C'est une blague.

— Pas ta meilleure, ma belle. Je te le redemande : qu'as-tu décidé de vouloir ?

— Tu sais comment c'est, la jungle des rencontres. C'est effrayant et imprévisible.

— C'est le moins qu'on puisse dire.

— Donc, je me suis trouvé un plan B au cas où les choses tourneraient mal pour moi côté cœur. C'est mon filet de sécurité. Si je ne rencontre pas l'homme de mes rêves dans les cinq prochaines années, je l'épouserai.

— Tu l'*épouseras* ? Zara, tu es vraiment devenue folle. Elle lève les bras au ciel. — Ça y est. ScarZar est mort. Les hommes en blouse blanche vont venir t'embarquer avant la fin de la journée et je me retrouverai toute seule à me battre contre Karina.

— Puis-je te rappeler ma remarque précédente sur ton côté « reine du drame » ?

— Ma belle, tu dois admettre qu'épouser un type en guise de plan B, ça penche carrément du côté de la folie.

— C'est un plan pragmatique.

— Et c'est qui, ce plan B, au fait ?

— Asher.

Sa mâchoire se décroche. Littéralement. — Asher ? C'est *lui*, ton plan B et… et il a accepté de t'épouser ?

— Ben oui, mais pas avant cinq ans. Et de toute façon, ça n'arrivera pas. C'est un plan de secours. Rien de plus.

Elle me regarde avec des yeux éberlués. — Mais il est magnifique.

Je suis légèrement vexée.

Elle pince les lèvres. — Je crois que c'est la chose la plus bizarre que j'aie entendue de toute ma vie : toi, épousant Asher. Et l'amour ? Et les âmes sœurs ? Tu ne veux pas de tout ça ?

— Oh, ne te méprends pas. Je cherche toujours mon

âme sœur. Sauf que de cette façon, je peux prendre mon temps pour le faire, en sachant que si je ne la trouve pas, je pourrai quand même me marier et avoir une famille. C'est le plan parfait, et cinq ans, c'est largement assez de temps pour la trouver, tomber amoureuse et me marier.

Scarlett a l'air tout sauf convaincue. — Je suppose, oui.

— Je pense aussi prendre un chien.

Elle secoue la tête comme si je lui avais donné trop d'informations et qu'elle essayait de faire de la place dans son cerveau. — Vraiment ?

— Tu sais que ça fait des lustres que je veux un chien. En arrivant aujourd'hui, j'ai vu celui que je veux dans la vitrine de Penelope's Pooches. Je souris en pensant au chien adorable dans la vitrine.

— Quelle race ?

— La meilleure. Un Jack Russell.

— Trop mignon ! Waouh, Zara. Un chien, un plan B. Tu fais ta crise de la trentaine ou quoi ?

— J'ai trente ans, pas cinquante.

— Parle-moi encore du chien. Oh, il pourrait venir ici et être le chien de la boutique ! Les gens adoreraient.

— Je sais ! C'est exactement ce que je me disais. Tu vois cette boutique de robes près de King's Road, avec le petit caniche nain noir ?

— J'adore aller dans cette boutique.

— Et tu sais pourquoi ?

— Tu vas me dire que c'est à cause du chien et non des magnifiques robes.

— C'*est* le chien. Et les robes. Mais surtout le chien. Ce chien rend l'endroit plus convivial, plus détendu. Il lui donne une personnalité à part entière. C'est ce que mon chien fera pour cet endroit.

— J'aime bien l'idée. On pourra faire des photos de nos intérieurs avec le chien dessus, assis là, tout mignon comme un Jack Russell. Ça pourrait être notre signature, un raccourci pour montrer à nos clients potentiels qui nous sommes et quelle est notre philosophie.

Je glousse, l'excitation débordante. — Ça fait beaucoup pour un seul petit chien, mais j'adore.

Elle sourit. — Tu sais quoi ? Je pense qu'un chien de boutique pourrait être exactement ce dont nous avons besoin. Est-ce que je peux venir avec toi quand tu iras le chercher ?

— Bien sûr que tu peux ! Je la serre dans mes bras en lui donnant une petite étreinte. — Tu ne vas pas le regretter.

— Tant que le chien ne pue pas.

Je lui souris radieusement. — Il sentira la rose. Promis.

La clochette au-dessus de la porte tinte et une mère et sa fille entrent. La mère porte ce que j'aime appeler l'Uniforme de Kensington : une robe droite arrivant au genou sous un manteau élégant bien coupé et un rang de perles. Toujours un rang de perles. La fille, en revanche, est une gothique. De longs cheveux noirs, un fond de teint blanc sur le visage avec des yeux cerclés de noir, et chaque vêtement qu'elle porte est noir, noir, noir.

— Bonjour, mesdames, et bienvenue chez ScarZar Interiors. Comment puis-je vous aider ?

— Ma fille a emménagé dans un nouvel appartement et la décoration est tout simplement hideuse, dit Mme Uniforme de Kensington.

— M*aaaaa*man, se plaint la fille, l'air mortifié. Elle n'a probablement que dix-huit ou dix-neuf ans et est encore profondément gênée par sa mère. Ce n'est pas si terrible.

— Oh, ma chérie, si. C'est tout simplement affreux. Le papier peint se décolle des murs, et toi et tes amis, vous êtes tous assis sur des poufs poires au lieu de chaises. Je crois même avoir aperçu une caisse de bière dans le coin. Une caisse de bière !

— Ça s'appelle rustique, Maman, répond la fille en levant les yeux au ciel et en laissant entrevoir son piercing à la langue.

— Non, ma chérie, ça n'a tout simplement aucun style, voilà ce que c'est. Elle se retourne vers moi. Ma fille a besoin d'une cure de désintoxication en matière de design.

Je leur offre un sourire. — Eh bien, je suis sûre que nous pouvons vous aider avec ça. Que cherchiez-vous exactement ? Des chaises et un canapé, je suppose ? De nouveaux revêtements muraux, et peut-être une table basse pour remplacer la caisse de bière ?

— Je veux que tout soit refait. Le salon, la chambre, la salle à manger. Est-ce que vous vous occupez aussi des espaces extérieurs ? demande-t-elle.

Scarlett se matérialise à mes côtés. — Est-ce que je vous ai entendue dire que vous vouliez redécorer tout l'appartement ? Bonjour, je suis Scarlett. Zara et moi sommes les propriétaires de ScarZar.

— Victoria Hamilton, et voici ma fille, Chloe.

Nous nous serrons toutes la main, la fille comme si c'était la chose la plus inconfortable qu'elle ait eu à faire de toute sa vie.

— Ravie de vous rencontrer, Victoria et Chloe, dit Scarlett avec un sourire. Quelle direction stylistique vous intéresse ?

La grande fille dégingandée hausse les épaules. — J'-sais pas.

— Et c'est bien là le problème, la réprimande sa mère en levant les yeux vers nous.

— Je dis toujours que si on ne défend rien, on tombe dans tous les pièges, dit Scarlett en essayant de se faire passer pour une sorte de sage gourou du style, même si je sais qu'elle ne fait que citer une chanson de Katy Perry. Alors, que diriez-vous si je vous expliquais ce que nous pouvons faire pour vous ?

Victoria rayonne. — Ça a l'air formidable. N'est-ce pas que ça a l'air formidable, Chloe ?

— J'imagine, est sa réponse follement enthousiaste.

— Nous pouvons tout faire : moderne, glamour hollywoodien, rustique-chic, rustique-chic moderne, chic campagnard moderne… Tous les styles rustiques. Ensuite, il y a l'ultra-moderne, le style loft, le style Hamptons bien sûr, le classique bleu et blanc. Et n'oublions pas qu'il y a…

Je regarde les yeux des clientes devenir vitreux. Enfin, pour être honnête, les yeux de Chloe étaient déjà vitreux bien avant que Scarlett ne commence, mais maintenant sa mère a aussi l'air d'un chevreuil pris dans les phares. Scarlett a l'habitude de bombarder les gens avec beaucoup trop d'informations. Bien sûr, elle connaît son affaire, mais elle n'a pas besoin de le prouver à chaque personne qui passe la porte.

Le fait que Karina nous vole nos affaires y est pour beaucoup.

— Je perçois une ambiance maussade chez vous, Chloe, sombre avec des touches baroques, j'interviens, ce qui me vaut un regard surpris de Scarlett. Ai-je raison ?

— Peut-être ? Elle ne me donne pas grand-chose.

— Et si je vous montrais quelques exemples de ce dont je parle ?

Son visage s'illumine pour la première fois depuis qu'elle est entrée dans la pièce. — Bien sûr.

Je l'emmène avec sa mère devant l'ordinateur, où j'affiche des exemples de style gothique. — Vous voyez les tons plus sombres, mais toujours avec des murs clairs et de la lumière naturelle pour créer un contraste ? Est-ce que ça ressemble à ce qui vous intéresse ?

Le regard de Chloe se tourne vers sa mère. — Ça te plaît ?

— Je trouve ça affreux, mais si ça te plaît, ma chérie, alors je suis heureuse de payer pour. Tant qu'il n'y a rien de tout ça, s'exclame Victoria en montrant une image d'une pièce aux allures de donjon avec des murs couverts d'épées.

— Je comprends parfaitement, je réponds avec un sourire. Une pièce peut avoir trop d'épées sur les murs.

— Je ne veux pas d'épées, mais j'aime bien le style, dit la fille.

— Et si j'allais dans l'arrière-boutique chercher quelques échantillons de tissu ? Nous pourrons les utiliser comme tremplin pour élaborer un plan de style.

— Merveilleux, répond Victoria.

— Asseyez-vous, dis-je en désignant le canapé en velours vert. Je reviens tout de suite.

Alors que je farfouille dans notre vaste collection d'échantillons, Scarlett se glisse vers moi.

— Je suis désolée, j'ai encore exagéré, n'est-ce pas ?

— Ce n'est rien. Essaie juste de ne pas leur déballer tout notre catalogue dès qu'ils passent la porte de la boutique. Ça peut effrayer les gens. Et puis, c'était assez évident que la fille allait opter pour un style gothique, avec son air de morte-vivante. La palette bleu marine et blanc style Hamptons n'allait pas vraiment convenir.

— Bien vu. Je vais me calmer. J'ai paniqué. Le fait de perdre autant de clients au profit de Karina ces derniers temps me travaille beaucoup.

— Je comprends. Ça m'arrive aussi. Mais c'est une véritable opportunité, alors saisissons-la, d'accord ?

Son expression crispée laisse place à un sourire timide.

— On en a besoin.

— C'est vrai.

— Dis donc, tu n'as pas ce rendez-vous avec ton futur mari bientôt ?

— Mon futur mari ? Ah, c'est vrai. Tu parles d'Asher. Je jette un coup d'œil à l'horloge murale d'imitation baroque. J'ai rendez-vous avec lui dans son appartement à Notting Hill dans un peu plus d'une demi-heure.

Elle me prend les échantillons des mains.

— Vas-y, fais ce que tu as à faire. Je prends le relais et je promets solennellement de n'aveugler personne avec mes connaissances encyclopédiques.

Je glousse.

— Ton problème, c'est que tu en sais trop.

Elle me sourit.

— C'est dur d'être une experte. Maintenant, va voir ton mari.

Je prends mon sac à main, je glisse ma tablette dans son étui et je lance :

— C'est juste un plan de secours, Scarlett.

Elle me sourit.

— Continue de te le répéter.

Chapitre 3

J'ARRIVE devant l'immeuble d'Asher avec une minute d'avance pour notre rendez-vous. Comme j'avais quelques minutes à tuer, je me suis arrêtée au Starbucks pour nous prendre des cafés. Il faut bien contenter les clients, vous savez, surtout quand c'est un de vos meilleurs potes.

Même si j'étais déjà venue une fois dans le nouvel appartement d'Asher, c'était juste pour regarder un match de baseball il y a quelques semaines et, à part remarquer que l'endroit semblait vide, je n'y avais pas vraiment prêté attention.

— Allô ? résonne sa voix dans l'interphone.

Je souris à la caméra en brandissant l'un des gobelets.

— Un cappuccino double dose, lait entier, extra-mousse et chocolat.

— Si c'était juste toi sans le café, je ne t'aurais peut-être pas laissé entrer, réplique-t-il alors que l'interphone sonne et que la porte s'ouvre d'un déclic.

— Tu es un vrai comique, toi.

Je monte les trois volées de marches jusqu'à son étage et il m'accueille dans le couloir avec un grand sourire, son téléphone collé à l'oreille.

— Ça me va. Je vais voir avec Chris et je te tiens au courant… Ok… Ouais, d'accord. Écoute, Geoff, je dois te laisser. J'ai ma future femme juste en face de moi, un café à emporter à la main.

Je hausse un sourcil.

— Je t'expliquerai une autre fois. On se voit au bureau plus tard.

Il termine son appel et glisse son téléphone dans la poche arrière de son pantalon.

— Du café livré en personne. Un homme pourrait s'habituer à ce traitement.

— N'y pense même pas. C'est une exception, même si tu racontes à tes collègues que je suis ta future femme.

Je lui tends son café.

— Ce que je ne suis pas, au passage.

— Eh bien, tu l'es jusqu'à ce que tu trouves l'homme de ta vie.

Il n'a pas tort.

Il s'écarte pour me laisser entrer dans son appartement.

— Entre, je t'en prie.

J'entre dans son grand salon spacieux. Je parcours l'espace de mon œil d'architecte d'intérieur. J'avais remarqué sa taille lorsque nous avions regardé le match ensemble il y a quelques semaines, mais je n'avais pas pleinement apprécié le magnifique parquet, la brique apparente sur l'un des murs, ni les moulures sur mesure des hauts plafonds. Avec ses murs nus, ses fenêtres sans rideaux, sa télévision surdimensionnée au-dessus de la cheminée et ses canapés en cuir noir conçus pour le confort plutôt que pour le style, l'endroit crie *garçonnière* d'une voix forte et masculine.

— Tu sais, Asher, j'adore ce que tu as fait de cet endroit. Tu as vraiment l'œil, dis-je avec un sourire sardonique.

— Est-ce que tu traites tous tes clients avec un tel dédain, ou est-ce que tu réserves ça à ceux qui sont diablement beaux ?

Je glousse.

— Seulement à ceux qui sont diablement beaux. Sérieusement, par contre, cet appartement est génial. Il a tellement de potentiel.

Je déambule dans le salon et la cuisine décloisonnés. Je désigne du doigt sa collection de trois planches de surf dans le coin, près de la fenêtre.

— Des planches de surf, c'est tellement utile à Londres. Tu dois t'en servir... *jamais*.

— Elles me rappellent la maison.

— Et Kelly Slater.

— Au moins, quelqu'un m'écoutait hier soir.

— C'est mignon, ta passion pour un mec qui s'appelle Kelly.

— Pour la dernière fois, c'est une pointure.

Je lui souris.

— Tu es si facile à taquiner, mon mari.

Je montre un espace vide près de l'une des grandes fenêtres.

— Toujours pas de table de salle à manger, hein ?

— Je me suis dit qu'il valait mieux avoir l'avis de ma

designer avant de faire flamber la carte de crédit. Mmm, bon café.

Je me dirige vers le bord de la pièce et me retourne pour l'examiner. Avec les fenêtres dans mon dos, l'endroit est inondé de soleil et, bien qu'il soit dépourvu de meubles, je vois à quel point il pourrait être incroyable.

— Tout d'abord, avant de faire des suggestions et de m'emballer pour ce projet, est-ce que tu vas sérieusement me laisser décorer cet endroit ?

— Je ne suis pas juste sympa, si c'est ce que tu demandes.

—Je préférais vérifier.

Il ouvre grand les bras.

— Tu ne vois pas que j'ai besoin de ton aide ?

— Cet endroit est si vide, ce serait le lieu idéal pour yodler un peu.

Il met ses mains en porte-voix. — Écho, écho, écho !

— Plutôt yodel-ee-hee-hoo, je chante.

Il secoue la tête, un sourire se dessinant sur ses lèvres. — Zee ? Ne refais plus jamais ça.

— Quoi ? Pourquoi ? J'ai joué Liesl dans la production de *La Mélodie du bonheur* de mon école, sache-le.

— Liesl ne yodlait pas.

— Oh, c'est là que tu te trompes. Si, elle yodlait, dans la chanson sur le chevrier.

Il hausse un sourcil. — Comment tu sais ça ?

Je tapote le côté de ma tête. — Il y a beaucoup d'infos là-dedans, tu sais. Je sors ma tablette, et nous nous asseyons tous les deux sur son canapé moche, mais — il faut l'admettre — extrêmement confortable. — À quel style tu penses ?

—Je sais pas. Confortable ? C'est un style, ça ?

— Ça peut l'être.

J'allume la tablette et, aussitôt, l'image du plus exquis

des flacons de parfum en verre rayé, opaque et transparent, avec un bouchon en argent ouvragé apparaît sur l'écran.

— C'est quoi, ça ? demande Asher.

— Le flacon de parfum de mes rêves. Un jour.

— Tu as tout un tableau Pinterest consacré aux flacons de parfum ?

— C'est mon truc, je réponds, sur la défensive.

— Hum.

Je le regarde du coin de l'œil. — Ça veut dire quoi ?

— Rien. C'est juste que je ne savais pas que le porno de flacons de parfum existait.

— Tu es hilarant.

— Tu les collectionnes ou quelque chose comme ça ? Parce que je peux te donner un flacon vide de mon eau de Cologne, si tu veux. Ou de mon déo, si c'est aussi ton truc.

— Ce serait un non catégorique. Les flacons de parfum sont de magnifiques œuvres d'art. Certains peuvent être chers, par contre. Celui-ci, en particulier, est une antiquité en verre de Murano.

— Il est joli.

— Tu dis juste ça parce que mon secret est découvert. Tu sais maintenant que j'ai un faible pour les petits flacons en verre.

— Non. Je suis sérieux. J'ai appris quelque chose de nouveau sur Zara Huntington-Ross aujourd'hui, et ça me plaît assez.

Je glisse mes yeux vers les siens, incertaine de son sarcasme. L'expression sur son visage me dit qu'il est sincère. — On passe à ton appartement ?

— Bien sûr.

Je tapote l'écran pour afficher le tableau d'inspiration que j'ai préparé pour lui.

— Dis-moi ce que tu préfères parmi ces images. J'affiche un tableau que j'avais composé pour lui avant d'aller à la boutique ce matin. — J'ai essayé de penser à un « repaire de célibataire stylé » pour toi. Rien de trop chargé. Des lignes simples et épurées.

Il examine l'écran. — J'aime bien celle-là, dit-il en montrant une pièce dans une palette plus sombre avec un canapé d'angle en cuir havane, un tapis de sol crème et un lustre moderne qui ressort sur le mur ́de briques apparentes. — J'aime bien le truc-pendant-du-plafond.

— Ça s'appelle un lustre, Asher.

— Ça fait féminin, je trouve, et je suis profondément masculin, comme tu le sais. Une lueur brille dans son regard tandis que les coins de sa bouche tressaillent.

— C'est ce qui me vient à l'esprit quand je pense à toi : profondément, profondément masculin. Et ce plafond ? Je pointe une autre image. — Tu vois comment ils ont utilisé des rangées de lumières pour mettre en valeur les moulures ? N'est-ce pas incroyable ? On pourrait totalement faire ça ici.

Nous levons tous les deux les yeux au plafond.

— Ce serait cool. Avant que j'oublie, il y a une chose ici qui n'est pas négociable.

Je regarde la télé au-dessus de la cheminée. — Laisse-moi deviner. Ta télé.

— Exactement.

— C'est pour que tu puisses rester chez toi à regarder les rediffusions de *Des jours et des vies* parce que t'es pathétique et que tu n'as pas d'amis ? je demande avec un air faussement innocent.

— Ouais. C'est ça. Je suis le genre de mec qui regarde des rediffusions de feuilletons de l'après-midi, dit-il d'un ton impassible. Je suis sérieux. Tu ne touches pas à ma télé. Tonya reste là où elle est.

— Tonya ? *Sérieusement* ? Tu as appelé ta télé « Tonya » ?

— Uniquement parce qu'elle a tout à fait une tête de « Tonya ». Tu ne trouves pas ?

Je jette de nouveau un œil à sa télé. — Ah non ? Pour moi, *ça* ressemble à une télévision.

Il inspire bruyamment, feignant l'indignation. — Comment oses-tu insulter ma Tonya !

Je pouffe de rire. — Eh bien, il y a un côté positif au fait que tu considères un appareil comme une femme : tu as réussi à maintenir une relation plus d'un mois.

— Cassé ! Et sache que j'ai eu des relations de plus d'un mois.

— Ah ouais ? Qui ?

— Est-ce que le lycée, ça compte ?

— Tu as fini le lycée il y a bien plus de dix ans ? je demande, et il hoche la tête. — Alors non, ça ne compte pas.

— Zut ! Hmm, laisse-moi réfléchir. Il y a eu Jessy Sainsbury. Je suis sorti avec elle à l'université pendant au moins un an. Ou c'était six mois ? J'ai oublié.

— Tu vois ? Je ne t'ai jamais vu avoir une relation avec une femme pendant plus d'un mois ou deux.

— Tu m'as eu.

— Donc la télé reste, et pour ce qui est de…

— Tonya. Tonya reste.

— Asher, je n'appellerai pas ta télé par un nom de femme, surtout un qui vient de cette patineuse, Tonya Harding.

— Elle ne s'appelle pas comme ça à cause de Tonya Harding, proteste-t-il. Ma Tonya ne serait jamais accusée d'avoir brisé le genou d'une autre patineuse.

Je glousse. — Parce que ta Tonya est une *télévision*.

— Je suppose que je pourrais me trouver un autre décorateur d'intérieur.

— Oh, ha ha. Je pointe l'image qu'il a aimée, en essayant de recentrer la conversation sur autre chose que sa relation étrange avec un appareil électroménager. — Ça te va si je conçois un design comme celui-ci pour le salon ?

— Bien sûr. Et pour la cuisine ?

— J'adore ta cuisine. Le marbre veiné est magnifique, et c'est un blanc classique.

— Pas ennuyeux ?

Je secoue la tête. — Pas ennuyeux.

— D'accord. Le salon, c'est réglé. C'est facile. Il se relève. — Je t'emmène dans la chambre maintenant, ma petite femme.

— D'accord. Montre-moi le chemin.

Nous traversons le parquet et empruntons un couloir recouvert de moquette, passons devant ce qui semble être son bureau et une salle de bain, pour entrer dans la grande chambre principale. Les murs sont toujours blancs, il n'y a pas de rideaux, et le lit, grand, est fait de simples draps blancs. Tout comme le salon, la pièce est sobre et peu décorée.

Je ne vais pas le nier. C'est étrange de regarder la chambre d'un ami. Je veux dire, je connais assez bien Asher. Nous sommes amis depuis qu'il a emménagé à Londres il y a deux ans et que nous nous sommes rencontrés à l'une des fêtes légendaires de Tabitha. Le courant est tout de suite passé, et nous sommes les meilleurs amis du monde depuis. Mais contrairement à mes copines, avec qui j'ai fait des soirées pyjama et passé du temps à nous maquiller et à nous coiffer avant de sortir, je n'avais jusqu'à présent jamais mis les pieds dans la chambre d'Asher.

— La pièce est d'une bonne taille, mais il te faut des

rideaux. En plein été, il fera jour dès quatre heures et demie du matin.

— C'est là que tu interviens, Zee.

— Cette pièce a clairement besoin d'un peu de travail.

— Je n'aime pas considérer ma chambre comme un lieu de travail, si tu vois ce que je veux dire. Il remue les sourcils d'un air suggestif et je secoue la tête.

— Ce sont tes affaires, Ash. Pas les miennes. Je remarque une tasse de café vide par terre, près du lit. — Tu n'as même pas de tables de chevet.

Il suit mon regard. — Des tables de nuit ? Ouais, j'imagine qu'il m'en faudrait.

Je passe devant le lit et entre dans le dressing. Contrairement à la chambre, il est rempli à ras bord de boîtes, de vêtements, de chaussures et de bacs, empilés jusqu'au plafond. — C'est donc ici que tu ranges *tout*.

Il appuie son épaule contre l'encadrement de la porte. — J'imagine que j'ai tout un tas de trucs dont je ne sais pas quoi faire.

— Ash, il y a tellement de bazar ici qu'on ne peut même pas se retourner.

— Et tu sais à quel point j'adore faire tournoyer des chats partout.

Je ris. — C'est une expression bizarre.

— N'est-ce pas ? Ces étagères aussi doivent être remplacées. Il s'agrippe à une étagère à hauteur de poitrine – la sienne, pas la mienne, puisqu'il me dépasse d'une bonne dizaine de centimètres – et la fait vaciller. — Tu vois ? De la camelote.

— On peut te les faire remplacer. Je connais des concepteurs de dressings.

— C'est un placard.

— Seulement en Amérique. Ici, c'est un dressing. Je passe devant lui en le frôlant et je me dirige vers la salle de bain attenante. Tout comme la cuisine, elle est entièrement blanche, de la baignoire et du lavabo jusqu'au carrelage du sol et des murs. La seule touche de couleur dans la pièce provient de la mousse à raser d'Asher et de diverses bouteilles de shampoing et de lotion.

— C'est une belle salle de bain, je déclare alors qu'Asher arrive à mes côtés. La pièce n'est pas immense, et sa carrure imposante semble remplir tout l'espace disponible.

— Elle est toute blanche, c'est ennuyeux. Non ?

— C'est un classique. Et ça veut dire qu'il faut que tu la gardes propre.

— C'est ma femme de ménage qui s'en occupe. Quand je lui lance un regard dédaigneux, il ajoute : — Quoi ? Je suis un homme occupé. Je n'ai pas le temps de faire le ménage.

— Mais bien sûr.

— Qu'est-ce que tu ferais de cette pièce ?

— Rien. Elle est magnifique. Mais il faut qu'elle te plaise.

— Ça va. Elle est juste ennuyeuse.

— On te trouvera des accessoires de ta couleur préfé-rée. À moins que tu ne veuilles engager des frais pour tout arracher et remplacer ? Ce qui, personnellement, serait un crime contre les salles de bain, à mon avis.

— Je ne voudrais pas commettre un crime contre une salle de bain.

— Tonya s'ennuierait de toi si tu devais aller en prison.

— Tu vois ? Tu me comprends. C'est pour ça que je veux que tu sois ma décoratrice.

Je ris. — Donc tu laisses la salle de bain telle quelle ?

—Je laisse la salle de bain telle quelle.

— Parfait.

— J'ai aussi préparé quelques idées pour ta chambre. Retournons nous asseoir et je te montre.

Nous retournons dans le salon où je lui présente quelques concepts de chambre qui, je pense, lui plairont.

— J'aime bien celui-là, dit-il en montrant une pièce aux panneaux gris avec un lit king size bas et des meubles en bois modernes.

— Moi aussi. C'est cool et sophistiqué, mais aussi confortable et accueillant.

Il me regarde d'un air vide. — Si tu le dis.

Je rabats la couverture de la tablette sur l'écran. — D'accord. Je vois bien ce que tu recherches. Et tu veux des meubles entièrement neufs, à l'exception de ton lit ridiculement surdimensionné, c'est ça ?

— J'ai acheté ce lit ridiculement surdimensionné, comme tu dis, en arrivant des États-Unis. Je ne m'en séparerai pas. D'ailleurs, il a fallu quatre types et une grue pour le monter ici, au troisième étage. Ce bébé ne bougera pas d'ici.

— Tu ne fais pas les choses à moitié, toi, n'est-ce pas ? Pour ce qui est du budget, qu'est-ce que tu avais en tête ? Redécorer peut coûter cher. Et avant que tu ne répondes, tu n'es pas obligé de dépenser une fortune juste parce que c'est Scarlett et moi. Si tout ce que tu veux, c'est que je te trouve quelques coussins décoratifs, un nouveau tapis et des « tables de nuit », ça me va très bien.

— Non, je veux voir grand. La totale. Comme tu dis, cet endroit pourrait être incroyable, et j'aime ce qui est incroyable. Alors, vas-y. Fais opérer ta magie de Zara.

— Sérieusement ? je demande, galvanisée à l'idée de transformer cet endroit. Tu veux que je mette le paquet ?

— « Mettre le paquet », ce n'est pas ce film avec une bande de mecs qui se mettent à poil ? Parce que a) ça ne m'intéresse pas du tout de voir ça, et b) il faudra que tu attendes qu'on soit mariés.

— C'est une expression qui veut dire aller jusqu'au bout.

Il fronce les sourcils d'un air suggestif. — Eh bien, ça veut dire tout autre chose d'où je viens.

— Assez de sous-entendus. Je ferais mieux d'y aller. Je vais rassembler quelques idées et te donner une estimation du budget. Je sors mon téléphone et regarde mon calendrier désespérément vide. On se revoit dans une semaine environ ?

— Bien sûr. Il me raccompagne jusqu'à la porte. — Tu retournes au travail, hein ?

— En fait, je pense atteindre l'un de mes objectifs de vie aujourd'hui.

— Sauter à l'élastique du London Eye en costume d'ours ?

— On peut vraiment faire ça ?

Il éclate de rire. — Tu es en train de me dire que tu l'envisagerais si c'était possible ?

— Bien sûr que non. Je vais faire quelque chose de beaucoup plus cool que ça. Je vais aller voir une femme pour un chien. Penelope, en fait, pour un jack russell de chez Penelope's Pooches.

Ses sourcils remontent jusqu'à la racine de ses cheveux. — Tu vas faire quoi, là ?

— Je passe devant cette boutique tous les jours, et tous les jours je me dis : « Je veux un de ces chiens ». En allant à la boutique aujourd'hui, il y avait ce magnifique petit chiot jack russell dans la vitrine, et je te le dis, Asher, ce chien est fait pour moi. J'y vais maintenant.

— Tu vas aller chercher un chiot que tu as vu dans la vitrine d'un magasin ?

Je lui souris radieusement alors que l'excitation m'envahit. — C'est ça.

— Tu as entendu une chanson en regardant ce chien
qui est soi-disant fait pour toi ? Il se met à fredonner et,
après quelques secondes, je reconnais la chanson.

— « *How Much is That Doggie in the Window* » ?
Vraiment ?

— Allez ! C'est la bande-son parfaite pour ce moment.
Tu dois l'admettre.

Je glousse. — Certainement.

Il ouvre la porte de son appartement et me la
tient. — Tu es sûre de devoir prendre un chien, ma petite
femme ?

— Absolument, dis-je avec conviction. Je n'ai jamais
été aussi sûre de quoi que ce soit de ma vie.

— Tu sais qu'il faudra la promener et la nourrir.
Tout ça.

— Je suis parfaitement capable de promener et de
nourrir un chien, je réponds d'un ton sec. J'ai grandi avec
des chiens. Mon père en avait un tas, et je jouais beaucoup
avec eux.

— Qu'est-ce que tu feras de ton chien pendant la
journée quand tu seras au travail ?

— Les Jack Russell sont assez petits pour être emmenés au
travail. Elle sera la chienne de notre boutique. On sera connus
comme la boutique de décoration avec l'adorable chien. Scarlett est déjà partante et les gens vont adorer. Crois-moi.

— Mouais.

Je lui lance un regard en coin. — Tu as quelque chose
contre les chiens ou quoi ? Parce que tu ressembles un peu
à un grincheux canin, là, tout de suite.

— C'est quoi, un grincheux canin ?

— Quelqu'un qui n'aime pas les chiens. Évidemment.

— J'aime les chiens. Mince, j'*adore* les chiens. Je ne suis juste pas sûr que tu aies bien réfléchi à tout ça.

— Eh bien, ça tombe bien que tu ne sois pas mon mari, alors, n'est-ce pas ? Parce que ma chienne est dans la vitrine de Penelope's Pooches et n'attend que moi pour devenir sa nouvelle maman.

Il secoue la tête, les lèvres incurvées en un sourire. — Tu as l'air bien décidée.

Je hoche fermement la tête une seule fois. — Je le suis.

— Eh bien, dans ce cas, j'ai hâte de rencontrer ton nouveau chiot.

— Tu veux venir avec moi ? J'y vais tout de suite pour retrouver Scarlett.

— J'adorerais, mais je dois retourner au travail. Merci pour tout, y compris pour le café.

— De rien. J'ai hâte de décorer cet endroit pour toi.

— Et moi, j'ai hâte que tu aies ton chien.

Je plisse les yeux. — Non, ce n'est pas vrai. Tu penses que je suis irréfléchie et impulsive.

— Est-ce que mon avis compte ?

— Non, en fait. Pas du tout. Je lui lance un grand sourire et je dis « TTFN », avant de m'éloigner dans le couloir en direction des escaliers d'un pas dansant.

— Rappelle-moi ce que veut dire « TTFN » ?

— « Ta ta for now », je lance par-dessus mon épaule. — Sérieusement, Asher. Ça fait plus de deux ans que tu vis en Angleterre. Mets-toi un peu à la page, tu veux ?

— À plus tard, dit-il en riant tout en fermant la porte.

Un instant plus tard, je suis de retour dans la rue, la tête pleine d'idées pour décorer l'appartement d'Asher.

Mais ces idées devront attendre. Pour l'instant, j'ai rendez-vous avec le destin — le destin canin, pour être précise.

Chapitre 4

Cher papa,

Tu sais à quel point j'aimais Kelly et Hannah en grandissant ? Eh bien, j'ai pris une décision. Fini de repousser à plus tard. Fini de me dire « un jour », parce que ce jour est arrivé. Et c'est aujourd'hui.

Je vais m'acheter un chien.

Tu me manques. Je t'aime.

Ta Za-Za, bisous

J'APPUIE sur Envoyer et je glisse mon téléphone dans mon sac à main. Papa va le recevoir. Il va adorer que je prenne mon propre chien. L'excitation montant en moi, je coince ma tablette sous mon bras, je boutonne mon manteau pour me protéger de l'air frais de Londres, et je fais le court trajet à pied depuis la station de métro jusqu'à Penelope's Pooches.

Une fois arrivée à la boutique, je regarde par la vitrine. En sursautant, je remarque qu'il n'y a aucune trace du chiot de ce matin. Il a été remplacé par une petite boule de poils qui jappe joyeusement dans ma direction alors que je la regarde à travers la vitre.

Le petit Jack Russell *ne peut pas* être parti.

Pourquoi n'ai-je pas tout laissé tomber ce matin pour le prendre ? Aurait-il déjà été vendu ?

Je lève les yeux et lis l'écriteau qui invite les gens à entrer pour « parler toutous avec Penelope ». Eh bien, c'est exactement ce que je vais faire.

— Désolée, désolée ! s'écrie Scarlett en se précipitant dans la rue vers moi, ses cheveux flottant derrière elle tandis qu'elle s'agrippe à son manteau déboutonné. J'ai été retenue. On a peut-être une nouvelle cliente !

— Salut, c'est super. C'est qui ?

— Une femme qui s'appelle Delilah Smith. Elle reprend son souffle, les joues roses à cause de l'effort.

— Son nom me dit quelque chose. D'où est-ce que je la connaîtrais ?

— C'est une femme de footballeur. Mariée à un certain Tony Smith qui joue pour Chelsea.

Nous faisons toutes les deux la grimace. Aucune de nous ne connaît grand-chose au football, et encore moins les noms des joueurs.

— Bref, elle veut qu'on vienne jeter un œil à leur nouveau pied-à-terre londonien. Ils veulent un réaménagement total. Elle s'agrippe à mon bras. Zara, c'est une maison de huit chambres, quatre salons, avec une piscine.

Je la fixe, éberluée. — Sérieusement ? Et elle veut qu'on s'occupe du design de toute la maison ?

Elle pince les lèvres et hoche la tête, ses yeux bleus brillant de mille feux. — Tu te rends compte ? Si on décroche ce contrat, on pourrait finir dans *Hello* un jour. On sera sur la carte du monde, ma belle.

— On *possédera* la carte du monde.

— Oh, que oui. On va faire de cette carte notre *chieeeenne*.

— En parlant de ça… Je désigne d'un signe de tête l'entrée de l'animalerie. Allons me chercher un chiot, s'il est encore là. Il n'est plus dans la vitrine.

Elle montre du doigt la boule de poils blanche. — Et celui-là ? Il est mignon.

— Ce n'est pas celui que je veux. Je pousse la porte, déclenchant le tintement d'une cloche, j'entre et je balaye la boutique du regard. À l'instant même où mes pieds touchent le sol, j'ai l'impression d'être dans un autre monde. Il y a un immense portrait coloré d'un West Highland Terrier sur le mur, des étagères remplies de paniers pour chiens et de friandises, et des présentoirs d'accessoires pour chiens, allant des chapeaux aux chaussons et aux vêtements. Le sol lui-même est doux et élastique, et à chaque pas, je rebondis comme si j'étais sur un ballon surdimensionné.

— C'est bizarre, dit Scarlett en rebondissant à côté de moi.

— Bienvenue chez Penelope's Pooches, dit une voix douce et féminine derrière nous.

Nous nous retournons pour voir une femme d'une trentaine d'années, les cheveux en couettes, ce qui lui donne un air de Fifi Brindacier, vêtue d'une combinaison de travail bleu pâle avec le mot *Penelope* brodé en lettres rose vif sur sa poitrine. Elle a un sourire amical sur son visage poupin et non maquillé.

Mon regard passe de son badge à son visage. — Bonjour, Penelope, dis-je. Comme elle me lance un regard incertain, j'ajoute : Vous êtes bien Penelope, n'est-ce pas ?

Son sourire s'élargit. — Pas exactement.

Je parcours la boutique du regard. Il y a deux autres employées à proximité, toutes deux occupées à remplir les étagères, l'une tenant un porte-bloc à la main. Elles sont habillées de la même façon que la femme à côté de moi, jusqu'à la combinaison et aux couettes.

— Laquelle est Penelope ?

— Oh, laissez-moi vous expliquer. Vous ne connaissez manifestement pas notre toutou-cept.

— Toutou-cept ? interroge Scarlett.

— C'est la fusion des mots « toutou » et « concept ». Toutou-cept.

Les yeux de Scarlett croisent les miens.

— D'accoooord.

— Notre toutou-cept stipule que nous sommes *toutes* Penelope.

Je hausse les sourcils, interrogative.

— Vraiment ?

Une porte à l'arrière de la boutique s'ouvre et un homme entre d'un pas vif. Il est lui aussi vêtu de la même combinaison, bien qu'il n'arbore pas la même coiffure.

— Même les hommes ?

— Même les hommes, confirme-t-elle.

Je repense à « Priscilla », le barman australien aux avis bien tranchés de vendredi soir.

— C'est, genre, une nouvelle mode à Londres ? D'appeler les hommes par des prénoms de femme ?

— Penelope est plus une façon d'être, une façon de voir

le monde, une façon de vivre sa vie, qu'une personne à part entière.

C'est claaair.

— Comment ça marche, exactement ? demande Scarlett.

— Une Penelope est une amoureuse des toutous, une personne qui donne et protège la vie, dotée d'une sensibilité canine et d'une profonde compréhension de l'environnement naturel. Une Penelope n'est pas une personne ou un groupe de personnes, c'est plutôt vous et c'est moi. Ou ça peut l'être.

Voilà qui éclaircit les choses.

— Est-ce que ça veut dire que nous sommes des Penelope ? dis-je en nous désignant, Scarlett et moi.

Elle nous jauge du regard.

— Vous pourriez l'être.

— Ma belle, je crois qu'il faut acheter un chien pour devenir une Penelope, dit Scarlett.

La femme recule, une expression choquée sur le visage, comme si on l'avait piquée avec un tisonnier brûlant.

— On n'*achète* pas un chien.

— Ah non ? je demande.

Penelope secoue la tête avec véhémence.

— Oh, non. On intègre sa meute.

Les yeux de Scarlett glissent vers les miens. Je sais ce qu'elle pense. Et je pense la même chose.

— Pardon. Je crois que ce que mon amie voulait dire, c'est que nous voulons vraiment intégrer la meute d'un de vos chiens.

— Oh, tu veux être la *cheffe* de la meute d'un chien, Zara, me corrige Scarlett, et j'acquiesce.

— C'est vrai, je confirme. Alors, le chien qui m'intéresse est celui que vous aviez...

Penelope me coupe la parole d'un ton sévère.

— Nous avons choisi de ne pas utiliser le mot qui commence par « c » ici, chez Les Toutous de Penelope.

— Ah bon ? je demande.

— Nous adoptons une conceptualisation égalitaire de la meute canine. Ça fait partie de notre toutou-cept.

Cet endroit ressemble de plus en plus à une secte qu'à une animalerie. Et est-ce qu'elles n'ont pas tout faux sur la hiérarchie de la meute canine ?

Scarlett me donne un coup de coude dans les côtes et je fais de mon mieux pour garder mon sérieux.

— D'accord. Pas de mot en « c », et pas d'*achat* de chien. Ce que je veux dire, c'est : est-ce que je peux, s'il vous plaît... *rencontrer* le jack russell que vous aviez en vitrine tout à l'heure ?

Je retiens mon souffle, en espérant avoir dit ce qu'il fallait. « Rencontrer » doit sûrement être acceptable dans le toutou-cept. Si tant est que cette chose existe, ce dont je doute fort.

Les traits de Penelope se détendent.

— Vous pouvez tout à fait rencontrer notre petit jack russell. Une coupe de champagne ?

Je manque de me tordre le cou à cause de ce revirement.

— Avec plaisir, mais nous devons retourner travailler après, j'explique. Je meurs d'envie de la rencontrer. Enfin, je suppose que c'est une femelle. Elle a l'air d'une femelle. Je fais une pause et j'ajoute : Ou bien vous êtes non-binaires ici aussi ? Vous savez, dans le cadre de votre toutou-cept ?

Penelope éclate de rire, un rire qui s'achève sur un grognement sonore. — Oh, vous êtes si drôle. Ce serait *absurde* qu'un chien soit non binaire. Imaginez un peu !

— Oh, tout à fait absurde, je réponds en riant jaune, parce que bien sûr, *rien* de tout cela n'est le moins du monde étrange. Je la recentre sur l'objet de notre visite. — Alors, cette chienne dans la vitrine ce matin... Est-ce qu'elle est toujours là ?

— Oh, oui. Nous ne laissons pas un chien en vitrine plus d'un court moment. Ils attrapent la fatigue des regards, vous savez, c'est quand trop de gens les dévisagent.

Le nez de Scarlett émet un son étrange alors qu'elle réprime un rire. Je lui lance un regard noir.

— Évidemment, dis-je.

— Ce que nous faisons, c'est que, après un certain temps en vitrine, nous demandons aux chiens s'ils aimeraient quitter la vitrine et retourner dans leur tanière. Aujourd'hui, Stevedore a décidé de faire exactement ça. Nous aimons donner à nos chiens leur libre arbitre. Ça fait partie de notre...

— Toutou-cept, termine Scarlett à sa place. — Ouais, on a compris.

— Elle s'appelle Stevedore ? je demande, confuse. Drôle de nom pour une fille. Drôle, mais mignon.

Et je pourrai toujours le changer...

— Son nom complet est Stevedore Clemence Norwich.

— Stevedore Clemence Norwich. Sacré nom. Stevedore, ce n'est pas un docker ? Parce qu'elle n'en avait pas vraiment l'air. Je laisse échapper un petit rire, mais me tais immédiatement en voyant l'expression peu amusée sur le visage de Penelope. — Nous pensons que Stevedore est un nom de chien très honorable. Il a une longue et illustre histoire ici, chez Les Toutous de Penelope.

Une longue et illustre histoire ? La boutique n'est ouverte que depuis un an ?

Je prends un air sérieux et évite de regarder Scarlett, qui renifle toujours à côté de moi, retenant à grand-peine son fou rire. — Bien sûr que si. C'est un nom très honorable, j'en suis sûre. Je ne voulais pas manquer de respect à, euh, Stevedore.

— Il me faut d'abord quelques informations sur vous deux. Elle sort une tablette de la poche de sa combinaison.

Scarlett lève vivement les mains. — Ce n'est pas moi qui, euh, rejoins la meute. C'est Zara. Je ne fais qu'accompagner. Elle ajoute à voix basse : — Et puis, je suis une humaine.

— Quel est votre nom complet ? me demande Penelope.

— Zara Huntington-Ross.

— Vous habitez dans un appartement ou dans une maison avec un jardin ?

— Je suis en appartement, que je partage avec mon amie, Lottie. Elle adore aussi les chiens et sera merveilleuse avec Stevie, j'en suis sûre.

Elle me lance un regard sévère. — Il faudra qu'on la rencontre aussi.

— Bien sûr.

— Et voir votre appartement.

Elle continue en me posant quelques questions plus classiques, notant mes réponses sur sa tablette tandis que Scarlett déambule dans la boutique en regardant leurs articles.

Puis les choses prennent une tournure étrange. Non pas que la situation n'ait pas été étrange depuis le moment où nous avons mis les pieds dans cette boutique, bien sûr. Mais elle le devient définitivement encore plus.

— Dites-moi, Zara, si vous étiez une cow-girl dans une petite ville américaine à la fin des années 1800 et que le shérif appelait des hommes pour former une bande afin d'attraper deux bandits qui auraient dévalisé la banque locale, le rejoindriez-vous ?

Je la regarde bouche bée, la bouche assez grande pour

gober des mouches. Ou un petit oiseau. — Je vous demande pardon ?

— Si vous étiez une cow-girl dans une petite ville à la fin des années 1800 et que le shérif..., répète-t-elle.

— Je voulais dire... pourquoi ? Pourquoi avez-vous besoin de savoir une chose pareille ?

Penelope — maintenant, je commence à me demander si elles reçoivent des numéros de série quand elles commencent à travailler ici, comme Penelope-0-1-2 et Penelope-0-1-3 — me lance un regard sévère. — Mademoiselle Huntington-Ross, nous prenons ce processus très au sérieux chez Les Toutous de Penelope. Veuillez ne pas l'interrompre.

— Sauf votre respect, qu'est-ce qu'une bande et une poignée de cow-boys ont à voir avec le fait que j'achète...

Elle prend une grande inspiration.

— Je veux dire *rejoindre une meute* avec Steve ?

— Il faut qu'on le sache pour vous trouver le chien qui vous correspond, répond-elle comme si j'avais posé la question la plus évidente du monde. On ne peut pas confier un chien qui préférerait se blottir au coin du feu à quelqu'un de très actif. De même, on ne peut pas associer un crayon bleu avec un jaune, mais ça va sans dire, je suis sûre que vous en conviendrez.

On en est aux crayons de couleur, maintenant ? Il doit bien y avoir un moyen plus simple d'adopter un chiot.

— On ne peut pas ?

— Non. Quiconque connaît le cercle chromatique sait que le bleu et le jaune sont des couleurs complémentaires, et dans la relation homme-chien, ça ne marchera pas.

— D'accord. Compris, je réponds, sans y comprendre quoi que ce soit.

— Et à ce propos, si vous pouviez être une nouvelle couleur de crayon, laquelle seriez-vous ?

— Euh, est-ce que je peux choisir l'une des couleurs existantes ? Ou je dois en inventer une ?

Elle hausse les sourcils en me regardant avant de tapoter quelque chose sur sa tablette.

— Attendez. J'ai raté cette question ?

Elle ignore ma réponse, me bombardant au contraire de questions plus aléatoires et apparemment sans rapport les unes que les autres. Une fois qu'elle a déterminé que oui, je rejoindrais un groupe d'aventuriers, non, je ne voudrais pas marcher sur des charbons ardents dans le cadre d'un processus d'initiation tribale, et que sur une échelle de un à dix, je note la couleur turquoise à un bon sept, elle m'annonce enfin, *enfin*, que j'ai réussi le test pour être candidate à l'adoption de Stevie.

Comment j'ai réussi, je ne le saurai jamais.

— Avez-vous quelque chose qui a votre odeur que je pourrais apporter à Stevie ? Votre écharpe, peut-être.

— Vous allez lui donner mon écharpe à renifler ?

— Pas seulement renifler. Je veux qu'elle s'imprègne de votre essence, qu'elle apprenne vraiment à vous connaître avant de décider si elle veut vous rencontrer ou non.

J'ai subi tout ça et il se pourrait que je ne puisse même pas rencontrer le chien ?

Je retire mon écharpe en soie de mon cou et la lui tends.

— Pourquoi ne vous installeriez-vous pas dans l'enclos ? Je vais demander à Steve si elle aimerait vous rencontrer. Elle désigne un espace sur la moquette verte, entouré d'une petite barrière. Si elle donne son accord, je reviens avec elle dans un instant. À tout de suite !

Alors qu'elle quitte la boutique par la porte de derrière, je souffle bruyamment. Toute cette histoire est plus que bizarre, mais je tiens absolument à avoir Steve, alors je dois jouer le jeu.

J'enjambe la petite barrière blanche et j'entre dans l'enclos. Il y a une sélection de jouets à mâcher et quelques poufs, alors j'en choisis un et je m'y enfonce.

— Tu sais que Steve est un nom carrément bizarre pour un chien, pas vrai ? me demande Scarlett de l'autre côté de l'enclos.

— Ouais, c'est vrai, mais c'est aussi assez mignon.

— Mignon, c'est « Buddy », « Teddy » ou « Comet ». Pas « Steve ».

Je dis à voix basse : — Je parie que Penelope aurait quelque chose à redire si je changeais son nom.

— On s'en fiche, répond-elle en haussant les épaules. Je vais jeter un œil aux vêtements pour chiens.

Pendant que Scarlett se déplace de l'autre côté de la boutique, je m'assois et j'attends. Et j'attends. Je regarde un autre client entrer dans le magasin et être immédiatement accueilli par l'une des Penelope. Tout ce qu'il veut, c'est de la nourriture pour chien, alors il a fini et il est parti alors que j'attends toujours.

Je sors mon téléphone et je commence à chercher des meubles pour l'appartement d'Asher. Autant rentabiliser mon temps. Je trouve de magnifiques panneaux qui correspondraient au style qu'il m'a dit vouloir pour sa chambre, et un ensemble de salon en cuir fauve sur lequel il pourrait confortablement se prélasser devant « Tonya ».

— Steve a dit qu'elle adorerait vous rencontrer.

Je lève les yeux et je vois ma Penelope qui tient Steve dans ses bras. Le chiot me regarde, sa petite queue blanche et fine remuant comme des essuie-glaces sous une averse, alors qu'il se tortille pour qu'on le pose par terre.

Je me relève d'un bond du pouf, ce qui n'est pas une mince affaire, et je m'exclame : — Oh, elle est absolument adorable ! Je peux la prendre dans mes bras ? Une douce chaleur emplit ma poitrine.

— Il faudra le lui demander à elle, répond Penelope.

— Salut, Steve. Je m'appelle Zara. Tu as reniflé mon écharpe. On peut se faire un câlin ?

Les battements de sa queue passent à la vitesse supérieure, ce qui semble être un signal suffisant pour Penelope que oui, en effet, Steve aimerait bien un câlin.

Je prends dans mes bras son petit corps qui se tortille, chaud et doux, et elle grimpe aussitôt sur ma poitrine et se met à lécher et à mordiller mon lobe d'oreille. Ça chatouille et je laisse échapper un petit rire, ce qui ne fait que la faire se trémousser d'excitation encore plus.

— Oh, Steve. Alors, qui c'est la plus jolie fille ? C'est toi, oui c'est toi, je roucoule. Je reçois une autre série de léchouilles en réponse.

Penelope frappe dans ses mains et je la regarde, surprise. « L'union est parfaite ! » déclare-t-elle, et aussitôt, les autres employées en combinaisons bleu clair et coiffées de couettes se mettent à applaudir, traversant la boutique pour nous rejoindre. Quelqu'un appuie sur le bouton de lecture d'une chaîne hi-fi quelque part et une musique de violon un peu ringarde, comme on en entend dans les vieux films, emplit la pièce tandis que tout le monde se rassemble autour de moi, sous le regard amusé et stupéfait de Scarlett.

J'ai l'impression que je devrais tenir Steve à bout de bras au-dessus de ma tête pendant que Sir Elton John déclare que c'est « l'histoire de la vie » à un parterre d'animaux sauvages africains tout excités qui s'inclinent tous en même temps devant le futur statut de « reine de la jungle » de Steve.

Je ne le fais pas. Ce serait encore plus bizarre que toute cette expérience.

Et ce n'est pas peu dire.

— Zara Huntington-Ross, Stevedore Clemence

Norwich vous a choisie pour faire partie de sa meute, déclare ma Penelope tandis que les autres hochent la tête et sourient en signe d'approbation.

Je baisse les yeux vers Steve. Ses grands yeux marron foncé me regardent, ses oreilles dressées et sa petite langue rose armée et prête à attaquer mon lobe d'oreille une fois de plus. C'est le coup de foudre, pur et simple.

— J'adorerais rejoindre la meute de Steve, dis-je au groupe rassemblé, et ils éclatent à nouveau en applaudisse-ments spontanés. Scarlett et un groupe de clients assistent à la scène dans un silence perplexe.

Une demi-heure et beaucoup de paperasse plus tard, j'accepte que Penelope visite mon appartement samedi après-midi − leur premier créneau de « visite de la future niche » disponible − pour s'assurer que c'est une maison convenable pour Stevie, et je dis au revoir à ma nouvelle petite chienne. Ensemble, Scarlett et moi retournons à ScarZar, enthousiastes à l'idée de n'être plus qu'à quelques jours de devenir la maman de ma propre petite Steve.

Chapitre 5

CHER PAPA,

J'ai trente ans ! Tu arrives à y croire ? Le cap des trente ans. Ma vingtaine est terminée, fichue, envolée. Ta petite fille a bien grandi et ça me fait... bizarre. Anormal. Comme si je devais être à un stade que je n'ai pas encore atteint. Un stade beaucoup, beaucoup plus adulte. Est-ce que ça a un sens ?

Disons que j'y travaille.

Je pense tellement à toi aujourd'hui.

Tu me manques. Je t'aime.

Ta Za-Za, bisous, xoxo

. . .

LES JOURS qui suivent sont dominés par deux choses : le travail et la fête pour mon trentième anniversaire à Martinston, la maison de famille à la campagne. J'aurais volontiers évité toute cette célébration familiale, mais Maman et Mamie ont insisté pour que je marque le coup avec une grande fête. L'affaire a été conclue quand Maman a proposé de tout payer, y compris l'achat de tout l'alcool, et avec certaines de mes amies, ça représente une dépense colossale — c'est de toi que je parle, Tabitha.

— Zara, les traiteurs arrivent à six heures, le groupe à six heures et demie et on a encore toutes les places à organiser dans la salle de bal, dit Emma, ma belle-sœur, debout dans l'embrasure de la porte de ma chambre d'enfant, où je me suis réfugiée pour me préparer pour la fête. Mais avant tout ça, je dois dire que tu es absolument sublime !

— Tu trouves ? je demande en lissant ma robe, gênée. Le thème de la soirée est « Noir et Blanc » et j'ai choisi de porter une robe blanche moulante qui descend jusqu'au sol, avec une fente sur le côté et un dos nu. Assortie à une paire de sandales à talons hauts rose fuchsia et avec mes cheveux en ondulations soyeuses, j'ai l'impression d'être une sirène du grand écran.

— Évidemment, répond-elle avec un grand sourire. Ton sosie peut aller se rhabiller ce soir, ma belle.

Emma adore me dire à quel point je ressemble à la James Bond girl Gemma Arterton, mais personnellement, je ne vois pas la ressemblance. Elle est un million de fois plus belle que moi — et c'est une James Bond girl. *Non mais sérieusement ?!*

Je dépose un baiser sur la joue d'Emma et j'essuie aussitôt la marque de rouge à lèvres que je viens de laisser. — Tu es une vraie lèche-bottes. Tu le sais, ça ? je dis avec un grand sourire.

—Je ne fais que constater les faits.

Mon frère, Sebastian, apparaît à son tour à la porte. Il pose les mains sur la taille de sa femme, qui lève vers lui un regard amoureux, et il dit : — Ma magnifique épouse, avant de l'embrasser sur-le-champ. Dans l'embrasure de ma porte !

— Hum, hum, je fais. Vous n'avez pas votre propre chambre pour continuer ? Vous n'avez pas besoin de faire vos mamours dans la mienne, si ?

— En fait, j'étais venu te voir, mais je me suis laissé distraire par ma femme texane canon, répond Sebastian. Tu peux difficilement m'en vouloir. Regarde-moi la mère de mon enfant.

Emma lève vers lui un regard rayonnant. — Tu es le meilleur.

Je lève les yeux au ciel, mais secrètement, je suis heureuse pour eux qu'ils se soient trouvés. Même si, sérieusement, ont-ils vraiment besoin d'être aussi fleur bleue devant moi tout le temps ? La réponse à cette question est un non catégorique. Et le fait qu'ils aient ce que je veux n'a rien à voir là-dedans. Honnêtement.

— Bon. Assez de chichis. Emma, tu voulais me parler des traiteurs et du groupe ?

Elle détache son regard admiratif de mon frère juste assez longtemps pour répondre : — On doit installer le reste des sièges dans la salle de bal avant que les traiteurs n'arrivent.

— En fait, ne vous inquiétez pas pour ça, dit Sebastian. J'ai mis des gars sur le coup.

— Quels gars ? je demande.

— Johnny a envoyé un texto pour dire qu'il serait là dans cinq minutes environ, dit-il en nommant son meilleur ami, et Charlie est déjà en bas.

— Charlie Cavendish ? je demande.

— Lui-même. Je ferais mieux d'y aller. Continuez de faire ce que les femmes font avant les fêtes.

Sebastian embrasse Emma sur les lèvres une fois de plus — pudiquement, Dieu merci, car il y a une limite à ce genre de manège qu'une sœur peut supporter dans sa vie — puis il nous laisse.

— Charlie Cavendish, hein ? je dis en appliquant une autre couche de rouge à lèvres.

— Tu aimes bien Charlie ? demande Emma.

— Non. Je pensais à Kennedy et au fait que Charlie et elle se sont détestés dès leur première rencontre. C'est quoi, leur problème ?

— Aucune idée, mais c'est assez drôle. Tu ne savais pas qu'il était invité à ta fête ?

— Maman s'est occupée de la liste des invités. Je me suis dit que d'une certaine manière, c'était plus sa fête que la mienne.

— À cause de ton père ?

Je pince les lèvres. — Son absence va lui peser, ce soir.

— Et toi ? Tu tiens le coup ?

Un nœud se forme dans mon ventre tandis que ma poitrine se serre. Je jette un coup d'œil à la petite collection de flacons de parfum sur ma coiffeuse. Papa m'a offert mon tout premier quand j'avais douze ans, et je les collectionne depuis. La plus grande partie de ma collection est dans mon appartement de Fulham, mais j'en garde quelques-uns ici pour quand je suis de passage et que je veux admirer leur beauté.

— J'aimerais qu'il soit là. C'est tout.

— J'imagine bien. Emma me serre brièvement dans ses bras. — Il y a quelque chose de si spécial dans une relation père-fille. Un père, on n'en a qu'un.

Je croise son regard et j'y lis de la compréhension. Les larmes me montent aux yeux et je les essuie rapidement du bout des doigts. — Je ne veux pas bousiller mon maquillage. Ça m'a pris des plombes de mettre ces satanés faux cils.

Emma prend quelques mouchoirs dans une boîte sur ma table de chevet. — Tiens. Tes cils sont toujours en place.

Je me tamponne les yeux. — C'est nul d'être une fille à son papa quand il n'est pas là.

— Ça l'est, répond-elle doucement, et je sais qu'elle le ressent aussi. Elle a perdu son père d'une crise cardiaque il y a quelques années et a donné son nom à sa ligne de vêtements de sport en son honneur.

— On peut entrer ?

Je lève les yeux et vois Kennedy, Lottie et Tabitha sur le seuil. Elles tiennent toutes des cadeaux emballés dans du papier coloré, habillées en noir, chacune dans un style différent, et toutes sont absolument radieuses. — Salut, mes poulettes, dis-je avec un sourire ému.

— Oh, ma chérie. Qu'est-ce qui ne va pas ? Lottie se précipite vers moi en moins de deux et s'installe sur le lit à baldaquin à côté de moi.

Je me mouche dans l'un des mouchoirs qu'Emma m'a donnés. — J'ai un petit coup de blues en pensant à mon père, c'est tout.

— Bien sûr que oui, me console-t-elle. Et tu as parfaitement le droit d'avoir autant de coups de blues que tu veux pour tout ce que tu veux. C'est *ta* fête.

— Et tu pleureras si tu en as envie, termine Tabitha pour elle en s'asseyant aussi sur mon lit. C'est la vieille chanson, non ? Non pas que je veuille que tu pleures, bien sûr. Je veux que tu passes une soirée incroyable.

— Ça ne manquera pas, dit Emma en saluant mes amies. Bon, je vais aller aider mon mari sexy en bas et je vous laisse papoter entre filles. La fête va bientôt commencer, alors on se voit en bas, d'accord ?

— J'adore quand tu places des « y'all », je lui dis. Parfois, j'oublie que tu viens du Texas.

— Née et élevée là-bas, dit-elle fièrement. Et avant que l'une de vous ne pose la question, non, je n'ai pas grandi dans un ranch et je ne connais pas de cowboys.

— Dommage, dit Kennedy. Un cowboy me ferait bien envie en ce moment, Em. Tu penses que tu pourrais m'en faire apparaître un ?

— Mes talents de magicienne sont un peu rouillés, répond Emma en riant.

— Oh, trouve-m'en un pour moi aussi. Un grand cowboy sexy en jean moulant, avec une de ces grosses boucles de ceinture en métal et une chemise qui met en valeur ses larges épaules et ses pectoraux magnifiques. Tabitha s'évente avec la main en se penchant en arrière sur mon lit.

— On en veut *toutes* un comme ça, Tabitha, dit Lottie. Qui sait ? Peut-être que Zara en aura un pour son anniversaire ?

Je jette un coup d'œil aux trois cadeaux que mes amies ont posés sur mon lit. — Vous m'avez offert un cowboy ? je demande avec un sourire sardonique. Bien sûr qu'elles ne m'avaient pas offert un cowboy, et si elles l'avaient fait, ce serait une version miniature qui pourrait tenir dans une petite boîte, et à quoi bon ?

Tabitha secoue la tête. — Pas de cowboy, ma belle. Mais maintenant, j'aurais aimé. Tu as l'air d'avoir besoin qu'on te remonte le moral, et ça ne va pas du tout alors que c'est ta somptueuse fête d'anniversaire dans le manoir chic de ta famille.

— En parlant de ça, je vous laisse entre filles, dit Emma.

Je lui souris. — D'accord. Et Em ?

Elle se retourne pour me regarder.

— Merci.

Son visage s'illumine d'un magnifique sourire. — Quand tu veux, ma belle, répond-elle avant de partir.

— Zara a déjà quelque chose pour lui remonter le moral. Dis-leur, Zee, m'ordonne Lottie.

— Si ce n'est pas un cowboy, c'est peut-être un pompier, suggère Kennedy. Un pompier super sexy, comme sur les calendriers.

— Ou un policier ! propose Tabitha, les yeux brillants.

Je pouffe de rire. — Si tu proposes un Améridien après, on aura les Village People, ici même, dans la maison familiale.

— Ma chérie, tu ne peux pas appeler cet endroit une maison, dit Kennedy. Il y a un milliard de pièces et des quartiers pour les domestiques. C'est carrément *Downton Abbey*.

— Dis-nous ce que tu vas avoir, demande Tabitha. Et ne nous dis pas que ce Asher est ta roue de secours. C'est de l'histoire ancienne.

— Il ne s'agit pas d'Asher, même s'il vient d'embaucher ScarZar pour décorer sa nouvelle garçonnière à Notting Hill. J'ai du pain sur la planche, ça, c'est sûr.

— Tu vas faire un travail formidable, ma belle. J'en suis sûre, dit Lottie avec assurance.

Je lui offre un sourire radieux.

Mes amies sont les meilleures.

— On peut se reconcentrer s'il vous plaît, les filles ? demande Tabitha. Qu'est-ce que tu vas avoir ?

Une douce chaleur m'envahit le ventre à l'idée du petit Steve. — Eh bien, je ne sais pas si c'est déjà dans la poche parce qu'ils doivent venir rencontrer Lottie et inspecter notre appartement, mais j'ai choisi de me joindre à la patrouille du shérif et apparemment, je suis le bon crayon de couleur, alors c'est déjà ça.

Kennedy et Tabitha me lancent un regard perplexe collectif. Lottie se contente de me sourire radieusement, car elle est au courant depuis plusieurs jours, étant ma colocataire et ayant dû tout entendre sur Steve ces derniers jours.

Je presse mes lèvres l'une contre l'autre alors qu'un large sourire se dessine sur mon visage. — Je vais avoir un chiot, j'annonce.

— Un chiot ?! piaillent Tabitha et Kennedy en même temps, avant de me bombarder instantanément de questions.

— Quelle race de chien ?

— Quel âge il a ?

— C'est une fille ou un garçon ?

— D'où est-ce que tu le prends ? D'un éleveur ? D'une boutique ?

J'énumère mes réponses sur mes doigts. — La race du chien est un adorable petit Jack Russell avec les yeux marron les plus craquants et liquides qui vous regardent et vous font fondre le cœur ; âgée d'environ onze semaines ; une petite fille nommée Steve, que je vais rebaptiser Stevie ; et elle vient de chez Penelope's Pooches, juste à côté de la boutique.

— Vous voyez ? Je vous avais bien dit qu'elle allait avoir quelque chose, dit Lottie. N'est-ce pas merveilleux ?

— Oh, mon Dieu, oui ! Je suis trop contente pour toi. Kennedy sourit. J'ai tellement hâte de rencontrer Stevie.

— Ce n'est pas un aussi bon cadeau qu'un cow-boy, bougonne Tabitha. Mais je suppose que tu pourrais lui trouver une tenue de cow-boy. Attends, du coup ça devrait être une tenue de cow-*girl*. Elle hausse les épaules. Mignon dans les deux cas.

— Comme je l'ai dit, rien n'est encore joué. Lottie et moi devons leur en mettre plein la vue demain après-midi.

Tabitha pose sa main sur mon bras. — Espérons que tu auras cuvé ta gueule de bois d'ici là, ma belle, parce que ce soir, on fait la fê-*te*.

Je secoue la tête et je ris. Tabitha n'aime rien de plus que de se mettre sur son trente-et-un et d'écumer les bars, et elle vit toujours des aventures qui la mettent dans des situations précaires, comme la fois où elle a déclenché l'alarme incendie à une soirée parce qu'elle s'ennuyait, ou une autre fois où elle a perdu son soutien-gorge et l'a retrouvé le lendemain à la cime d'un arbre de près de dix mètres. Personne ne sait comment il est arrivé là, et Tabitha jure ne rien savoir.

Tabitha sort une flasque de sa poche et l'agite dans les airs. — Une rasade pour la chance, dit-elle en dévissant le bouchon et en buvant une gorgée. Elle me la tend.

— Qu'est-ce que c'est ? je demande.

— Eh bien, ce n'est pas de la limonade, répond-elle avec un sourire en coin. De la vodka au pamplemousse. C'est délicieux et avec les fruits, je suis sûre que c'est bon pour la santé.

Je glousse en tendant la flasque à Lottie. — Sans moi, mais merci.

— Mais c'est ton anniversaire, Zee. Tu dois finir torchée comme nous autres, dit Tabitha.

—Je n'ai pas l'intention de finir torchée ce soir.

— Comme tu veux, répond-elle en haussant les épaules.

— Ça veut dire quoi au juste, « torchée » ? demande Kennedy.

— Ivre, répondons Lottie, Tabitha et moi en chœur.

— Et moi qui croyais que la seule chose que vous autres, les Britanniques, faisiez avec des concombres, c'était de les mettre dans des sandwichs. Bon, je descends. Vous venez, les filles ? demande Kennedy en se tournant pour partir.

Je saute de mon lit, surprenant Lottie et Tabitha qui doivent retrouver leur équilibre après mon départ soudain. — Attends ! Reste un peu ici, Kennedy. J'ai besoin que tu... — je balaie rapidement la pièce du regard à la recherche d'une excuse pour l'empêcher de redescendre, — ... m'aides à décider quelles chaussures mettre.

Elle n'a manifestement pas croisé Charlie Cavendish en venant dans ma chambre, et je veux lui éviter de le faire maintenant.

Ses yeux glissent vers mes pieds.

— Mais tu portes déjà une superbe paire de chaussures. Pourquoi ne pas garder celles-là ?

— Parce qu'elles me font mal aux pieds, je mens, les doigts croisés dans le dos. J'ai besoin de ton œil d'experte pour m'aider à choisir une autre paire qui aille avec cette robe. Le blanc est une couleur très difficile, tu sais.

Lottie fronce les sourcils, confuse.

— Pourquoi as-tu besoin de Kennedy pour t'aider à choisir des chaussures ? Elle écrit des articles de fond pour son magazine, pas une chronique de mode.

Je la foudroie du regard et articule sans bruit « Charlie Cavendish », en espérant qu'elle comprenne.

Elle ne comprend pas.

— Quoi, Zee ? Parle plus fort.

— Charlie Cavendish, dis-je à voix basse, la mâchoire serrée.

— Charlie qui ? demande-t-elle, et je ferme les yeux, frustrée et résignée.

Kennedy se fige.

— Charlie Cavendish est ici ? demande-t-elle, la voix tendue.

— Maman l'a invité. C'est elle qui s'est occupée de toute la liste, et j'ai été tellement prise par toute cette histoire avec Karina que j'y ai à peine jeté un œil. Je suis vraiment désolée, Kennedy. Je sais que ce n'est pas la personne que tu apprécies le plus au monde.

— Je ne sais pas pourquoi. Moi, je le trouve fabuleux, déclare Lottie.

— Et magnifique, ajoute Tabitha. Quel est le problème, Kennedy ? Fabuleux et magnifique, ce n'est pas ce que tu recherches chez un homme ?

Elle fait un geste dédaigneux de la main.

— Ça va. Tout va très bien, dit-elle, sans convaincre *personne.*

— Vraiment ? demande Lottie.

Kennedy croise les bras sur sa poitrine.

— Ce n'est pas parce qu'il est plein aux as et qu'il pense pouvoir charmer une fille en lui racontant des histoires sur ses yachts, ses maisons et ses gorilles de compagnie que ça me dérange le moins du monde.

— Charlie Cavendish a un gorille de compagnie ? demande Tabitha, l'air complètement perdu. Mais il vit à Londres. Où est-ce qu'il pourrait bien le mettre ?

— Ça ne m'étonnerait pas qu'il ait un gorille. Il a déjà pratiquement tout le reste, souffle Kennedy.

— Il n'a pas de gorille de compagnie, dis-je. Ou du moins, je ne crois pas.

— Dommage, répond Tabitha avec un soupir. Jusqu'à présent ce soir, on a perdu un cow-boy sexy pour la reine de la fête et un gorille de compagnie.

Kennedy émet un grognement mécontent.

— Comment en est-on arrivées là, au juste ? demande Lottie. On est censées célébrer notre brillante amie qui atteint le grand âge de trente ans, pas tergiverser sur le fait que certains hommes que nous connaissons ont des primates africains comme animaux de compagnie, ce qui, je suppose, est de toute façon hautement illégal.

— Bien dit, lance Kennedy.

— Quelle heure est-il ? demande Tabitha. La fête est-elle sur le point de commencer ?

Je jette un coup d'œil à mon téléphone sur ma commode.

— La fête commence dans trois minutes. Je remarque un message et clique dessus. Oh, regardez. Scarlett dit qu'elle m'a trouvé le meilleur cadeau d'anniversaire qu'une célibataire puisse recevoir. Je me demande ce que c'est.

— Je parie que c'est un cow-boy ! s'exclame Tabitha, excitée.

— N'a-t-on pas déjà eu cette discussion, Tabitha ? Ce ne sera pas un cow-boy, ni personne d'autre des Village People, je réponds.

Les yeux de Lottie s'agrandissent et s'arrondissent.

— Mais ça pourrait être un *homme*.

Nous échangeons un regard et, comme si nous pensions toutes la même chose exactement au même moment, nous nous précipitons vers la grande fenêtre de ma chambre et regardons en bas la longue allée de gravier qui mène à la maison. Ce soir, elle est éclairée par des rangées de torches enflammées, donnant à l'ensemble des allures de roman de Jane Austen – ou de scène de *Jumanji*. Je n'ai pas encore décidé.

Une voiture noire et brillante crisse sur l'allée et s'arrête devant la maison.

— Oooh, c'est qui ? demande Lottie.

Nous regardons une femme blonde sortir du siège passager, suivie rapidement par deux hommes, tous deux en smoking, et tous deux avec une chevelure fournie (c'est à peu près tout ce que je peux distinguer d'ici, au deuxième étage).

— C'est Scarlett et le type qu'elle fréquente en ce moment, non ? demande Kennedy.

— Harry Honeydew, répond Tabitha.

— Ça ne *peut pas* être le vrai nom de ce type, rétorque Kennedy.

— Oh, si. Harry descend d'une très, très longue lignée de Honeydew. Ils sont assez célèbres dans leur comté d'origine.

Kennedy fronce les sourcils. — Honeydew ? Shire ? Vous, les Britanniques, vous êtes vraiment bizarres.

— On ne peut pas toutes venir de la Californie enso-leillée et te ressembler, Kennedy, je réponds en riant.

Comme si elle sentait nos regards posés sur elle, Scar-lett lève les yeux vers nous, nous sourit et nous fait un signe de la main, en désignant l'un des hommes à ses côtés.

— Elle n'a pas fait ça ! je m'exclame.

— Oh, je crois que si, réplique Kennedy.

— Je voulais un cow-boy pour toi, bougonne Tabitha.

Lottie me donne un coup de coude. — Il a l'air pas mal d'ici. Je me demande si c'est aussi un Honeydew ?

Kennedy glousse. — Honeydew.

— Alors, c'est ici que la fête se passe, dit une voix grave et américaine derrière nous.

À l'unisson, nous nous retournons pour voir Asher, qui remplit l'encadrement de la porte de sa présence. Il porte un smoking classique — qu'il s'obstine à appeler un « tux » — et de sa mâchoire mal rasée à ses cheveux en bataille et ses yeux sombres, il ressemble au fruit des amours de Taylor Lautner et Theo James. Si c'était biologiquement possible.

Mes amies lui disent bonjour, puis reportent leur atten-tion sur Scarlett et les Honeydew.

— J'adore le smoking, je lui dis.

Ses lèvres s'étirent. — C'est un tux, et merci. Qu'est-ce qu'on regarde ici ? Il traverse la pièce et jette un coup d'œil par-dessus nos têtes vers l'allée.

— Scarlett vient d'arriver avec son nouveau mec, et elle a amené un ami, explique Tabitha. Un *ami* mec.

— Comme c'est fascinant, lance Asher, impassible.

— Oh, mais ça l'est, insiste Lottie, parce qu'elle a dit à Zara qu'elle lui apporterait le meilleur cadeau d'anniversaire qu'une fille *célibataire* puisse recevoir et là, elle débarque avec son copain et cet autre type. Fais le calcul.

Il compte sur ses doigts. — Voyons voir. Scarlett plus son copain plus un autre type égale un invité surprise.

Lottie lève les yeux au ciel. — Je n'imagine pas une seconde que Zara se soucie de savoir s'il était invité ou non, Asher.

— On devrait peut-être demander à celle qui fête son anniversaire ? dit-il, et mes quatre amies tournent la tête pour me regarder.

— J'sais pas, je réponds, dans la phrase la plus articulée de mes trente années d'existence.

Tabitha me pousse du coude. — Mais si, tu sais très bien.

— Je suis… ouverte à l'idée de le rencontrer, je dis.

Les coins des lèvres d'Asher se relèvent. — D'accord. Donc, tu es en train de me dire que le pauvre gars là-bas, dit-il en désignant les trois silhouettes qui traversent l'allée, est ici pour un rendez-vous à l'aveugle avec la reine de la soirée ?

— En quoi ça fait de lui un pauvre gars, exactement ? je demande.

— Ouais, Asher, ajoute Tabitha. N'importe quel mec aurait de la chance d'avoir un rendez-vous à l'aveugle avec

Zara. Regarde-la, elle est magnifique, et c'est aussi une personne absolument géniale.

Asher me parcourt du regard, et cela provoque une sensation nouvelle et étrange dans mon ventre. Je la chasse d'un reniflement. Ce n'est qu'Asher. Ça doit être le smoking sexy qui perturbe mes hormones.

— Tu es en beauté ce soir, dit-il.

— En beauté ? Elle est phénoménale ! insiste Kennedy.

Les lèvres d'Asher s'étirent en un sourire. — D'accord. Elle est phénoménale.

— C'est mieux, renifle Kennedy. Où est ta cavalière ?

— Elle est en bas, répond Asher.

— Tu es en train de nous dire que tu as amené une cavalière et que tu as aussitôt disparu pour venir nous voir ? je lui demande.

— Ce n'est pas grave. Elle connaît l'un des autres invités.

— Qui Carolyn connaissait-elle ?

Il secoue la tête. — Pas Carolyn.

Je le dévisage, incrédule. — *Encore* une autre fille ? Ta vie amoureuse est une vraie porte tambour, Asher McMillan. J'en ai le tournis rien qu'à regarder.

Il me sourit. — Eh bien, merci.

Je lui lance mon meilleur regard « maman-n'est-pas-contente ». — Ce n'est *pas* censé être un compliment.

— Regardez. D'autres voitures arrivent, dit Lottie.

— La reine de la soirée est-elle prête à descendre à sa fête ? demande Kennedy.

Tous les yeux sont tournés vers moi.

J'adresse un large sourire à mes amis. — C'est bon, je suis prête. On se lance.

Chapitre 6

Avec mes amies — enfin, les filles, pas Asher — je vérifie une dernière fois ma coiffure et mon maquillage dans mon miroir en pied. Je rejette mes cheveux derrière une épaule, laissant ma longue chevelure retomber d'un seul côté.

— Parfait, roucoule Lottie dans mon dos. Elle est prête pour son gros plan, M. DeMille. J'aimerais tellement avoir tes cheveux. Ou ton visage. Ou ton corps.

Je laisse échapper un petit rire. — Il ne resterait plus rien de moi. Et puis, tu es magnifique, Lottie.

Ses joues s'empourprent. — Merci.

— Assez de minauderies, les filles, lance Asher depuis

sa place près de la fenêtre. Il y a des tas de gens qui arrivent, et ils voudront voir la reine de la fête.

— Tu te rends bien compte que tous les membres de ma famille de dingues vont être là ce soir ?

— Ta famille est tout simplement merveilleuse, surtout ton frère aîné si sexy. Même s'il est aussi pincé que M. Darcy, dit Tabitha.

Je grogne. Depuis que Sebastian a joué le rôle de M. Darcy dans une émission de téléréalité intitulée « *Dating Mr. Darcy* » (vous voyez le jeu de mots ?), des femmes se pâment pour lui à tout bout de champ. Malheureusement pour elles, il a rencontré Emma dans l'émission, en est tombé éperdument amoureux, l'a épousée et est maintenant l'heureux papa d'une petite fille, ma nièce chérie.

Alors que je m'apprête à suivre mes amies hors de la chambre, Asher pose doucement la main sur mon avant-bras. — J'ai failli oublier. Je t'ai pris un cadeau.

— Vraiment ? Oh, merci, mon mari.

Lottie s'arrête sur le seuil et nous regarde. — Vous venez, tous les deux ?

— On descend tout de suite. Je suis juste en train de donner un cadeau à la reine de la fête.

— D'accord, mais ne traînez pas. Ton public t'attend ! lance-t-elle avec un grand sourire avant de quitter la pièce.

— Je ne peux pas faire mieux que le cadeau de Scarlett, tu sais.

— On ne sait même pas si elle m'a vraiment organisé un rendez-vous arrangé. Et si c'est le cas, c'est un cadeau bizarre. Je veux dire, est-ce que c'est seulement légal d'offrir une personne à quelqu'un ?

Il rit. — Je dirais que c'est un non catégorique. Il plonge la main dans la poche intérieure de sa veste et en sort une boîte rouge nouée d'un ruban rose vif. — Tiens, je t'ai pris ça.

— Oh, tu n'aurais pas dû, mais je suis bien contente que tu l'aies fait. Je la prends, défais le ruban et ouvre la boîte. À l'intérieur se trouve le plus magnifique des flacons de parfum en verre bleu, rose et violet. Il est assez petit pour tenir dans le creux de ma main, et je le contemple en admirant sa beauté pure. — Asher. Je ne sais pas quoi dire.

— J'allais t'offrir autre chose, mais quand tu m'as parlé de ton étrange obsession pour les flacons de parfum, je me suis dit que je devrais t'en trouver un.

Je lève les yeux vers lui et souris. — Il est sublime. Merci beaucoup, beaucoup.

— Joyeux anniversaire. Ce n'est pas une antiquité, comme celle que tu m'as montrée l'autre fois, mais il est en verre de Murano.

— Sans blague ? C'est du Murano ? Je passe mes bras autour de lui et le serre brièvement contre moi, humant son parfum frais. — Tu es le meilleur.

Il hausse les épaules, les yeux brillants. — Personnellement, je ne comprends pas ce truc avec les flacons de parfum, mais toi si, alors…

Le mot « alors » reste en suspens dans l'air.

— Zara ! Tu rates ta propre fête ! Scarlett se tient sur le seuil, les mains sur les hanches. Vêtue d'une robe plissée argentée qui épouse ses formes, les cheveux en boucles souples autour de ses épaules, elle ressemble à une Marilyn Monroe des temps modernes. — Oh, salut, Asher.

— Bonjour, Scarlett, répond-il.

Je lève le flacon de parfum. — Regarde ce qu'Asher m'a offert. N'est-il pas magnifique ?

Elle s'approche d'un pas léger et me le prend des mains. — Super joli. Maintenant, viens avec moi. Elle tend le flacon à Asher avant de passer son bras sous le mien et de commencer à m'entraîner hors de la pièce. — J'ai quelqu'un que tu dois absolument rencontrer, et il a très envie de te rencontrer.

— Tu m'as *vraiment* ramené un cavalier ! dis-je alors qu'elle me presse dans le couloir en direction du grand escalier. J'entends la musique, les voix et les rires qui montent du rez-de-chaussée.

— Que veux-tu que je te dise, ma chérie ? C'est ton anniversaire, et tu m'as dit que tu cherchais le prince charmant. Le moins que je puisse faire, c'est t'éviter d'avoir à épouser Asher.

Je jette un coup d'œil par-dessus mon épaule, m'attendant à ce qu'Asher nous suive, mais il n'y a aucune trace de lui.

— On ne devrait pas l'attendre ?

— Pas le temps pour ça. Tu es la reine de la soirée et ton prince charmant t'attend.

Je glousse. L'idée d'un prince charmant me plaît, même si c'est un peu trop conte de fées à mon goût. — Qui est-ce ? Tabitha espère que c'est un cow-boy.

— C'est le cousin de Harry. Il s'appelle George Honey-dew, il est plein aux as, célibataire, hétéro et carrément canon. Tu vas mourir.

Une drôle de sensation me parcourt le ventre. — Oh.

À présent, nous sommes à mi-chemin du grand escalier majestueux, et le volume de la musique et des bavardages a augmenté.

—Je lui ai montré quelques photos de toi de ton Insta-gram en venant, et il a failli faire une rupture d'anévrisme. Il est à fond.

— D'accord. C'est parti.

— C'est parti, confirme-t-elle.

Nous tournons au coin de l'escalier et nous nous retrouvons face à une marée humaine, tous étincelants, sur leur trente-et-un. Plusieurs têtes se tournent pour nous regarder.

— La voilà ! Ma fille, celle dont c'est l'anniversaire, s'exclame Maman, et toute la salle éclate en applaudissements spontanés.

Scarlett toujours agrippée à mon bras, je souris à tout le monde et fais une petite révérence. En grandissant dans une famille britannique aristocratique et sociable, impossible de faire tapisserie. Il y a toujours des garden-parties en été, des cocktails, des déjeuners et des sorties à l'opéra. Les Huntington-Ross ne sont pas des ermites, ça, c'est sûr. Je suis donc plus qu'habituée à devoir me produire en public, même si je préférerais que ma fête se passe avec quelques amis proches dans mon pub local plutôt que cette grande réception.

Mais ça fait plaisir à Maman, et je sais que l'absence de Papa lui pèsera aujourd'hui, tout autant qu'à moi.

— Un discours ! crie quelqu'un, et je suis presque sûre que ça vient de Tabitha.

Quand je regarde dans sa direction, elle se cache derrière Lottie.

Je passe instantanément en mode Huntington-Ross, me dégageant de l'emprise de Scarlett et lançant : — Je suis absolument ravie de vous avoir tous ici pour célébrer le passage d'une étape qui me fait officiellement entrer dans la catégorie des « vieux ».

Les invités plus âgés gloussent tandis que mes amis hochent la tête d'un air grave.

— Vous savez, on m'a dit que je faisais ma crise de la quarantaine en ce moment, et bien que je ne sois pas exactement en milieu de vie, je suppose que je traverse quelque chose. Je grandis. J'ai donc pris une décision et je veux la partager avec vous.

— Tu vas te marier ? s'écrie Maman, qui espère toujours que sa fille unique remontera joyeusement l'allée.

Je laisse échapper un rire. — Non, Maman. Désolée. En fait, c'est encore plus excitant que ça. Je marque une pause pour l'effet dramatique, puis j'annonce : — Je vais prendre un chiot ! Enfin, si Penelope est d'accord. Je regarde l'assemblée de visages levés et j'attends leur réaction.

La réaction est plutôt tiède.

Mes amis applaudissent et crient de joie, les amis de ma mère attendent la partie suivante, plus importante, de mon annonce — scoop : c'est tout — et mon frère Sebastian me lance un regard encourageant mais perplexe.

Imperturbable, je continue. — Elle s'appelle Stevie, c'est un Jack Russell, et elle est tout simplement divine. Je souris de toutes mes dents. Comprenant que c'est là le fin mot de mon annonce, les amis de Maman et de Mamie applaudissent poliment pendant que mes amis crient : « Youhou ! Zara va avoir un chiot ! » et « On t'adore, Zee ! »

— Merci. Je suis surexcitée. J'espère que vous passerez une fabuleuse soirée. J'offre à tous un autre sourire avant de descendre les escaliers, Scarlett sur mes talons. Quelqu'un me tend une coupe de champagne, et j'en prends une gorgée. Les bulles me chatouillent le nez et opèrent leur magie, mon moral remonte en flèche.

La fête a officiellement commencé.

Vingt minutes et trois coupes de champagne plus tard, l'orchestre joue mes morceaux préférés et la fête bat son plein. J'ai fait consciencieusement le tour de tous les invités, dont la plupart semblent être des amis de Maman et de Mamie qui sont déterminés à me transmettre un seul et unique message.

Quand est-ce que tu vas te caser ?

En fait, les questions dont on me bombarde n'ont pas toutes été les mêmes. Il y a eu quelques variantes. Elles allaient de *Quoi ? Tu es encore célibataire ? Mais tu as 30 ans !* à *Un chien, c'est bien joli, mais y a-t-il des petits amis prometteurs à l'horizon ?* jusqu'à *Ce serait un tel réconfort pour votre chère mère de voir sa fille unique heureuse en mariage.*

Cette dernière venait de Maman.

Ma mère, subtile ? Hmmm, pas vraiment.

— Tu sais, tu devrais vraiment écouter ta mère, Zara, me dit Mamie alors que je m'en plains à elle. — Quand j'avais ton âge, j'étais mariée depuis douze ans, dit-elle en s'appuyant sur sa vieille canne en bois. — Douze *ans*.

— Je sais, Mamie. Tu me l'as dit au déjeuner de dimanche dernier devant la moitié de la famille. Oh, et la semaine d'avant, et encore celle d'avant.

— Et à ton avis, pourquoi je te le dis, ma petite ?

J'ouvre la bouche pour répondre, mais il est clair que c'est une question rhétorique.

— Parce que tu ne peux plus lambiner avec ces choses-là, à perdre ton temps avec des hommes qui ne sont pas dignes de toi ou, pire encore, à ne même pas avoir de galant.

— Avoir un galant ? Mamie, on n'est plus dans les années 50. On n'« a plus de galant ». Je sens le regard de quelqu'un sur moi. Je lève les yeux et remarque mon rendez-vous arrangé, George, qui m'observe avec un petit sourire au coin des lèvres. Avec ses cheveux blond cendré, sa mâchoire carrée et son sourire malicieux, ce mec ressemble à Captain America, mais sans le costume ni le bouclier. Encore que, vu son physique, il serait incroyable avec le costume et le bouclier.

Mais je m'égare.

Je lui adresse un sourire rapide.

— Alors qu'est-ce que vous faites ? me demande Mamie.

Je détache mon regard de Captain America pour le reporter sur Mamie. — Pardon ?

— Comment appelez-vous ça, si ce n'est pas « avoir un galant » ?

Je jette un autre regard à George. Il a toujours les yeux rivés sur moi avec ce sourire sexy, et mon ventre fait une petite cabriole. — Je ne sais pas, moi. On sort ensemble ? On traîne ensemble ? On couche ensemble ?

Mamie fait la grimace. — « Coucher ensemble », ça a l'air absolument ignoble. Pourquoi ne peux-tu pas trouver un homme bien avec qui te poser ? Tu vas finir vieille fille avant même de t'en rendre compte.

— On ne finit plus « vieille fille », Mamie. Les femmes ont le choix. J'ai une carrière et un groupe d'amis formidables.

— Des amis, ricane-t-elle, juste au moment où Tabitha pousse un cri de rire et glisse pour atterrir sur les fesses en plein milieu de la salle de bal. — Il serait peut-être temps de choisir un peu plus judicieusement sur ce front-là aussi. Elle observe Tabitha alors que Lottie essaie de la relever, mais ses jambes fluettes s'écartent sur le sol comme celles d'un faon nouveau-né qui essaie de se tenir debout, et mes deux amies finissent par se tenir les côtes de rire tandis qu'Asher leur sourit. Un instant plus tard, il les a remises sur pied toutes les deux, mais aux yeux de Mamie, le mal est fait.

— J'adore mes amis, Mamie, et je n'ai aucune envie de les remplacer, même s'ils peuvent être un peu... exubérants.

Elle pince ses lèvres fines. — Hmmm.

— Ils sont comme ma famille.

Elle émet un grognement. — *Nous* sommes ta famille.

Je me penche et l'embrasse sur sa joue creuse et ridée. — Et je t'aime tellement.

— Tu n'as même pas *envie* de te marier ?

Je suis dans une position délicate. Si je lui dis la vérité – que je suis plus que prête à rencontrer le Prince Charmant, à l'épouser et à avoir des bébés –, elle se lancerait dans une danse endiablée, ici même, devant tout le monde à ma fête. Bien que cette vision serait assez incroyable, je ne veux pas lui donner de faux espoirs. Après tout, je n'ai même pas rencontré de mec que j'envisagerais d'épouser, et encore moins de concrétiser tout ça.

— Un jour, je réponds évasivement en remarquant Scarlett, Henry et Captain America George qui parlent et rient avec Tabitha et Lottie non loin de là. Ils ont l'air de beaucoup s'amuser, et je suis censée m'amuser avec eux, et peut-être même flirter avec George, pas me faire interroger sur mes choix de vie par ma famille.

— Mamie, on en reparle plus tard, d'accord ? Pour l'instant, je vais aller voir mes amis. Je te rejoins bientôt.

— Tu veux finir comme ta pauvre tante Cecily, un vieux corbeau solitaire, Zara ? Parce que c'est précisément la direction que tu prends, me prévient-elle.

— Super discussion, Mamie, je réponds d'un ton enjoué. J'aperçois deux de ses vieilles copines assises près du mur. Oh, regarde, Mamie. Voilà Lord Wistern. Je l'invite à se joindre à toi avec sa femme, tu veux bien ? Je n'attends pas sa réponse. Au lieu de ça, je me faufile à travers les groupes de personnes, les saluant et leur disant que je leur parlerai plus tard, jusqu'à ce que j'atteigne ma cible.

— Bonjour, Lord et Lady Wistern. Je suis ravie de vous voir. Je me demandais si vous aviez eu l'occasion de saluer ma grand-mère. Je suis sûre qu'elle serait ravie de vous voir.

— Qui ? demande Lord Wistern d'une voix toni-
truante.

— Ma grand-mère, je réponds. Geraldine.

La compréhension illumine son visage déchar-
né. — Oh, Geraldine. Ne me doit-elle pas de l'argent ?
demande-t-il à sa femme.

— Non, ça, c'est Gerald, votre cousin, mon cher.

— Gerald me doit de l'argent ? Le scélérat !

— Oui, mon cher. Une somme assez considérable.

Lord Wistern a l'air scandalisé. — Combien ?

— Mon cher, on ne parle pas d'argent en société. Ce
n'est pas convenable.

— Je me fiche de tout ça. Combien me doit-il ? J'ai
bien l'intention de récupérer mon dû.

— Mon cher...

— Combien ?

— Environ cent mille livres, au dernier décompte, dit-
elle à voix basse.

Je fais semblant de ne pas avoir entendu. — Bon, alors,
vous voudriez... commençai-je, avant de me faire
interrompre.

— Combien ? tonne-t-il, indigné, ses joues déjà
vermeilles virant au rouge du nez de Rudolph le renne.
C'est absurde. Où est-il ? Conduisez-moi à lui sur-le-
champ.

Lady Wistern me lance un regard désolé. — Mon cher,
il n'y a pas de quoi vous énerver. Ça fait trente ans qu'il
vous doit cet argent.

— Trente ans ? s'enquiert-il.

Bon, les Wistern n'étaient peut-être pas le meilleur
choix.

Je m'éloigne du couple qui se chamaille pour reculer
contre quelqu'un. Je me retourne pour m'excuser et tombe

nez à nez avec l'homme en question, George. — Salut, dis-je d'une voix haletante.

— Joyeux anniversaire, répond-il avec un sourire. Sa voix est veloutée, douce et profonde, et elle m'envoie des décharges électriques. Je suis désolé, je n'ai pas apporté de cadeau à la reine de la fête.

— Pas de problème. Je parie que tu ne savais même pas que tu viendrais à cette soirée.

— Non, mais je suis content d'être venu. Votre maison de famille est magnifique.

— Merci. Nous nous sourions timidement pendant un instant.

— Mes parents sont aussi à cette soirée, en fait. C'est bizarre, non ?

Je cligne des yeux, sans comprendre. — Tu as amené tes parents ?

Il se met à rire. C'est un rire chaleureux et sexy qui me fait sourire. — Apparemment, ils connaissent ta mère. J'ai été aussi surpris que toi de les voir ici.

— Le monde est petit. Quoique, pas si petit que ça, surtout dans le « milieu » rural où il y a eu tellement de consanguinité au fil des ans que c'est un miracle que nous puissions fonctionner comme des êtres humains normaux.

D'accord, c'est une pure exagération, mais tu vois ce que je veux dire. On se connaît tous.

— Alors, tu es le cousin de Henry, c'est ça ? je demande.

— George Honeydew, à votre service. Il incline la tête dans une petite révérence. C'est démodé et attachant, et tellement mignon.

#JeFonds

— Je suis venu pour le week-end et Scarlett m'a suggéré de venir ce soir. J'espère que ça ne vous dérange pas que je sois là. Il observe les invités. Ça a l'air d'être une réception assez formelle.

— C'est comme ça que fonctionne ma famille. Ce n'est pas mon quotidien, tu sais. Je vis dans un appartement à Londres avec mon amie Lottie. Je suis vraiment tout à fait normale et ennuyeuse.

— Tu ne me donnes pas l'impression d'être « normale » ou « ennuyeuse ».

Je pince les lèvres pour empêcher un sourire ridiculement immense de s'étaler sur mon visage.

Merci, Scarlett !

— D'où est-ce que tu viens ?

— En ce moment, j'habite à Édimbourg, même si je suis originaire du Surrey. Je dois dire que ça fait du bien de revenir dans les Home Counties. Même si j'aime vivre en Écosse, ce n'est pas exactement un climat tropical.

— Ah, non, mais au moins, vous avez Jamie Fraser.

— Jamie qui ?

— D'*Outlander* ? Tu sais, l'histoire d'amour avec voyage dans le temps entre Jamie et Claire ?

Il secoue la tête. — Désolé, je n'ai aucune idée de ce dont tu parles.

— C'est une série télé. Mais bon, tu es un mec, donc ce n'est probablement pas ton truc. Mes amies et moi, on adore. Hashtag obsédées.

— Je ne manquerai pas d'y jeter un œil, puisque tu le recommandes. Peut-être que je te dirai ce que j'en pense après avoir regardé un épisode ou deux.

Je lui souris. Ce mec est gentil, adorable et drôle ! Et sexy. Vraiment sexy. — D'accord.

— Du coup, il me faudrait peut-être ton numéro pour faire ça, dit-il.

— Mon numéro. C'est vrai.

Il sort son téléphone de la poche intérieure de sa veste

et je tape mon nom et mon numéro. Au moment où il me reprend le téléphone, son doigt effleure le mien et, alors que je lève les yeux, nos regards se croisent.

— Te voilà, Zara. C'est ta mère qui m'envoie. On a besoin de toi pour le gâteau d'anniversaire, dit une voix à côté de moi.

À contrecœur, je détache mon regard de George pour voir Kennedy qui me regarde.

— Zara ? Ça va ? demande-t-elle comme je ne réponds pas.

— Quoi ? Oh, oui. Ça va. Le gâteau, tu dis ? Bien sûr. Allons-y.

Elle nous regarde, moi puis George, tour à tour. Une lueur de compréhension illumine son visage. — Alors, vous vous êtes rencontrés, hein ?

— Ouais. La chaleur commence à me monter aux joues. Je jette un regard furtif à George. Il a l'air mal à l'aise aussi, ce qui ne fait que me le rendre plus sympathique.

— Les rendez-vous arrangés peuvent être super gênants, dit Kennedy.

— Oh, ce n'est pas…

— Nous ne sommes pas…

Nous nous arrêtons et nous nous regardons avant de sourire tous les deux.

— Ça me va d'appeler ça un rendez-vous arrangé si ça te va aussi, dit George.

— Bien sûr. C'est un rendez-vous arrangé.

Charlie Cavendish rejoint notre groupe et m'embrasse aussitôt sur chaque joue en disant : — Joyeux anniversaire, Zara. Tu es éblouissante ce soir. Son regard dérive vers Kennedy. — Salut, Kennedy, dit-il froidement.

— Charles, répond-elle avec une bonne dose de mépris dans la voix.

C'est à mon tour de lancer des regards entre les deux. C'est quoi, le problème *avec* ces deux-là ?

Charlie salue George d'une poignée de main. — Salut, George. Je ne savais pas que tu connaissais Zara.

— Oh, on se connaît depuis une éternité. N'est-ce pas ? répond-il en me faisant un clin d'œil.

— Une éternité*éééé*. Ça fait quoi, trois minutes ?

— Oh, au moins quatre.

Nous échangeons un autre sourire, et j'ai une troupe de pom-pom girls qui fait des saltos dans mon ventre.

Ce mec est parfait !

— Ils ont un rendez-vous arrangé, dit Kennedy.

— Vraiment ? demande Charlie en lançant à Kennedy un regard à glacer un café brûlant.

— En effet, répond-elle.

— Eh bien, c'est chouette, non ?

— Ça l'est. Pour eux.

Ayant fini de foudroyer Kennedy du regard pour le moment, Charlie reporte son attention sur moi. — Dis-moi, Zara, qu'est-ce que ça fait de passer le cap des 30 ans ?

— C'est absolument génial. C'est comme dans le film *30 ans sinon rien*. J'ai trente ans, je suis pétillante et épanouie.

Les deux hommes me regardent avec des expressions vides.

— C'est un film avec Jennifer Garner, explique Kennedy pour moi.

— Ah, d'accord. Un film de nanas, dit Charlie.

Kennedy met les poings sur les hanches. — Oh, c'est tellement typique. Ça ne m'étonne pas de toi, Charles. Les mecs aussi regardent des comédies romantiques, tu sais.

— Oh, tu as absolument raison. Mon cousin, Cyril, a regardé toutes les comédies romantiques jamais réalisées.

— Tu vois ?

— Bien sûr, c'est un créateur de mode avec un sens du style impeccable dont les goûts penchent vers, euh, le côté masculin du spectre, mais quand même.

Kennedy lève les yeux au ciel. — Donc, seuls les femmes et les gays regardent des films de nanas ? *Quel* stéréotype.

— Je te propose un truc. Puisque ça te tient tant à cœur, je vais regarder ce film avec Jennifer Lawrence...

— Garner. Jennifer Garner. Ce n'est pas *Hunger Games*.

— Ça, par contre, c'est un bon film, intervient George.

— Absolument. De l'action, de l'intrigue, un gouvernement totalitaire et punitif, sans mentionner Katniss, super sexy en cuir noir. Charlie se tapote le menton. — Je me demande si un film sur le fait d'avoir 30 ans peut offrir tout ça ?

Kennedy lève les yeux au ciel, les bras maintenant croisés sur sa poitrine. — Sache que *30 ans sinon rien* est un classique.

—J'en suis sûr.

Il est temps d'intervenir dans cette petite joute verbale cinématographique. Je n'ai pas besoin d'amis qui se chamaillent à ma fête d'anniversaire.

— Bon, vous deux. On a compris que vous adoriez vous chamailler. Mais c'est ma fête d'anniversaire, alors toi, dis-je en désignant Charlie du doigt, va parler à Sebastian et Emma là-bas. Et toi, je désigne Kennedy, va danser avec Lottie et Tabitha.

— Oui, chef, dit Charlie en faisant un petit salut militaire, ce qui fait à nouveau lever les yeux au ciel à Kennedy. À plus tard. Il tourne les talons et s'en va.

Une fois qu'il est hors de portée de voix, je demande :

— Qu'est-ce qui te dérange chez lui ?

— Tout, répond simplement Kennedy, et je la crois.

Les lumières se tamisent, et je sais ce qui va se passer. C'est une fête d'anniversaire, après tout. Sebastian apparaît, tenant un énorme gâteau littéralement couvert de bougies allumées. Le groupe entame *Joyeux Anniversaire* et tout le monde chante en chœur pendant que je reste plantée là, me sentant comme une idiote, mais une idiote heureuse, au moins.

Le temps que je fasse un vœu et que je souffle mes bougies, George a disparu. Je balaie la pièce du regard, mais au lieu de l'apercevoir, je tombe sur Asher, tout sourire, qui se fraie un chemin dans la foule jusqu'à moi, une assiette contenant une part de gâteau à moitié mangée à la main.

— C'est délicieux. Je savais que tu choisirais un fraisier avec un glaçage à la vanille. Tu en prends ?

— Oh, bien sûr. Je vais en prendre, je réponds, l'esprit ailleurs.

— Il faut que la reine de la soirée mange du gâteau.

— Bien sûr. Tu as vu George ?

— George, le type qui est venu avec Scarlett et Henry ?

— Oui.

— Je crois qu'il est parti.

Je cille en le regardant. — Il est parti ?

— Je crois bien. Pourquoi ? Le rencard arrangé ne s'est pas bien passé ?

Je réprime un sourire. — Si, en fait.

Il étudie mon visage un instant avant de dire :

— Tu sais, tu viens à peine de décider de trouver l'homme de ta vie. Tu n'es pas obligée de sauter sur le premier type que tu rencontres.

— Je ne saute pas. Je marche vers lui d'un pas tranquille, mais assuré.

Asher éclate de rire. — Ah oui ?

— Oh que oui. Il m'a demandé mon numéro.

— Tu sais que ce type est un idiot, n'est-ce pas ?

— Ce n'est pas un idiot.

— Oh, si.

— Tu es juste jaloux parce que Scarlett ne t'a pas trouvé de rencard arrangé.

— Je suis à peu près certain de ne jamais vouloir que Scarlett me trouve un rencard arrangé.

— Eh bien, je me fiche de ce que tu penses. Quand George m'appellera, et il *va* m'appeler, je sortirai avec lui et je passerai un moment incroyable. Le courant est passé entre nous.

Asher me lance un regard qui me dit que je suis complètement à côté de la plaque, mais je m'en fiche. Le courant est bel et bien passé entre George Captain America Honeydew et moi, et j'ai hâte d'avoir de ses nouvelles.

Chapitre 7

CHER PAPA,

Aujourd'hui, je crois que je vais avoir mon nouveau chiot. Je dis « crois » parce que je dois d'abord réussir le test de l'animalerie. Apparemment, il ne suffit pas de rejoindre le gang, de ne pas marcher sur des charbons ardents et de choisir d'être un crayon de couleur d'une nouvelle sorte.

Je t'expliquerai une autre fois. Souhaite-moi bonne chance !
Tu me manques. Je t'aime.
Ta Za-Za xoxo

. . .

JE SUIS TELLEMENT EXCITÉE ! Aujourd'hui, c'est le grand jour. Oubliés les trente ans, les fêtes d'anniversaire et les mecs canons qui s'appellent George. Bon, d'accord, il ne faut pas l'oublier, lui. Juste le mettre de côté pour plus tard.

Aujourd'hui, c'est le jour où je vais avoir mon chiot !

Enfin, j'espère l'avoir, quoi. Tout dépend de ma réussite au prochain test de chez Penelope's Pooches.

Lottie est prévenue et parée. Elle a pour consigne stricte de ne rien dire du tout. Je ne veux pas qu'elle aille leur raconter qu'elle ne rejoindrait pas un gang pour trouver les méchants, ou qu'elle ne plongerait pas au fond de l'océan pour trouver le trésor. Ce n'est peut-être pas elle qui prend le chien, mais en tant que ma colocataire, elle fera partie de sa vie. Il faut qu'elle réussisse ce test.

Et moi aussi.

Je suis encore en train de taper les coussins et de fourrer les assiettes sales que je n'ai pas eu le temps de laver dans un tiroir du bas vide quand la sonnette retentit. Même si je m'y attendais, je manque de sursauter.

— C'est eux. Lottie, c'est eux !, je crie dans le couloir.

— Qui ça ?, demande-t-elle en entrant dans le salon, se frottant les yeux, toujours en pyjama. Et tu crois que tu pourrais parler un peu moins fort ? Certains d'entre nous ne sont pas au meilleur de leur forme après la fête d'anni-versaire d'une certaine personne hier soir.

Je la dévisage. Son pyjama est froissé, ses cheveux sont aplatis du côté où elle a dormi, et son maquillage de la veille a coulé sous ses yeux. — Lottie ! Tu dois t'habiller, maintenant. Penelope est là.

— C'est qui, Penelope ?, demande-t-elle en bâillant.

— Les gens du chien, j'explique en me précipitant dans le couloir. J'appuie sur le bouton pour les laisser entrer dans l'immeuble, en disant : — Montez au deuxième étage ! et j'entrouvre la porte. J'attrape une brosse dans la salle de bains. — Tiens, je dis en la lui tendant. Arrange-moi ce nid d'oiseaux, habille-toi, et n'oublie pas : pas un mot.

— Tu crois vraiment que le chien va se soucier de savoir si mes cheveux sont coiffés ?

— Non, mais Penelope, oui.

— On dirait une secte, leur truc.

— Ou qu'elles sortent d'un film des années 80, comme *Heathers*, dit une voix grave depuis le seuil de la porte.

Je me retourne et reste bouche bée. Asher se tient sur le pas de la porte, vêtu d'un jean et d'une veste grise sur un t-shirt blanc, tenant un plateau en carton avec des cafés à la main. — Qu'est-ce que tu fais là ?

— Tu m'as ouvert. Et sympa, l'accueil, au fait. Tu sais y faire pour que ton futur mari se sente aimé, surtout quand il apporte le café.

Lottie passe devant moi. — Mmm, du café. Tu es un ange tombé du ciel. Merci, Ash, dit-elle en en prenant un.

Je lève un sourcil en sa direction.

— C'est bon. J'y vais, dit-elle tout en restant plantée au même endroit.

— Lottie, ta chambre est par là, et Asher, tu es censé être les gens de Penelope's Pooches, ici pour inspecter mon appartement, je dis alors qu'il entre et ferme la porte derrière lui.

— Désolé de te décevoir. C'est maintenant que ça se passe ?

— Oui ! Et il faut que tu *ne* sois *pas* là.

Il jette un regard vers Lottie. — Ta colocataire est un peu stressée, par hasard ?

Elle laisse échapper un petit rire. — Zara, stressée à l'idée d'avoir ce chien ? Jamais !

L'interphone sonne de nouveau.

Une décharge d'adrénaline me traverse. — Ça doit être eux, dis-je. Je décroche le combiné et lance : — Allô ?

— Ici Penelope, de Penelope's Pooches. Nous venons pour une évaluation, dit une voix métallique dans le haut-parleur.

— Montez au deuxième étage. Appartement quatre. J'appuie sur le bouton d'entrée avant de me tourner vers Asher, qui ne devrait pas être là, et Lottie, dont les cheveux sont toujours en bataille. — Bon, vous deux. Lottie, va t'arranger les cheveux et enfile des vêtements, et Asher, puisque tu es là maintenant, tu vas devoir rester, mais tu n'as pas le droit de dire un mot.

— D'accord, j'y vais, dit Lottie en retournant dans le couloir vers sa chambre comme si elle avait tout son temps.

— La salle de bain, Lottie ! Il faut que tu mouilles tes cheveux d'abord.

— Bien sûr.

Je la regarde m'ignorer complètement et se diriger plutôt vers la porte de sa chambre.

— Elle ne se mouille pas les cheveux, dis-je, incrédule.

Asher me tend un café. — Détends-toi, ma p'tite femme. Tout va bien. Quoique, à la réflexion, tu ne devrais peut-être pas boire de caféine en ce moment.

Je prends une gorgée. — Est-ce que quelqu'un dans l'histoire de l'humanité a déjà réussi à se détendre quand on lui a dit de se détendre ?

— Eh bien, si c'est le cas, je ne pense pas que tu vas rejoindre leur club de sitôt, répond-il avec un grand sourire. Mais sérieusement. Tout va bien se passer. Elles vont juste vous poser quelques questions du genre « Saviez-vous que les chiens font caca ? » et « N'oubliez pas de les caresser de temps en temps », et puis ce sera fini. Tu auras ton chien et beaucoup moins d'argent, et on pourra tous reprendre le cours de nos vies.

Je pousse un soupir, et mes épaules tendues comme de la pierre se relâchent. — Tu as raison. Tout va bien se passer.

— Oui. Je vais m'asseoir dans le salon. Il s'avance dans le couloir au moment même où l'on frappe à la porte.

Je prends une grande inspiration, puis j'ouvre la porte avec un sourire radieux, extrêmement détendu et absolument pas forcé sur le visage. — Bonjour ! dis-je non pas à une, ni deux, mais trois personnes, toutes vêtues de la même combinaison de travail bleu clair et coiffées de couettes. — Vous devez être… les Penelope.

— C'est bien nous, disent-elles à l'unisson avec des sourires identiques.

Waouh. *Tellement* dérangeant.

— Avez-vous des prénoms individuels, ou dois-je simplement vous appeler toutes « Penelope » ?

— Penelope nous convient, dit celle qui a les cheveux blonds crépus et des taches de rousseur. Nos identités individuelles sont secondaires à notre mission.

— Bien sûr. Je m'écarte pour les laisser entrer. J'évite de regarder en direction d'Asher, parce que je sais exactement ce qu'il pense et que ça ne m'aidera pas du tout en ce moment. — Entrez, je vous en prie. Bienvenue dans ma demeure, parfaitement adaptée à un chien.

Toutes les trois entrent dans le vestibule et regardent autour d'elles. Je remarque une toile d'araignée au mur, près du plafond, et je regrette de ne pas avoir levé les yeux pendant que je nettoyais frénétiquement l'appartement quelques instants plus tôt.

— Où pourrions-nous nous asseoir pour discuter ? demande la Penelope blonde et crépue.

— Le salon est parfait. Suivez-moi. Je m'engage dans le couloir et entre dans le salon, où Asher et Lottie sont tous les deux assis. Lottie a réussi à s'habiller d'un jean et d'un sweat, et elle s'est même brossé les cheveux.

La Penelope blonde et crépue hausse les sourcils. — Bonjour. Vous habitez ici, vous aussi ?

— Oui. Salut, je m'appelle Lottie. Elle fait un petit signe de la main aux Penelope. — Je suis la colocataire de Zara et je suis super excitée pour Stevie.

— Et vous, qui êtes-vous ? demande l'une des autres Penelope à Asher. Elle a les cheveux noirs et raides et une frange droite.

— Oh, je ne suis qu'un pique-assiette. Un invité. Pas un colocataire.

— Mais Asher, tu *es* le futur mari de Zara, donc tu es bien plus qu'un simple pique-assiette, insiste Lottie avec un sourire qui me dit qu'elle s'amuse beaucoup de la situation.

Je lui lance un regard noir, les lèvres pincées. Pourquoi a-t-il fallu qu'elle mentionne ce pacte ? Ça n'a absolument aucun rapport avec l'adoption de ce chien.

— Vous allez vous marier ? demande la Penelope aux cheveux noirs. Eh bien, ça change tout. Il va falloir qu'on vous pose quelques questions pertinentes avant de pouvoir continuer, puisque votre mari fera aussi partie de la meute de Stevie.

— On ne va pas se marier, a dit Asher. C'était juste une blague. Faites comme si je n'étais pas là. Il se lève. — En fait, je vais vous laisser.

— Assis, dit la Penelope blonde et crépue, et à ma grande surprise, Asher se rassoit aussitôt.

Je réprime un petit rire. Je devrais m'en souvenir la prochaine fois que je voudrai qu'il fasse quelque chose.

— Vous deux, vous restez. Vous, dit-elle en me pointant du doigt, asseyez-vous avec les deux autres.

— Mais…

— Assise !

— D'accord. La queue entre les jambes — au sens figuré, car je ne suis pas une chienne, même si les Penelope semblent penser que je dois être traitée comme telle — je me glisse jusqu'au canapé et me laisse tomber entre Asher et Lottie.

— Bon chien, chien, dit Asher à voix basse, et je lui donne un coup de coude dans les côtes.

— Toi aussi.

— Maintenant, les autres Penelope vont évaluer la conformité de votre propriété pendant que nous discutons un peu. La Penelope blonde et crépue s'installe en face de nous et sort un carnet de son sac.

— Je serais ravie de faire visiter l'appartement à vos collègues, je propose.

— Ce ne sera pas nécessaire, répond-elle sans me regarder. Elles sont parfaitement capables de gérer le processus toutes seules. Elle fait un signe de tête aux deux autres Penelope, qui commencent immédiatement à se promener dans l'appartement.

— J'ai quelques questions pour vous, Asher.

— Allez-y.

— Si vous étiez un paquet de biscuits, lequel seriez-vous et pourquoi ?

— Pardon ? demande-t-il.

— Si vous étiez un paquet de biscuits, lequel seriez-vous et pourquoi ? répète-t-elle.

— Je ne peux pas répondre à ça. J'ai promis de ne pas parler, dit-il.

Je ferme les yeux très fort, humiliée.

— Vous pouvez répondre à la question, dit Penelope la blonde frisée.

— Suis-je obligé ?

— Oui.

— Vous savez, le truc, c'est que ce n'est pas une question que je me sois jamais vraiment posée.

J'écarquille les yeux en le regardant. — Asher, joue le jeu, dis-je avec un sourire forcé.

— D'accord. Laissez-moi réfléchir. Si j'étais un paquet de *cookies*, commence-t-il en insistant sur le mot, je crois que je serais des biscotti.

— Pourquoi des biscotti ? demande Penelope la blonde frisée.

— Parce que comme les biscotti, je suis un quart italien, et je suis dur à croquer, mais chaque bouchée en vaut la peine. Il lui sourit, et à cet instant, j'ai envie de disparaître dans un trou de souris.

Penelope la blonde frisée lève les yeux vers lui à travers ses cils. — J'aime cette réponse, dit-elle, et elle se met aussitôt à rougir.

— Merci. Moi aussi, je l'aime bien. Asher me lance un regard qui veut dire *et toc*.

Tellement mature.

— Lottie, une question pour vous. Si vous pouviez être une couleur, laquelle seriez-vous ?

— La pluie, répond-elle du tac au tac.

Je la regarde en clignant des yeux. — Elle a dit une couleur, Lottie.

— La pluie est une couleur. En fait, c'est plein de couleurs. C'est blanc, c'est bleu, c'est gris, c'est taupe, c'est un noir profond, sombre et menaçant.

— Fascinant, dit Penelope la blonde frisée en tapotant sur sa tablette.

Est-ce que c'est bon signe ? S'il vous plaît, faites que ce soit bon signe.

— Et si vous étiez un poisson ? Lequel seriez-vous ? Cette question s'adresse à vous deux.

— Oh, ça, c'est facile. Je serais un requin-tigre, répond

Asher. Féroce, sans compromis, totalement maître de la situation.

Penelope la blonde frisée tapote.

— J'opterais pour une tout autre direction, commence Lottie. Je serais une étoile de mer. Comme ça, je pourrais observer le monde autour de moi tout en restant sereinement assise sur un rocher.

Encore des tapotements sur la tablette.

— Dites-m'en plus sur le requin-tigre, dit Pénélope la blonde frisée à Asher, ses joues s'empourprant davantage. Je trouve ça tellement intéressant que vous disiez ça.

Pendant qu'Asher se lance dans un discours sur les requins alpha et le plancton, je lève les yeux au ciel si fort qu'ils risquent de me sortir de la tête. Les femmes adorent Asher. Bien sûr, il est agréable à regarder, mais il est aussi drôle, charmant et il a le don de mettre les gens à l'aise. Et pour le moment, je lui suis reconnaissante parce que Pénélope la blonde frisée a l'air contente.

Les deux autres Pénélope reviennent dans la pièce et ma nervosité monte d'un cran. — Tout va bien avec l'appartement ?

— Il y a un problème, dit Pénélope la brune. Venez avec moi.

Je me lève d'un bond, la suis hors de la pièce et dans le couloir jusqu'à la cuisine. — Qu'est-ce qu'il y a ? Quel est le problème ?

Asher, Lottie et les deux autres Pénélope arrivent dans la pièce peu de temps après.

— Chez Penelope's Pooches, nous nous spécialisons dans les petits chiens, comme vous le savez. Ce qui me préoccupe, c'est que la fenêtre de la cuisine est trop haute pour qu'un chien puisse voir dehors.

— Vraiment ? je demande pendant que mon esprit s'emballe. Est-ce que je dois déplacer la fenêtre ? C'est seulement possible, ça ? Est-ce que notre propriétaire nous le permettrait seulement ?

— Voyez la distance d'ici à ici, dit Pénélope la brune en faisant un geste du sol à la fenêtre. C'est clairement trop haut par rapport au sol.

— Je vois bien, dit Pénélope la blonde frisée. Nos chiens ont besoin de voir un ciel bleu.

— Eh bien, dans ce cas, ils ne devraient probablement pas vivre à Londres, alors, marmonne Asher à voix basse, mais suffisamment fort pour que je l'entende.

— Ça n'aide pas, je lance d'une voix chantante.

— Il pleut beaucoup ici. Je dis ça, je dis rien, répond-il.

— Donc, y a-t-il un moyen de contourner ça ? Je veux dire, et si je la portais pour qu'elle voie le ciel ? Ou si je prenais un siège sur lequel elle pourrait sauter ?

— Quelle sorte de siège ? demande Pénélope la brune en fronçant les sourcils.

— Un siège assez bas pour qu'elle puisse sauter dessus et regarder dehors.

Les trois Pénélope se penchent les unes vers les autres et se mettent à parler à voix basse. Je retiens mon souffle. Je ne peux pas perdre Stevie à cause d'une stupide hauteur de fenêtre. Je suis allée si loin dans ce processus, franchement dingue. Si seulement je n'avais pas jeté mon dévolu sur Stevie…

— On peut avoir la pièce ? demande Pénélope la blonde frisée.

— Bien sûr. Je pousse Asher et Lottie hors de la cuisine et je ferme la porte.

— C'est complètement dingue, toute cette histoire. Tu t'en rends compte, non ? dit Asher.

— Moi, je comprends. Elles veulent s'assurer que leurs chiens aillent dans de bons foyers aimants, dit Lottie.

— Ouais, mais la fenêtre est trop haute pour que le chien voie le ciel bleu ? C'est quoi, *ce* délire ?

— Chut, leur dis-je à tous les deux en collant mon oreille contre la porte pour écouter. Je n'entends que des murmures étouffés.

— Allons nous asseoir et finir nos cafés froids, suggère Asher.

— J'arrive tout de suite, dit Lottie en se dirigeant à pas feutrés dans le couloir vers sa chambre.

Asher et moi retournons dans le salon. Je m'assois et j'attends leur verdict, les nerfs en pelote.

— Ce chiot a intérêt à être la reine des chiennes pour que tu te donnes tout ce mal, dit Asher en s'allongeant sur le canapé.

— Elle en vaut la peine. Et c'était quoi, ces airs de séducteur, tout à l'heure ? Je me suis demandé si Lottie et moi n'aurions pas dû quitter la pièce à un moment donné.

— Je pensais te donner un coup de main.

— En flirtant ?

— En étant charmant. Il y a une différence, tu sais.

— Je ne suis pas sûre que Pénélope la blonde frisée ait vu la différence.

Il rit. — Tu l'appelles Pénélope la blonde frisée ?

— Elles ne veulent pas me donner leurs prénoms. Comment veux-tu que je fasse la différence entre trois femmes habillées comme des clones de gamines et qui insistent pour dire qu'elles s'appellent toutes Pénélope ?

— Pas faux.

Lottie revient dans la pièce et s'affale sur une chaise. — C'est tellement bizarre. Elles sont dans notre cuisine à discuter de nous pendant que nous attendons leur décision en poireautant.

— Ce sont juste des obstacles à franchir pour avoir mon chiot.

— Quand est-ce que tu vois George ? me demande Asher.

— Je ne sais pas. Je l'ai rencontré hier soir. Vous avez des règles sur le temps à attendre avant de contacter une fille, vous les mecs, non ?

— Non, répond-il.

— Oh, si, bien sûr que si, confirme Lottie. — J'ai même eu un type qui m'a dit qu'il avait décidé de briser la règle des trois jours une fois. Il a dit qu'il se fichait d'avoir l'air trop impatient et qu'il briserait le code des mecs, mais qu'il devait le faire.

— Je n'ai pas de règle des trois jours, réplique Asher. — Donc, tu *ne t'attends pas* à avoir des nouvelles du gars pendant trois jours, c'est ça que tu dis ?

— Exactement.

— On vous a percés à jour, nous les filles, prévient Lottie.

— Eh bien, qu'il appelle dans trois jours ou dans trois ans, ce type reste un crétin.

Lottie me fait une grimace et je glousse.

— Si tu le dis, Asher, dit Lottie.

Il promène son regard de l'une à l'autre. — Quoi ? Je n'aime pas ce type.

— Tu ne veux juste pas que ta future femme sorte avec quelqu'un d'autre. C'est ça qui se passe, dit Lottie.

— Non, ce n'est pas ça, dit Asher au moment où je réponds : — Pas du tout.

Lottie nous jauge tous les deux, les yeux pétillants. — Hmmm. Très intéressant. Dites-moi si vous avancez la date du mariage, d'accord ? Il me faudra du temps pour trouver une tenue qui déchire.

— Tu es hilarante, dis-je d'un ton impassible. — J'aurais préféré ne jamais t'avoir dit qu'on s'était promis d'être des plans de secours l'un pour l'autre.

KATE O'KEEFFE

— Elle l'aurait découvert bien assez tôt, ma petite femme. Tu sais, quand nous serons *mariés*, dit Asher avec un sourire malicieux.

Je secoue la tête en le regardant. — Tu n'aides pas, là, Ash.

La porte de la cuisine s'ouvre brusquement, ce qui me fait sursauter. Je lève les yeux et vois Pénélope la blonde frisée dans l'embrasure de la porte.

— Revenez, Zara, ordonne-t-elle, et je jette un coup d'œil à mes amis avant de la suivre dans la cuisine où je suis accueillie par les trois Pénélope.

— Avez-vous décidé si je pouvais avoir Stevie ? je demande avec impatience. — Je veux dire, si je peux rejoindre la meute de Stevie.

Pénélope la blonde frisée plante son regard dans le mien. — Nous avons des inquiétudes.

Oh, oh.

— Est-ce que ça veut dire que... ? Je ne vais pas avoir... ? J'avale une boule qui monte dans ma gorge. — Vous ne me laissez pas avoir Stevie. Mes épaules s'affaissent.

— Nous devrons effectuer une visite de contrôle aléatoire après que vous aurez formé une meute.

Je lève vivement les yeux vers elle alors que l'espoir bouillonne en moi. — Est-ce que ça veut dire ce que je crois ?

Pénélope la blonde frisée m'adresse un signe de tête sec. — En effet. Bienvenue dans la meute de Stevie, Zara.

— Oh, merci ! je m'exclame en me précipitant vers elle à travers la pièce carrelée.

Elle lève aussitôt la main et hurle : — Halte là !

Je m'arrête net et je lève les mains en l'air. — Désolée, désolée. Je ne sais pas ce qui m'a pris, dis-je. Je suis tellement excitée. Quand est-ce que je peux la voir ?

Pénélope la blonde frisée esquisse un sourire pour la première fois depuis qu'Asher la draguait — pardon, la *charmait*. C'est du pareil au même. — Tout de suite, ça vous irait ?

— Vous plaisantez ? Évidemment que ça m'irait.

Dix minutes et une grosse partie de mes économies en moins chez Penelope's Pooches plus tard, je suis assise par terre dans mon appartement, sous le regard d'Asher et de Lottie, en train de jouer avec mon nouveau, adorable, magnifique, merveilleux chiot, Stevie. Elle sautille partout, ronge tout ce qu'elle peut, sa petite queue blanche remuant à cent à l'heure.

— Elle n'est pas adorable ? je m'extasie en soulevant son petit corps qui se tortille pendant qu'elle essaie frénétiquement de me lécher le visage.

— Oh oui, tellement. Tiens, donne-la-moi. Lottie tend les bras et la prend dans ses mains. — Qui c'est la belle fifille ? C'est toi, oui, c'est toi.

Asher hausse un sourcil. — Tu parles comme à un bébé, Lottie ? Sérieusement ?

— On ne peut pas tenir cette boule de délice canin sans lui parler comme à un bébé.

— Ça ressemble à un défi. Il tend la main et prend Stevie des bras de Lottie. La tenant en l'air, elle se tortille et remue la queue, essayant de le lécher de toutes ses forces.

Je m'assois en retrait et le regarde essayer de ne rien lui dire. C'est évident qu'il en a envie. Elle est tout simplement trop adorable.

— Fais-lui un câlin, je lui ordonne. Tu sais que tu en as envie.

Il la tient à hauteur de sa poitrine, et elle grimpe pour lui mordiller l'oreille. Il éclate de rire. — Ça chatouille trop.

— OK, maintenant tiens-la de façon à voir son visage et dis-lui que c'est une gentille toutounette, lui dit Lottie.

— Je suis obligé ?

— Oui, tu es obligé !

Il la soulève une fois de plus et la regarde droit dans les yeux. — Tu es un bon chien, dit-il d'une voix de baryton extra profonde et virile avant de la reposer aussitôt sur le tapis. Elle se jette rapidement sur une vieille chaussette et essaie de la mordre. — Vous voyez ? Pas besoin de parler comme à un bébé à ce chien.

— Et elle ne t'a absolument rien fait, n'est-ce pas ? je demande.

— Tu es en train de dire que je suis une sorte de robot ? Bien sûr que je la trouve mignonne, mais je ne vois toujours pas la nécessité de lui parler comme si c'était un bébé.

— Peu importe, je réponds en riant. Rien ne peut gâcher mon humeur maintenant que j'ai mon propre chiot. Je caresse son petit corps pendant qu'elle mâchouille un jouet qui faisait partie du kit pour chiot que Penelope m'a vendu. — Bien, Stevie. Gentille fille.

— Stevie est un meilleur nom pour elle que « Steve », annonce Lottie en la soulevant, et le chiot commence à lui mordiller l'oreille. — Non, Stevie, non !

— Oh, Stevie c'est bien plus mignon. Comme Stevie Nicks. Il me faut des photos. Où est mon téléphone ? je demande.

Asher hausse les épaules. — J'sais pas.

— Essaye sur le plan de travail de la cuisine. Tu cherchais sur Google comment apprendre la propreté à un chiot tout à l'heure, tu te souviens ? dit Lottie.

— L'apprentissage de la propreté ? dit Asher. Ça va être amusant pour toi.

Je trouve mon téléphone sur le plan de travail de la cuisine. Quand j'appuie sur le bouton principal, je remarque un appel en absence d'un numéro que je ne reconnais pas, ainsi qu'un message. Je consulte ma messagerie vocale.

— Salut, Zara. On s'est rencontrés hier soir à ta fête. Désolé d'avoir dû partir. J'avais un truc où je devais aller, alors je me suis éclipsé. Je me demandais si tu voudrais qu'on se voie mardi ? Dis-moi. Il y a une pause avant qu'il n'ajoute : — Oh, au fait, c'est George Honeydew. OK, salut. Il raccroche et je reste là, à fixer le mur, mon téléphone toujours collé à mon oreille.

Il m'a appelée. George m'a appelée, et il n'a même pas attendu une journée complète.

Le bonheur bondit en moi.

Je retourne dans le salon.

— Qu'est-ce qui te fait sourire comme ça ? demande Asher en me regardant depuis le sol.

— J'ai un rendez-vous.

— Avec cet idiot de George ?

— Oui, avec cet idiot de George, sauf que ce n'est pas un idiot. Il est merveilleux.

Les yeux de Lottie sont ronds comme des soucoupes. — OMG, Zara ! Il a enfreint les règles des mecs pour toi. Il doit être sérieux.

Asher grogne. Je l'ignore.

— Il a l'air d'être un mec bien. Bien sûr, je minimise totalement. À l'intérieur, je sautille, je bondis et je twerke de joie.

Lottie me dit : — Ça pourrait être le début de quelque chose de grand.

— Laisse-moi une chance. Je viens à peine de rencontrer ce mec, je proteste, mais je n'en pense pas un traître mot. Le courant est passé entre nous pendant cette brève conversation et, personnellement, j'ai hâte de voir où ça peut mener.

Chapitre 8

Je passe le reste du week-end à profiter de l'exubérance de Stevie et de sa capacité à passer de courses effrénées à un effondrement total sous une chaise pour s'endormir aussitôt, en ronflant à tue-tête.

Je suis complètement sous son charme et convaincue à cent pour cent qu'avoir dépensé la moitié de mes économies pour elle et subi cet étrange processus d'évaluation de chez Penelope's Pooches en valait totalement la peine.

Bien sûr, elle n'est pas parfaite, et nous avons déjà eu quelques accidents. Plus que quelques-uns. Elle a mis la patte sur l'une des chaussures préférées de Lottie et a perforé le cuir autour du talon à tel point qu'on dirait maintenant une passoire de travers. Et elle n'a aucune idée que, quand je la sors, ce n'est pas un jeu de mordiller sa laisse, et qu'elle devrait plutôt se concentrer pour faire ses besoins afin que nous puissions rentrer et quitter l'air frais de Londres.

Mais je sais que tout cela fait partie de l'éducation d'un chiot, et pour ma part, je suis ravie d'avoir cette chance.

J'arrive au travail le lundi matin, avec elle nichée sous mon bras. Bien que Scarlett sache que je pourrais avoir Stevie, elle n'a aucune idée que je l'ai déjà. Elle va être tout aussi excitée que moi quand elle la verra.

— Vous ne pouvez pas mélanger le glamour hollywoodien avec le chic rustique et le minimalisme industriel. Ça finit par ressembler à un vrai foutoir, je me fiche que vous soyez mariée au nouveau talent du football le plus en vue du pays, dit-elle dans son téléphone alors que je passe derrière elle pour accrocher mon manteau. Elle lève brièvement les yeux vers moi et me fait un signe de la main avant d'ajouter : — Karina Designs ? Pour l'instant, on ne se préoccupe pas du fait qu'ils se sont installés en haut de la rue. On fait simplement ce qu'on fait de mieux : répondre aux besoins de nos clients et livrer des designs incroyables.

Je me place devant elle avec Stevie endormie dans mes bras. Heureusement, elle s'est épuisée à force de courir dans l'appartement ce matin, si bien qu'au moment où je suis montée dans le métro, elle ronflait doucement et personne ne lui a prêté beaucoup d'attention.

Scarlett la regarde dans mes bras. — Portia ? Il faut que je te laisse. On se parle plus tard. Ciao ciao ciao. Elle raccroche. — C'est ce que je crois que c'est ?

— *Elle* n'est pas un « ça ». C'est Stevie, notre nouvelle chienne de boutique. J'ai réussi le test et je l'ai eue ce weekend.

Elle se lève de son siège et s'approche pour y voir de plus près. Elle caresse sa douce fourrure et Stevie s'agite brièvement avant de se rendormir. — Elle est adorable. Elle est vraiment à toi ?

— Signé, scellé et livré.

Comme si elle sentait qu'on parlait d'elle, Stevie bâille, et nous pouvons voir sa petite langue rose et sa rangée de minuscules dents blanches et pointues – que j'ai senties se planter dans mes mains, mes lobes d'oreilles et mes chevilles au cours des quarante-huit dernières heures – avant d'ouvrir ses grands yeux marron. Elle regarde immédiatement de moi à Scarlett, se met à remuer la queue et commence à se tortiller dans mes bras.

— Stevie, voici Scarlett. C'est mon associée et la copropriétaire de ScarZar, l'endroit où tu vas passer tous tes jours à partir de maintenant.

— Vraiment ?

— Bien sûr.

— Mais je pensais que tu l'éduquerais d'abord. Les chiots sont imprévisibles.

— Charmants, tu veux dire. Ça va aller. Elle est intelligente, elle va vite comprendre, et les gens vont l'adorer. On sera connues comme la boutique de décoration avec l'adorable Jack Russell, exactement comme on l'avait dit. Karina sera tellement ennuyeuse en comparaison.

—Je sais que c'est le plan. Je peux la prendre ?

— Bien sûr. Je lui tends son petit corps chaud et regarde Scarlett la bercer soigneusement dans ses bras pendant qu'elle se tortille. — C'est une petite gigoteuse, n'est-ce pas ?

— C'est un chiot. C'est dans sa nature.

— Oh, regarde. Elle s'est arrêtée.

Stevie devient toute molle dans les bras de Scarlett, et

immédiatement une sonnette d'alarme retentit dans ma tête.

— Vite ! Pose-la par terre.

Scarlett la câline. — Pourquoi ? Elle est si douce et câline comme ça.

— Parce qu'elle est en train de faire pipi, voilà pourquoi !

— Quoi ? Scarlett éloigne Stevie d'elle et nous regardons toutes les deux, horrifiées, les dernières gouttes de pipi tomber sur le sol. Elle baisse les yeux sur sa chemise en soie, qui a une grande tache humide en plein milieu, là où le tissu fin colle maintenant à son corps. — Oh, mon Dieu. C'est une blague, j'espère. Elle me fourre Stevie dans les mains et se précipite vers l'arrière de la boutique où je l'entends tirer du papier absorbant du distributeur dans les toilettes.

— Je suis vraiment désolée, je lui crie. — Stevie, on fait ça dehors, d'accord ? *Dehors*.

Stevie me regarde avec ses grands yeux, en remuant la queue comme si je n'étais pas en train de la gronder pour avoir fait pipi sur mon associée.

Scarlett revient dans la boutique d'un pas furieux. — Je suis littéralement couverte de pipi de chien.

Je pince les lèvres en regardant son visage furieux, puis la tache humide sur son chemisier. Rien à faire. Un fou rire monte en moi et avant que je m'en rende compte, un petit gloussement m'échappe, produisant un son si étrange que Stevie reporte immédiatement son attention sur moi et se met à japper de joie. C'est contagieux. Un instant plus tard, le visage de Scarlett se fend d'un large sourire et un reniflement s'échappe de son nez. Bientôt, elle est aussi prise d'un fou rire, et nous nous tenons toutes les deux les côtes tandis que la queue de Stevie bat frénétiquement contre mon bras.

Nous sommes si absorbées par notre fou rire que nous n'entendons pas le carillon de la porte, jusqu'à ce qu'il soit trop tard et qu'une cliente se tienne dans la boutique, nous lançant un regard sévère et interrogateur.

Je suis la première à maîtriser mon fou rire. — Je suis navrée, dis-je à une femme âgée vêtue d'un ensemble entièrement noir, à l'exception de ses épais collants couleur chair. Je coince Stevie sous mon bras. — Comment puis-je vous aider aujourd'hui ?

— Son chemisier a une tache disgracieuse, dit la femme en désignant Scarlett.

— Je vais juste m'absenter un instant pour régler ça, répond Scarlett. Elle attrape son sac à main et passe devant moi d'un pas léger en direction de la porte. — Zara va s'occuper de vous. Vous êtes entre de bonnes mains.

Je souris à la femme. — Désolée pour ça. Que puis-je faire pour vous ?

Elle jette un bref coup d'œil à Stevie avant de reporter son attention sur moi. — Vous comptez garder ce chiot dans les bras ?

Je baisse les yeux vers ma chienne. Elle observe la femme attentivement, son petit corps tremblant d'excitation comme si elle disait : *Je sais que cette humaine veut me caresser. Et elle a peut-être une balle ! Ou des friandises ! Laisse-moi y aller !* Je parle déjà couramment le Stevie.

— Je vais la mettre dans l'arrière-boutique pendant que vous jetez un œil à toutes nos jolies choses. Je reviens tout de suite. Je me précipite dans la minuscule réserve remplie d'accessoires, de tissus d'ameublement et de cartons, je trouve un vieux coussin moelleux et j'y dépose Stevie. Pourquoi n'ai-je pas apporté son panier ? Le coussin moelleux devra faire l'affaire pour l'instant.

— Stevie. Reste. Reste. Je lève la main en signe de stop et lui lance un regard qui signifie que je ne plaisante pas.

Elle me regarde avec ses yeux de chiot battu — littéralement — en remuant la queue.

Je m'accroupis à côté d'elle et lui caresse le dos. — Il
faut que je travaille, ma puce. Je suis désolée. Je t'installerai
tout bien après. Promis.

Elle dresse les oreilles et penche la tête sur le côté avec
un air à faire fondre les cœurs, et il me faut toute ma
volonté pour ne pas la reprendre dans mes bras. À la place,
je répète l'ordre de rester et sors de la pièce en reculant,
refermant fermement la porte derrière moi.

— Navrée pour ça, dis-je à la femme en revenant dans
la boutique. Que puis-je faire pour vous ?

Quinze minutes et la vente d'une lampe et d'un jeu de
sous-verres plus tard, Scarlett revient à la boutique dans un
joli chemisier turquoise.

— Tu as acheté un nouveau haut ? je lui demande.

— Il le fallait bien. L'autre était plein de pipi. Tu te
souviens ?

— Désolée pour ça. Ce n'est qu'un chiot. Elle
apprendra.

— Est-ce que cette dame voulait qu'on s'occupe de sa
décoration ? demande-t-elle avec espoir.

— Non. Elle a juste acheté une lampe.

— Dommage. Où est Stevie ?

— Dans la réserve. Je lui ai fait un petit lit. Ce qui me
fait penser qu'il faut que je sorte lui acheter un vrai panier
pour ici, ainsi qu'un parc pour qu'elle puisse y rester pour
le moment. Quand elle sera plus grande, on pourra la
laisser se promener dans la boutique.

— Bien sûr. J'ai quelques appels à passer. Hé, j'ai
oublié de te dire. George te trouve formidable.

— Il a dit ça ?

— On a brunché hier dans ce restaurant au bord de la
rivière. Il n'a pas tari d'éloges sur toi. Il a dit qu'il te trou-

vait belle, intelligente et tout à fait son genre. Est-ce qu'il t'a déjà appelée ?

Un grand sourire se dessine sur mon visage. — Oui. Il a appelé le lendemain de ma fête.

— Le lendemain de ta fête ? Waouh, il n'a pas mentionné ça. Il est vraiment intéressé.

— Je sais, pas vrai ? On sort ensemble mardi soir.

— Zara, petite cachottière. Tu n'as rien dit.

— J'étais un peu préoccupée par Stevie. Mais je suis très excitée. Il a l'air super.

— Oh, il l'est. Lui et Harry sont très proches. Ils font des sports extrêmes ensemble. Tu sais, des trucs comme le parachutisme et la plongée sous-marine.

— Tous les trucs en « isme », hein ? dis-je avec un sourire. On dirait James Bond.

— Sauf qu'il est mieux, car il est authentique.

Un bruit sourd et étouffé provient de l'arrière de la boutique. Nous nous regardons, alarmées.

— Oh-oh. Je me précipite à travers la boutique, j'ouvre la porte et je reste bouche bée devant l'état de la pièce.

La scène n'est pas belle à voir.

Il s'avère que poser une petite chienne sur un coussin moelleux en espérant qu'elle y reste relevait non seulement du vœu pieux, mais du délire le plus total. En un quart d'heure à peine, elle a arraché le rembourrage du coussin et l'a éparpillé sur le sol, renversé un vase en verre qui gît maintenant en mille morceaux par terre et tiré sur un rouleau de tissu qui repose en équilibre précaire contre un mur. Je le ramasse vite et le remets sur l'étagère d'où il vient.

Comment une si petite chienne peut-elle faire autant de dégâts ?

— Stevie Huntington-Ross ! Qu'est-ce que tu as fait ? je la gronde.

127

Elle lève les yeux vers moi en remuant la queue frénétiquement, comme si elle n'avait pas détruit un vase, un coussin et failli faire tomber une étagère avec un rouleau de tissu.

Je la prends dans mes bras.

— Méchante Stevie. Méchante petite chienne.

Scarlett arrive à la porte.

— Mais qu'est-ce que… ?

— Je vais nettoyer.

— Mais ce vase coûtait une fortune !

Stevie calée sous un bras, je me baisse pour ramasser les morceaux de verre.

— Je suis désolée. Je trouverai une meilleure solution.

— Comme la laisser à la maison ?

— Non. On a convenu qu'elle serait la chienne de la boutique. Elle va faire partie de notre signature, tu te souviens ?

— *Chienne* est le mot clé, Zara. C'est encore un chiot. On ne peut pas encore lui faire confiance. Tu dois la dresser avant qu'elle puisse revenir.

— Mais les gens adorent les chiots.

— Pas ceux qui leur font pipi sur leur chemise, non.

Elle n'a pas tort.

— Je te paierai une nouvelle chemise.

— Tu devrais peut-être programmer ta crise de la quarantaine uniquement après le travail et les week-ends. Comme ça, on pourra bosser sans que ça arrive.

Elle fait un geste en direction du désordre.

— Encore une fois, ce n'est pas une crise de la quarantaine. C'est un chiot, dis-je d'un ton calme.

Qu'est-ce qu'ils ont tous à croire que je fais une crise de la quarantaine ?

— C'est un chiot incontrôlable, Zara.

Je souffle.

— Je vais sortir tout de suite lui acheter un petit enclos pour la boutique. Les gens pourront la regarder et la caresser, et elle sera sous contrôle.

— Peut-être.

Je sens qu'elle s'adoucit, alors je saisis l'occasion.

— Allez, Scar. Tu sais bien que c'est la meilleure solution.

— On ne peut pas se permettre d'autres incidents. On est déjà au pied du mur après avoir perdu la moitié de notre clientèle ces derniers mois.

Je lui souris.

— Tu es la meilleure. Je passerai chez Penelope en rentrant de chez Asher tout à l'heure. Je dois lui montrer ce que j'ai dessiné pour lui et prendre ses mesures.

— Comment va ton futur mari ?

— Ce n'est pas une crise de la quarantaine, et ce n'est pas mon futur mari.

Elle hausse les sourcils d'un air entendu.

— Cette place sera peut-être prise par un certain George Honeydew ?

— C'est un peu tôt pour organiser un mariage, tu ne crois pas ? dis-je, faussement prude.

— Ma belle, George est un mec génial et il vient d'une des familles les plus riches du Berkshire. Tu pourrais bien plus mal tomber.

— Attendons de voir comment se passe notre premier rendez-vous, d'accord ?

— J'ai un bon pressentiment pour vous deux.

Je lui souris, l'excitation montant en moi. Moi aussi, j'ai un bon pressentiment.

Chapitre 9

ASHER OUVRE la porte de son appartement et son regard se pose immédiatement sur Stevie, blottie dans mes bras. — Tu as amené ton chiot ? Il essaie de prendre un air bougon pendant que je tente de garder l'équilibre avec ma sacoche de tablette rose et mon sac à main Chanel vintage en plus de Stevie. Je sais qu'il ne le pense pas.

— C'est ma nouvelle acolyte, que veux-tu que je te dise ?

Stevie tape de la queue contre moi et commence à se tortiller pour que je la lâche.

— Mignonne, ton acolyte, même si je ne suis pas sûr

qu'elle te sera d'une grande aide pour prendre les mesures de l'appartement aujourd'hui.

— Elle va être incroyablement utile. N'est-ce pas, mon petit toutou ? Je frotte mon nez contre sa fourrure chaude.

Asher hausse un sourcil. — Attends, laisse-moi te prendre ça. Il me retire mes sacs des épaules et les tient pour moi.

— C'est mieux. Merci. Je le suis dans son salon dépouillé, tenant toujours mon chiot qui se débat maintenant frénétiquement. — Est-ce que ça te dérange si je laisse Stevie courir dans ton appartement ? Elle a fait pas mal de bêtises aujourd'hui, et je pense que ça lui ferait du bien de se défouler un peu.

— Les parcs pour chiens ne servent-ils pas à ça ?

— Elle est encore trop petite pour les parcs pour chiens et en plus, elle a besoin de ses derniers vaccins avant de pouvoir s'approcher de ce genre d'endroits.

Asher jette un œil à Stevie. — Est-ce qu'elle a déjà fait ses besoins ?

— Absolument. Je ne mentionne pas que c'était sur le t-shirt de Scarlett. Inutile d'entrer dans les détails.

— D'accord. J'ai du parquet, donc si elle a un accident, ce ne sera pas difficile à nettoyer.

— Oh, je m'en occuperai si ça arrive.

— Oui, je parlais bien de toi, répond-il en riant. — Laisse-moi aller fermer quelques portes d'abord. Il quitte la pièce.

Je soulève Stevie pour lui donner des instructions claires. — Sois sage. Ne mange rien. Et surtout, ne fais pipi sur rien. Je la repose par terre, puis la reprends et ajoute : — Ou pire.

Asher revient dans la pièce, refermant la porte du couloir derrière lui.

Je pose délicatement Stevie sur le sol et la regarde se

précipiter immédiatement partout en reniflant, ses pattes démesurées glissant dans tous les sens sur le parquet brillant.

— Ton chiot a une sacrée énergie.

— Elle a été enfermée à la boutique. On ne peut pas la laisser se promener dans le magasin, alors elle est restée dans l'arrière-boutique. Je vais lui acheter un enclos en attendant qu'elle grandisse un peu.

— Par « grandisse », tu veux dire qu'elle devienne propre et moins susceptible de mordiller les affaires des gens ?

— Elle ne mordille pas les affaires des gens.

Asher désigne Stevie du menton. Elle trottine vers nous, traînant fièrement une des chaussures d'Asher sur le parquet. Elle s'arrête, se laisse tomber par terre et commence aussitôt à mordiller la chaussure.

— Stevie, non ! dis-je en lui arrachant la chaussure des pattes et en l'examinant pour voir les dégâts. Il y a une série de perforations bien nettes en forme de mâchoire de petit chien. Je la brandis. — Je suis vraiment désolée. Je t'en rachèterai une nouvelle paire. C'est promis.

Asher me prend la chaussure des mains. — Peut-être que je devrais lui donner l'autre pour qu'elle fasse la paire ?

— Très drôle.

— Quand est-ce qu'elle va à l'école pour chiots ?

— J'ai grandi avec des chiens. Je sais comment l'éduquer.

Il me lance un regard en coin. — Vraiment, Zee ?

— Mais oui ! j'insiste. — Ce ne sont que les premières difficultés, rien de plus.

— Jeu de mots intentionnel ? Il désigne la chaussure.

Nous regardons tous les deux Stevie se démener pour traverser le couloir. Nous la suivons dans la chambre où elle s'arrête brutalement devant un miroir en pied. Elle contemple son reflet, se décale sur le côté, et ses oreilles se dressent. Elle plaque son nez contre le miroir et sursaute en arrière, surprise par le froid alors qu'elle s'attendait à un nez chaud et humide. Elle pousse un jappement excité et se met à sautiller partout. Elle aboie, grogne et se jette sur son reflet.

Je jette un coup d'œil à Asher. Il a un sourire en coin, qu'il efface rapidement. — Appelle une école pour chiots aujourd'hui, Zee. Ce chien est un danger pour lui-même.

Je lui fais un salut militaire théâtral. — Oui, chef.

Il fait la grimace. — Je ne suis pas autoritaire. Juste sensé.

— Tu es complètement autoritaire, mais Stevie et moi, on t'adore pour ça. Bon, allons-nous asseoir et je te montrerai mes idées pour cet endroit. Je vais aussi devoir prendre les mesures.

Nous retournons à la cuisine où nous nous asseyons sur ses deux tabourets — en cuir noir et chrome, évidemment — à son îlot de cuisine, et je pose ma tablette devant nous. Je la touche et l'écran s'allume.

— Qu'est-ce que tu as pour moi, ma p'tite femme ?

— Tu te souviens que tu as dit aimer la palette de couleurs grises ? Eh bien, j'ai pensé à combiner ces éléments pour ton salon. Je sors une des planches d'inspiration que j'ai faites avec des images découpées et collées de nos fournisseurs, comprenant des exemples de meubles, un tapis, des luminaires, une palette de couleurs et quelques accessoires. — C'est celle-ci que je pensais que tu préférerais, mais j'en ai fait deux autres pour comparer.

Il pointe l'un des accessoires. — C'est quoi, cette tête de cheval ? J'ai peut-être un quart de sang italien, mais…

— J'ai trouvé que ça faisait stylé et ambiance garçonnière.

Ses lèvres esquissent un sourire. — C'est un terme officiel de décoratrice d'intérieur ? « Ambiance garçonnière » ?

— Qui est la décoratrice d'intérieur, ici ?

— Tu as autre chose ?

Je sors les autres planches d'inspiration. —J'ai aussi fait cette planche, qui est moins contemporaine et plus traditionnelle…, je commence, avant d'être interrompue par des grognements.

Nous nous retournons tous les deux pour voir les dents de Stevie plantées dans le canapé en cuir noir d'Asher. Elle tire de toutes ses forces, ce qui n'est pas grand-chose vu qu'elle pèse le poids de deux boîtes de haricots à la tomate. Je saute de mon tabouret et lance : — Stevie ! Non ! en l'attrapant au vol. Elle lâche immédiatement le bord du canapé et se concentre plutôt sur le fait de me lécher furieusement le cou, ce qui me fait glousser.

Asher nous observe d'un air amusé. — Vous formez une équipe parfaite. Elle détruit les meubles existants du client pour que tu puisses tout remplacer par du neuf.

J'inspecte le canapé, à la recherche de dégâts. Il y a une rangée de petites marques de dents bien nettes dans le coin inférieur, mais heureusement, pas de déchirure. — Désolée pour ça. C'est un vrai boulet en ce moment.

—Je te le redis. Un seul mot : éducation canine.

— Ça fait deux mots.

— C'était une blague.

Je me redresse. — La prochaine fois que tu feras une blague, pourquoi ne pas me prévenir à l'avance pour que je puisse me préparer à rire au bon moment ?

— Tu es une comique, tu le savais ?

Je lui lance un sourire victorieux. — Il en faut bien une de nous deux, chérie. Je reporte mon attention sur Stevie. — Peut-être que si je lui donne à manger, elle pourrait se calmer et faire une sieste.

— Ouais, parce que lui donner à manger ne va certainement pas lui donner plus d'énergie. Je suis juste content qu'elle ne s'en soit pas prise à une de mes planches. Il fait un signe de tête vers les trois planches de surf qu'il a appuyées contre le mur.

— Elle n'arriverait pas à mordre là-dedans, même en essayant. Regarde-la. Je lui tends Stevie et à ma grande surprise, il la prend dans ses bras.

— Elle est si douce et chaude, roucoule-t-il, son ton autoritaire d'il y a quelques instants s'étant transformé en une bouillie d'amour pour le chiot.

— Je vais chercher une gamelle. Faites connaissance, vous deux.

Je commence à fouiller dans ses placards de cuisine à moitié vides, cherchant une gamelle. En en trouvant une dans le quatrième placard, je sors un paquet de biscuits pour chien de mon sac à main, en verse quelques-uns et pose la gamelle sur le parquet en bois. — Stevie, tu veux manger ? je demande, mais elle est trop occupée à jouer avec Asher qui est maintenant assis sur le canapé avec elle, la regardant sautiller partout sur lui.

Je m'arrête et j'observe. C'est mignon de les voir s'amuser ensemble. Les yeux d'Asher sont doux et chaleureux alors qu'il regarde Stevie rebondir, tomber et se relever. Il lève son regard vers le mien et me sourit. — J'ai envie de la trouver agaçante, mais elle est super cool.

— Je savais que tu l'adorerais.

Je m'assois et nous jouons tous les deux avec Stevie jusqu'à ce qu'elle commence à ralentir et s'affale sur le ventre, ses yeux s'alourdissant. Peu de temps après, elle s'est endormie sur les genoux d'Asher, épuisée par ses jeux frénétiques.

— Tu lui plais, dis-je.

— Que veux-tu que je te dise ? Je plais à toutes les filles.

— C'est ce que j'aime tant chez toi, tu sais. Ta modestie.

— Montre-moi les autres trucs d'inspiration.

— Ça s'appelle des « planches d'inspiration » et tu le sais très bien. Je saisis ma tablette sur le plan de travail de la cuisine, reviens et me laisse tomber à côté d'Asher. Je lui montre les autres planches d'inspiration que j'ai préparées, et il pointe les éléments qu'il aime sur les trois. Je prends des notes et j'accepte de lui montrer le projet final plus tard dans la semaine.

— Tu peux me trouver ce canapé-là, exactement ? demande-t-il en montrant un canapé en cuir marron de style moderne du milieu du siècle.

— Je peux. J'en ai vu un chez un fournisseur. Il est tellement confortable.

— Vendu.

— Mais… tu ne sais même pas combien il coûte, et on n'a même pas encore parlé de budget.

— Que veux-tu que je te dise ? Je veux ce que je veux, et là, maintenant, je veux ce canapé. Envoie-moi ton devis complet par e-mail et on verra à partir de là.

Je plisse les yeux en me remémorant une conversation que nous avons eue il y a quelque temps. — Tu m'as dit, quand nous sommes allés au renouvellement des vœux de Sebastian et Emma, que tu devrais économiser tes sous pour pouvoir te payer mes services. Sans vouloir t'offenser, mais ça ne sera pas donné.

Il hausse les épaules d'un air totalement nonchalant. — Je veux que ce soit parfait. Vas-y, envoie-moi le devis. Pour tout.

— D'accord, je réponds d'un ton incertain. J'enchaîne. Voici le plan d'ensemble pour la penderie. Des tas d'étagères et d'espace pour suspendre les vêtements, et un emplacement pour un miroir en pied afin que tu puisses te contempler.

— Je passe beaucoup de temps à me contempler, répond-il avec un grand sourire.

Je ris.

— J'en suis sûre.

Je jette un coup d'œil à Stevie. Elle a l'air si à l'aise, blottie contre Asher.

— Je vais devoir prendre les mesures. Ça ne te dérange pas de rester assis là avec le chiot ?

Il jette un œil à sa montre.

— En fait, je dois bientôt retourner au bureau. J'ai une réunion tout à l'heure. Dis, tu peux m'apporter mon portable ?

— Tu pourrais la bouger, tu sais.

— Je ne veux pas la déranger dans son sommeil.

Je ris.

— Espèce de grand sentimental. Où est ton télé-phone ? Je vais te le chercher.

— Sur la console dans l'entrée.

Je récupère son téléphone et je remarque qu'il a tout un tas de notifications. En le lui tendant, je lui dis :

— Ça doit être tellement dur d'être aussi populaire que toi.

Il parcourt ses messages.

— C'est surtout du travail.

Je jette un œil par-dessus son épaule et lis un des messages à voix haute d'un ton sensuel.

— « Asher, je pense à toi, allongée dans mon bain moussant. » Ça n'a *pas* l'air d'un message professionnel, à moins que je n'aie aucune idée de ce qu'implique vraiment le métier d'avocat.

Il plaque son téléphone contre sa poitrine et lève les yeux vers moi.

— Zara Huntington-Ross, tu es peut-être ma future femme, mais ça ne veut pas dire que tu peux aller lire mes messages personnels.

Je lève les mains en signe de reddition.

— Tout ce que je dis, c'est que ce n'est pas un message professionnel. C'est tout. Et puis c'est qui, Fenella, d'ailleurs ?

— Je l'ai amenée à ta fête d'anniversaire, tu te souviens ?

— Tu enchaînes tellement les rencards que c'est difficile de savoir qui est la fille de la semaine. Sérieusement, tu as un problème.

Il glousse, et Stevie relève brièvement la tête, les yeux fermés, avant de retomber et de se mettre à ronfler.

— Je ne lui ai pas demandé de penser à moi en étant dans sa baignoire.

Je hausse un sourcil.

— Tu en es sûr ?

— Depuis quand es-tu devenue ma mère, tout d'un coup ?

— Je ne joue pas à la maman. Tout ce que je dis, c'est que tu prends de l'âge. Il ne serait pas temps que tu te ranges ? Que tu trouves une fille bien ?

— Si je fais ça, je ne pourrai pas épouser ma solution de secours, n'est-ce pas ?

— N'y compte pas trop. Je compte bien rencontrer Monsieur Parfait bien avant ça.

— Ne me dis pas que tu penses que ce George au nom de famille ridicule pourrait être lui.

La chaleur m'envahit les joues.

— Non, je réponds, sans convaincre personne, et encore moins Asher.

Il me regarde droit dans les yeux.

— C'est un idiot.

— C'est ce que tu n'arrêtes pas de dire, mais jusqu'à présent, il n'y a eu aucune preuve de sa prétendue idiotie.

Il fronce les sourcils.

— C'est quand, ton rencard ?

Un sourire effleure mes lèvres.

— Demain soir.

Il souffle bruyamment.

— Amuse-toi bien, dit-il. Et c'est tellement peu sincère que ça me fait éclater de rire. Quoi ? demande-t-il en secouant la tête.

Je me penche et lui dépose un baiser sur la joue.

— J'adore que tu joues les grands frères avec moi, ce qui est bizarre vu que tu penses que je me comporte comme ta mère.

— Et un jour, on sera peut-être mariés. Comment ça va se passer, ça ?

Je pouffe de rire.

— Qui sait. Bon, il faut que j'aille prendre les mesures de ta penderie. Toi, envoie un message à la fille dans le bain moussant et à toutes les autres que tu fais lanterner.

— Je ne sors pas avec plus d'une fille à la fois, et elles savent que c'est juste pour s'amuser. Rien de sérieux.

— Tu leur dis ça ? Genre, franco : « c'est juste pour s'amuser » ?

— Ouais.

— Et elles sortent quand même avec toi ?

— Bien sûr. Il vaut mieux être franc avec elles dès le départ.

Je le jauge. Avec son statut officiel de membre authentique du club des Grands, Bruns et Beaux Gosses, il est évident de voir comment il attire toutes ces femmes. Mais je sais que c'est plus que ça. Il est amusant, charmant et facile à vivre. C'est une combinaison mortelle, c'est certain.

— Quoi ? dit-il, les lèvres étirées en un sourire.

Je me secoue pour revenir à la réalité.

— Rien. Il faut que je m'y mette.

Je récupère mon sac à main sur le comptoir de la cuisine et me dirige vers la chambre d'Asher. J'ouvre les portes doubles de sa penderie, puis je m'arrête pour examiner l'espace. C'est tellement bourré de cartons et de bazar qu'il est presque impossible de prendre les mesures.

— Salut, Asher. Je peux déplacer certains de tes cartons ici ? je crie. Je suis dans ton dressing.

J'entends des pas, puis il apparaît à côté de moi, Stevie endormie blottie contre sa poitrine. — On échange. Tu prends le chien qui dort et je prends les mesures.

— Il faut que les mesures soient précises pour que l'entreprise de dressings puisse adapter son plan.

— Tu remets en question ma capacité à mesurer quatre murs ? Je suis un mec, tu sais. C'est la base pour un mec : il faut savoir mesurer des trucs, monter des meubles et lire une carte.

— Alors, je suis bien contente de ne pas en être un.

Il me passe Stevie. — Le mètre ruban, s'il te plaît.

— Il est dans mon sac à main.

Il se met à fouiller dans mon sac. — Tu as un portefeuille, un trousseau de clés, un tas de reçus et cinq rouges à lèvres. Il lève les yeux vers moi. — Cinq ?

— Que veux-tu que je te dise ? Je change de rouge à lèvres au gré de mes humeurs.

— Apparemment. Pas de mètre ruban.

— Sérieusement ? J'étais sûre d'en avoir pris un.

Il me présente mon sac ouvert pour que je voie.

— Je peux utiliser le tien, alors, s'il te plaît ?

— Bien sûr. Il est dans un de ces cartons.

Nous levons tous les deux les yeux vers la pile de cartons qui atteint le plafond.

— Pratique, je dis.

— Désolé. Je ne savais pas que ma décoratrice viendrait mesurer mon dressing sans mètre ruban.

— Je suppose que je vais devoir revenir.

— Ce qui me fait penser… Il plonge la main dans sa poche arrière et en sort quelque chose. — C'est pour toi.

Je regarde la clé argentée qui scintille à la lumière. — Une clé de chez toi, hein ? Ça va confirmer toutes les suspicions de Lottie, tu sais.

— C'est pratique, c'est tout. Je vais être très occupé par le travail. Si tu as ta propre clé, ça veut dire que tu peux aller et venir quand tu veux.

Je la prends dans ma main. — Ça me semble une bonne idée.

— Tu peux commencer par te souvenir de prendre un mètre ruban la prochaine fois.

— Ouais, compris.

— Si tu as fini, allons-y. Je dois retourner au bureau.

— Bien sûr. Je rassemble mes affaires et nous quittons l'appartement ensemble pour descendre dans la rue.

— Donc, je peux utiliser ma clé quand je veux ? je demande alors que nous marchons dans la rue vers la station de métro.

— Eh bien, dans la limite du raisonnable.

— Peut-être que tu devrais laisser une cravate sur la poignée de la porte pour que je ne te dérange pas quand tu « divertis » Fenella. Je fais des guillemets avec mes doigts pour appuyer mon propos.

Ses yeux pétillent quand il me dit : — Envoie juste un texto avant de venir. Comme ça, j'aurai le temps de cacher toutes mes femmes.

— Tu fais semblant de plaisanter, mais je te connais, Asher McMillan.

— Vraiment ? demande-t-il, et l'expression de son visage passe d'une plaisanterie légère à autre chose.

Intriguée par ce qu'il veut dire, j'ouvre la bouche pour répondre quand Stevie se réveille et commence immédiatement à se tortiller pour descendre. Je lui attache sa laisse et la pose par terre, où elle renifle partout avec excitation.

Le téléphone d'Asher sonne et il jette un œil à l'écran. — Je dois y aller, ma petite femme. Va me trouver ce canapé, d'accord ? Oh, et un mètre ruban.

— Je m'en occupe, je dis, et je lui fais au revoir de la main tandis que je continue mon chemin dans la rue, tirée par Stevie.

Chapitre 10

CHER PAPA,

Je sors avec quelqu'un qui me plaît vraiment beaucoup ! Je sais, ça fait un bail, surtout si on ne compte pas Zack (et je ne le compte absolument pas).

George est d'une beauté à tomber, il vient d'une famille que même Mamie approuverait (un miracle, n'est-ce pas ?), et il m'a déjà envoyé des tonnes de messages. Je ne vais pas m'emballer et dire quelque chose d'extravagant comme « c'est le bon », mais Papa, c'est peut-être le bon !

On verra bien. Souhaite-moi bonne chance !

Tu me manques. Je t'aime.

Ta Za-Za xoxo

J'ENFILE ma tenue pour mon rendez-vous avec George quand mon téléphone vibre pour la quinzième fois en dix minutes. C'est un autre message de l'homme en question, George le Magnifique, comme je l'appelle désormais.

« J'aime le pouvoir, et c'est ce que les hommes possèdent. »

Nous avons débattu des subtilités du tennis, plus précisément pourquoi le tennis féminin est tellement plus intéressant à regarder que le tennis masculin (moi), et pourquoi l'actuel numéro 1 mondial masculin est techniquement très précis, mais en fait un peu ennuyeux (lui).

Je tape ma réponse.

« Allô ? Tu as déjà vu jouer Serena Williams ? »

« Bon point. Il y a une chose que le tennis féminin a de plus que le tennis masculin. Deux mots : jupes courtes. »

Je glousse en répondant.

« Je n'arrive pas à croire que ta technique de drague soit de parler des vêtements des autres filles. »

Je regarde les points apparaître à l'écran, m'indiquant qu'il me répond.

« Je serais plus qu'heureux de flirter avec toi sur n'importe quel sujet. »

Je souris en lisant l'écran. Je ne l'ai même pas encore vu que le rendez-vous de ce soir se passe déjà brillamment.

Un autre message apparaît.

« On se voit dans un quart d'heure. Je monte dans mon Uber. »

Je jette un œil à l'heure sur mon téléphone. Aïe ! Je suis en retard. Je remonte la fermeture éclair de ma robe et glisse mes pieds dans mes talons. Attrapant mon téléphone sur mon lit, je commande un Uber, j'applique une nouvelle couche de rouge à lèvres et je me dirige vers le salon. Je trouve Lottie, Kennedy et Tabitha affalées sur le canapé en train de regarder *The Real Housewives of Beverly Hills*, notre rituel habituel du mardi soir auquel j'ai dû renoncer pour le rendez-vous de ce soir.

La décision n'a pas été difficile à prendre.

— Tu te rends compte de cette femme ? dit Lottie. Elle est tellement impolie.

— C'est le concept de l'émission, ma chérie, explique Tabitha en caressant la fourrure de Stevie qui dort sur ses genoux. Elles disent des choses que le reste d'entre nous pense peut-être, mais qu'on n'oserait jamais dire.

— Et en plus, elles sont superbes en le faisant, ajoute Kennedy.

— Certaines ont un peu trop l'air d'être « prises dans une soufflerie » à mon goût, dit Tabitha en tirant sur la peau de son visage avec ses paumes.

— Il faut bien qu'elles fassent quelque chose avec tous ces paquets de fric, leur dit Lottie.

Je m'avance vers la télé et me tourne pour regarder mes amies. — Comment vous me trouvez ?

— Magnifique, déclare Lottie, tandis que Tabitha dit : — La perfection, et Kennedy dit : — Tellement jolie.

Tabitha met l'émission sur pause et je leur souris, radieuse.

— Je suis si nerveuse pour ce rendez-vous. Je veux tellement que ça se passe bien.

— Vous vous plaisez à mort, répond Tabitha. Ça va bien se passer. Crois-moi.

— Non, c'est faux, je proteste, mais je sais que c'est vrai. Chaque fois que je pense à George le Magnifique, je sens un merveilleux papillonnement dans mon ventre et je me surprends à sourire. Si ce n'est pas un bon signe, je ne sais pas ce que c'est.

— Vas-y, passe une super soirée, et fais-nous un rapport, ordonne Lottie.

— Mais seulement si tu arrives à détacher tes yeux des siens pendant plus de deux minutes, ajoute Tabitha.

— Ou tes lèvres, taquine Kennedy en donnant un coup de coude à Tabitha.

L'idée d'embrasser le beau George me donne un sourire si large qu'il me fend presque le visage en deux. — Eh bien… Si vous n'avez pas de mes nouvelles, vous saurez que je passe un bon moment.

Mon téléphone m'alerte que mon VTC est à une minute. — Je dois y aller, les filles. Sois sage, Stevie, dis-je en sortant de la pièce en trombe et en attrapant mon sac à main sur le chemin de la porte d'entrée.

— Ne fais rien que je ne ferais pas, me crie Tabitha.

— Ma belle, ça n'exclut *rien* du tout, rétorque Lottie.

Le « Hé ! » que pousse Tabitha est la dernière chose que j'entends avant que la porte d'entrée ne claque derrière moi.

Douze minutes plus tard, j'arrive au restaurant, soulagée que la circulation ait été assez fluide pour que j'arrive à l'heure. Je sors de la voiture et je regarde autour de moi. Je n'ai pas passé beaucoup de temps dans ce quartier de Londres, mais je me note mentalement d'y revenir. La rue est bordée de boutiques et de cafés, et le restaurant lui-même est l'un de ces sympathiques établissements de quartier, accueillant et sans prétention, mais dont on sait d'emblée que la nourriture y sera fantastique.

La décoration bleue et blanche m'indique qu'il s'agit d'un restaurant grec, et la musique qui s'en échappe est en parfaite adéquation.

Comme la soirée est plus douce que d'habitude, de nombreuses personnes sont attablées en terrasse, sous une treille couverte de glycine aux magnifiques fleurs violettes retombantes. Je balaie du regard les deux côtés, à la recherche de George, tout en me dirigeant vers l'entrée.

Quelque chose attire mon attention du coin de l'œil.

— Zara !

Je me retourne et vois George marcher vers moi, un large sourire aux lèvres, et sa vue me coupe le souffle. Il porte un jean qui lui va à la perfection, une chemise rayée lilas et blanc ouverte au col, et ses cheveux blond vénitien sont coiffés d'une manière faussement négligée et terriblement sexy.

Il dépose un baiser sur ma joue, et j'inspire son parfum boisé et masculin. — Tu es si belle ce soir.

Je lui souris largement, le ventre rempli de papillons. — Merci. Toi non plus, tu n'es pas en reste.

— J'ai une table pour nous là-bas. Il me montre une table recouverte d'une nappe à carreaux bleus et blancs classique, avec des chaises blanches, tout au fond. — Si ça te va de t'asseoir dehors ?

— C'est parfait.

Il glisse sa main dans la mienne et me guide à travers les tables bondées de la terrasse. Je remarque qu'un couple de quinquagénaires bien habillés à la table voisine me sourit, et je leur rends leur sourire pendant que George tire ma chaise pour que je puisse m'asseoir.

— Je suis si content qu'on fasse ça, dit-il une fois assis en face de moi.

— Moi aussi. C'est ton restaurant de quartier ? Je ne suis jamais venue ici, mais j'adore cette glycine. Je penche la tête en arrière et regarde les magnifiques fleurs qui pendent de la treille.

— C'est comme ça que ça s'appelle ? Pour moi, ce sont juste des fleurs.

Je glousse. — Tu es tellement un mec.

— Tu dis ça comme si c'était une mauvaise chose.

— Pas du tout.

— Tant mieux.

Nos regards se croisent et tout s'emballe autour de moi à cent à l'heure. Oh, mon Dieu, qu'est-ce qu'il est sexy, cet homme ! Je me sens toute étourdie rien qu'en le regardant.

— Alors comme ça, tu es une joueuse de tennis, si j'ai bien compris ? demande-t-il en agitant son téléphone devant moi.

— Oh, pas vraiment. J'aime bien jouer parfois en été, et je suis allée à Wimbledon une ou deux fois, mais c'est surtout pour les fraises à la crème, en fait, je réponds en faisant référence au célèbre dessert de Wimbledon.

— Il y a des moyens beaucoup moins chers et plus simples de se procurer des fraises, tu sais, Zara.

— Mais ce n'est pas aussi amusant que d'aller au supermarché et d'acheter simplement une barquette. Où est ton imagination ?

Son rire résonne en moi et me chatouille le ventre. Je prends mon menu. — Alors, qu'est-ce qui est bon à manger ici ? Je meurs de faim.

— Je prends toujours la moussaka. Elle est tellement bonne. Crémeuse et délicieuse.

J'en ai l'eau à la bouche. — Ça me va.

Il hausse les sourcils. — Quoi ? Pas de salade ? Pas de « je suis au régime, alors je ne peux pas me permettre tout ce fromage » ?

— Qui dit ça ?

— Les femmes, voilà qui. Mais pas toi, et ça me plaît.

— Ça te plaît que je veuille manger de la moussaka ? Waouh, tu n'es pas difficile à satisfaire.

Ses yeux pétillent. — Que veux-tu que je te dise ? J'aime les filles qui mangent.

— Eh bien, je suis clairement une fille qui aime bien manger, alors je suppose que nous sommes faits l'un pour l'autre.

Son regard s'intensifie. — J'ai l'impression que c'est bien possible.

Je le dévisage, incrédule. Ce type est la perle rare ! Pas de petits jeux, il ne tourne pas autour du pot. Il veut que je sache que je lui plais et que ses intentions sont sérieuses.

J'ai l'impression de rêver.

Merci, Scarlett.

— Pas toi ? demande-t-il.

— Ouais. Peut-être. Nous échangeons un grand sourire.

Un homme avec une épaisse moustache noire s'approche de notre table, un calepin et un stylo à la main. — Vous êtes prêts à commander ?

George lève les yeux vers lui. — Comment vas-tu, Nick ?

Les yeux du serveur vont et viennent avec incertitude de George à moi, puis de nouveau à George. — Bien. Bien. Et vous ?

— Je vais super bien, Nick. Vraiment super. Je te présente Zara, mon rencard.

Nick se tourne vers moi et dit : — Bonjour. Il est évident pour moi qu'il n'a aucune idée de qui est George, mais je ne vais rien dire pour ne pas le mettre dans l'embarras.

— Bonjour, Nick. C'est un bel endroit que vous avez là.

— Oui, c'est très bon. Vous commandez maintenant ?

George prend les menus et les tend à Nick. — Je vais prendre comme d'habitude, merci, et Zara aussi.

— Votre plat habituel ? demande Nick, les traits tendus.

George se met à rire. — Nick, tu me tues. La *moussaka*, mon vieux. Tu sais bien que je prends toujours ça ici.

Le visage de Nick s'illumine d'un sourire. — La moussaka ! Très bon choix. Deux moussakas qui arrivent. Vous voulez du pain, des olives, des dolmades ?

— Un bol d'olives ? me demande George, et j'acquiesce. — Un bol pour Madame.

— D'accord. Olives, moussaka.

— Merci, mon brave.

Nick nous lance un dernier regard incertain avant de se retourner pour partir.

— Eh bien, c'était embarrassant, dit George une fois qu'il est hors de portée de voix.

— Je sais. J'étais si mal à l'aise pour toi. Mais ne te laisse pas abattre. Il doit voir des centaines de clients par jour. On ne peut pas lui en vouloir de ne pas t'avoir reconnu.

La mâchoire de George se crispe. — Je voulais dire que c'est embarrassant qu'il ne se souvienne pas de ce que je prends d'habitude.

Ah, d'accord.

Je dois rétropédaler. — Oh, ça ? Oui, c'était embarrassant pour lui, pas pour toi. Évidemment.

Il me regarde d'un air soupçonneux. — C'est exact, dit-il lentement.

Je dois sauver la situation, et vite. — Bref, retournons à ce dont nous parlions avant l'arrivée du serveur. Les fraises. C'était ça. Comment relancer la conversation à partir des fraises ? Quel est ton top trois des fruits rouges ? Tu es plutôt du genre banane ? En fait, cette dernière question a probablement un potentiel de sous-entendus trop élevé pour un premier rendez-vous avec un homme avec qui j'aimerais peut-être avoir une relation sérieuse un jour.

Finalement, George intervient et sauve la mise. — Je sais. Parle-moi de ce que tu fais. Tu travailles avec Scarlett, c'est ça ?

Mon travail. Oui. Ça va le faire.

— Nous possédons ensemble une entreprise de décoration d'intérieur appelée ScarZar. Nous avons une boutique à Kensington et nous faisons toutes les deux du conseil. C'est tellement amusant de travailler avec une amie.

— Tu pourrais te charger de mon appartement ?

Un sourire s'étale sur mon visage. — Bien sûr. Qu'est-ce qu'il y a à faire ?

— Je ne sais pas. Tout ? C'est vieux et ça a besoin d'être modernisé, mais je pense qu'il a ce qu'on appelle une « belle structure ». Tu sais, des hauts plafonds, des moulures, de grandes fenêtres. Ce genre de choses.

— Ça a l'air génial.

— Il faudra que je te le montre. Pour que je puisse avoir ton avis de professionnelle, bien sûr.

— Bien sûr.

Nous nous sourions, et je prends une gorgée de mon eau.

— Et peut-être aussi pour qu'on puisse s'asseoir sur mon canapé et s'embrasser, ajoute-t-il, et je recrache mon verre d'eau sur lui, surprise.

— Désolée, dis-je en attrapant ma serviette pour tamponner sa chemise.

Il prend ma main et l'immobilise. — Ne t'en fais pas. Je t'ai prise au dépourvu, n'est-ce pas ?

— Un peu.

— Le truc, c'est que tu m'attires beaucoup, Zara, et j'espère que c'est réciproque.

Mon estomac fait tellement de loopings que c'est un miracle que je ne sois pas éjectée de ma chaise. — C'est le cas, je réponds d'un air faussement timide.

Son sourire s'élargit sur son visage. Il retire la serviette de ma main, la retourne et dépose un baiser délicat en plein milieu de ma paume.

Je jurerais que chaque nerf de mon corps se concentre instantanément sur cet endroit.

Nick arrive à notre table pour nous servir notre vin et nos olives, et je retire ma main à contrecœur.

La conversation coule à flots entre nous autour d'une bouteille de vin et de la moussaka, et bientôt nous parlons et rions, nos doigts entrelacés sur la table. Je me sens déjà proche de lui et nous avons tellement de choses en commun. Nous avons tous les deux fréquenté des internats stricts, nous avons tous les deux échappé à nos familles bien intentionnées mais parfois étouffantes pour vivre une vie de liberté à Londres, et nous sommes tous les deux assez âgés pour en avoir fini avec la scène festive londonienne et vouloir quelque chose de plus dans la vie.

— Tu sais, Zara, mes parents vont carrément t'adorer.

Une chaleur se propage dans mes membres. — Tu crois ?

— Oh, j'en suis sûr, dit-il avec assurance.

Le fait qu'il me dise que ses parents vont m'adorer est une énorme marque d'approbation. — C'est gentil de dire ça.

— Tu voudrais les rencontrer ?

— Je veux bien.

— Que dirais-tu de maintenant ?

Attends, quoi ?

Il veut que je rencontre ses parents *maintenant* ? À notre premier rendez-vous ?

— Pourquoi ne pas commander un dessert et organiser ça pour une autre fois ? je dis en riant, parce qu'il ne peut pas être sérieux. Sûrement pas.

— Je dis toujours qu'il ne faut pas remettre à demain ce qu'on peut faire le jour même. Il se penche vers le couple d'âge mûr à la table voisine et pose sa main sur le bras de l'homme.

— Qu'est-ce que tu fais ? je demande, les sourcils fron-cés. A-t-il perdu la tête ?

L'homme me regarde droit dans les yeux et son visage s'illumine d'un sourire. Un visage qui ressemble beaucoup à... *Non* ! Ce n'est pas possible !

— Bonjour, Zara. C'est vraiment un plaisir de vous rencontrer, et nous avons l'impression d'en avoir tellement appris sur vous ce soir.

— Peut-être même trop, par moments, dit la femme à table avec lui. — Bien que je respecte votre affirmation en tant qu'être sexuel.

Mon quoi en tant que *quoi* ?

— George, qu'est-ce qui se passe ? je demande, espé-rant que la conclusion à laquelle j'ai sauté est complète-ment fausse.

— Oh, comme nous sommes impolis, Mary, dit l'homme. — Antony et Mary, dit-il alors que lui et la femme se lèvent.

— Antony et Mary ? je demande.

— C'est exact, ma chère, dit la femme. — Nous sommes les parents de George.

Ma mâchoire manque de heurter la table, horri-fiée. — Vous êtes... quoi ?

— Oh, regarde-la, George. Elle n'arrive pas à y croire, dit la femme, Mary, la mère de George, en riant à son fils.

Son *fils*.

Le sourire de George est gigantesque. — Non, en effet. Pas vrai, Zara ? N'est-ce pas merveilleux ?

Euh, non ?

— Venez me faire un câlin, ma chère, dit Mary en ouvrant les bras et en me souriant radieusement. — Vous avez réussi le test haut la main.

Je cligne des yeux, sans comprendre, avant de reporter mon regard sur George. Lui aussi me sourit comme s'il avait gagné au loto. — Ce sont tes parents ? je lui demande, les yeux écarquillés. — Et il y avait un test ? L'humiliation coule dans mes veines.

Ce n'est pas possible.

— Vas-y, fais un câlin à maman, m'ordonne George, l'air fier.

Telle un zombie, je me lève et me retrouve enveloppée dans les bras de Mary. Elle sent l'ail et le muguet, et elle me serre fort pendant que ma tête tourne.

— Je dois dire, Zara, que je vous ai appréciée dès l'instant où je vous ai vue à votre fête d'anniversaire. Je connais votre mère grâce au bridge, bien sûr, mais je ne vous avais jamais rencontrée, ni Sebastian. Vous avez fait un discours charmant. N'est-ce pas, Antony ?

— En effet. Vous aimez vraiment les chiens, n'est-ce pas, Zara ? Vous vous plairez dans la famille Honeydew. Nous aimons les chiens et nous aimons les femmes qui disent ce qu'elles pensent. N'est-ce pas, George ?

— C'est tout à fait ça, papa, répond George.

— M-merci, je marmonne. Parce que je suis trop abasourdie par toute cette histoire pour savoir quoi dire d'autre pour l'instant.

George, lui, arbore toujours un sourire béat, comme celui d'un chat qui aurait trouvé une réserve inépuisable de crème.

Moi ? Je suis comme le chat qu'on a mis à la porte sous une pluie battante sans aucune bonne raison.

Est-ce que je viens vraiment d'avoir un premier rendez-vous avec un mec dont les parents, assis à la table d'à côté, ont écouté jusqu'au moindre mot de notre conversation, et ce, depuis le moment même où je suis arrivée ?

Je fouille dans ma mémoire. On a parlé de tennis. Ça passe. Ensuite, il y a eu toute cette conversation sur les baies. Ça passe aussi. Puis il a embrassé la paume de ma main et m'a dit qu'il voulait me rouler une pelle sur son canapé.

Là, ça passe moins bien.

Attendez une minute. Il m'a dit ces choses en sachant que ses parents pouvaient entendre tout ce qu'on disait ?

Là, ça ne passe pas du *tout*.

— Et si on rapprochait les tables ? suggère Mary.

— Excellente idée, ma chérie. Comme ça, on pourra bien discuter. Anthony commence à reculer les chaises. Ensemble, lui et George soulèvent leur table et la placent à côté de la nôtre, tandis que je cligne des yeux, incrédule.

Et moi qui pensais que cette soirée ne pouvait pas devenir plus bizarre.

Je me trompais. Tellement.

— Et voilà, dit Anthony en admirant son travail.

Mon regard passe de l'un à l'autre. Ils agissent comme si c'était une chose parfaitement normale à faire. Et qui plus est, George semble le penser aussi.

Il est passé de Captain America à Homer Simpson en deux secondes chrono, et il n'y a aucune chance sur cette foutue planète que j'aie envie de rouler une pelle à Homer Simpson.

C'en est trop.

— Vous voulez bien m'excuser un instant ? je demande en attrapant mon sac à main accroché au dossier de ma chaise.

— Bien sûr, dit George.

— Mais revenez vite. Je veux en savoir plus sur votre entreprise de décoration d'intérieur, dit Mary.

Je passe mon sac à main sur mon épaule, leur lance à tous les trois un sourire rapide et mortifié, puis je me faufile entre les tables, franchis la porte et file directement aux toilettes des dames, au fond. Je claque la porte de l'une des cabines et reste là, à fixer le mur nu.

Qu'est-ce qui vient de se passer ?

Il y a une minute, on était à un rendez-vous, et la minute d'après, tout a pris une tournure mortifiante.

Mon envie de fuir me donne un grand coup de pied.

Est-ce que je surréagis ? Devrais-je plutôt être contente d'avoir trouvé un mec mignon qui veut me présenter à sa famille ?

Je sors mon téléphone et fixe l'écran. Je dois raconter à quelqu'un ce qui s'est passé et vérifier si prendre la fuite est la bonne chose à faire. Mon instinct me dit d'envoyer un texto à Asher, mais la dernière chose dont j'ai envie en ce moment, c'est de l'entendre me dire « *Je te l'avais bien dit* ». Ce qu'il ferait sans aucun doute. Il a pensé que George était un idiot dès le départ.

Alors, à la place, j'envoie un message groupé à mes meilleures amies : Lottie, Kennedy et Tabitha.

À mon rencard avec George. Tout va bien, sauf qu'il vient d'annoncer que ses parents étaient à la table d'à côté toute la soirée, puis il me les a présentés, et maintenant ils veulent s'asseoir avec nous. C'est bizarre, non ? Je ne suis pas en train de faire un drame pour rien ?

Les réponses sont rapides et catégoriques.

Lottie : Trop bizarre !

Tabitha : Le gros fils à maman dans le genre bien tordu.

Kennedy : Oh mon Dieu, ma belle. Fuis !

Bon, c'est clair. Aucune d'entre elles ne pense que c'est un très bon signe, c'est le moins qu'on puisse dire. Puis, un autre message apparaît.

Lottie : Mais tu sais ce qu'on dit sur les mecs et leurs mères.

Tabitha : Quoi ? Que s'ils invitent leur mère à un premier rencard, ils sont complètement tarés ?

Kennedy : Tabitha a raison, Lottie. Ne cherche pas le côté positif, et ne l'écoute pas non plus, Zee. Fuis. Maintenant.

Tabitha : D'accord.

Lottie : Mais on parle du Splendide George, là !

Tabitha : Arrête, Lottie ! C'est plus que tordu.

Kennedy : « Cours ! Et ne te retourne pas ! »

Je glisse mon téléphone dans mon sac à main, ma décision est prise − et je peux vous l'annoncer tout de suite, ce n'est pas de continuer mon rencard avec Homer Simpson et sa famille.

Je paie mon repas et la moitié de la bouteille de vin, puis je m'arrête à la table où George est assis avec ses parents. — Je suis vraiment désolée, George. Merci pour ce rencard, mais je ne pense pas que ça va marcher entre nous. C'était absolument… bizarre ? horrible ? au-delà de l'humiliation ? … charmant de vous rencontrer, Anthony et Mary. Passez une bonne soirée. Au revoir !

Et avant qu'ils ne puissent dire un mot de plus, je tourne les talons, sors du restaurant à grandes enjambées et dévale la rue aussi vite que mes talons me le permettent.

Chapitre 11

Cher Papa,

Alors, je ne vais certainement pas devenir Mme Zara Honeydew de sitôt. Ni même jamais.

Le bon côté des choses, c'est que mon adorable chiot est une vraie bénédiction ! Stevie est pleine d'entrain, amusante et respire la joie de vivre. Elle me fait sourire chaque fois que je la regarde. Bon, d'accord, pas vraiment à chaque fois. Parfois, elle mâchouille mes chaussures. Parfois, elle fait caca sur le tapis en laine noué à la main que j'ai « acquis » (bon, d'accord, piqué) du bureau de Martinston pour me souvenir de toi. Mais le reste du temps ? Elle est absolument divine.

J'aimerais tellement que tu puisses la rencontrer.
Tu me manques. Je t'aime.
Ta Za-Za xoxo

J'ARRIVE à la boutique avec Stevie le lendemain matin, me préparant mentalement à la déferlante inévitable de questions de la part de Scarlett. George a dû dire quelque chose à son copain, Harry, hier soir, car elle m'a bombardée de messages au sujet de mon rencard après que je suis rentrée.

La boutique est vide quand j'arrive. Je jette un œil à l'heure sur mon téléphone : 9 h 45. Pour une fois, je suis arrivée avant Scarlett. Je déverrouille la porte et je pose Stevie par terre. Elle se met aussitôt à gambader partout, reniflant tout comme si c'était le dernier instant de son odorat avant qu'il ne disparaisse à jamais et qu'elle doive sentir *absolument* tout.

Je regarde l'enclos pour chien que j'ai acheté chez Penelope's Pooches après ma visite chez Asher.

— Il faudra aller dans ton enclos quand Scarlett arrivera, ma puce. Alors, lâche-toi.

Pas besoin de le lui dire. C'*est* un chiot, après tout.

Je me dirige vers l'arrière de la boutique, j'allume les lumières et j'allume l'ordinateur. Je parcours les rendez-vous de la journée, et mon cœur se serre en voyant à quel point ils sont peu nombreux. Je me mords la lèvre, plongée dans mes pensées. Comment le petit peut-il battre le gros ? On entend des histoires où ça arrive, où le petit — ou les petites dans notre cas — se défend. Mais comment allons-nous faire ? Karina a l'avantage du nombre. Elles ont tout un tas de créatrices, des relations avec tous les fournisseurs et une boutique d'enfer qui crie *vous êtes entre de bonnes mains avec nous !* Nous, nous avons une petite boutique charmante, mais excentrée, avec seulement deux créatrices — et un chien qui, il faut bien l'avouer, est extraordinairement mignon, mais qui fait pipi sur les gens et détruit le stock.

Le combat n'est pas vraiment équitable.

Je suis sur le point de chercher sur Google *comment David a réussi à battre Goliath* quand la clochette au-dessus de la porte tinte. Je lève les yeux, m'attendant à voir Scarlett, et je suis surprise de voir deux jeunes filles de mon âge environ. Elles portent toutes les deux de longues jupes, des bottines et des hauts mignons, avec de longs cheveux châtains tombant dans leur dos. Je cligne des yeux plusieurs fois, pensant voir double un instant avant de réaliser que ce sont de vraies jumelles.

— Bonjour, les filles, dis-je avec un grand sourire en glissant mon téléphone dans la poche arrière de mon pantalon large. Bienvenue chez ScarZar. Je peux vous aider ?

Au moment où les mots quittent ma bouche, Stevie arrive en bondissant vers elles et se jette sur la jambe de l'une des filles, jappant avec excitation.

— Oh, quel chiot adorable ! dit-elle en se penchant pour la caresser. Stevie sautille partout et la jeune fille ne parvient à poser la main sur elle qu'une fraction de seconde.

— Elle est mignonne, mais elle doit aussi aller dans son enclos, dis-je.

— Oh, laissez-la, dit la jumelle n° 1. Elle est trop mignonne. Regarde-la, Prue. On devrait en prendre un.

— Oh, oui. Carrément, répond la jumelle n° 2.

Les deux filles s'extasient devant Stevie qui bondit entre elles en faisant ce qu'elle fait de mieux : être un chiot adorable et surexcité. L'une d'elles la prend dans ses bras et Stevie commence à grimper sur son haut pour atteindre son oreille où elle se met rapidement à lécher et à mordiller son lobe. Pendant qu'elle rigole, je demande à l'autre jumelle ce que je peux faire pour elles.

— On essaie de décider quoi offrir à notre mère pour son anniversaire. Elle va avoir cinquante ans et ça la déprime complètement, dit l'une d'elles.

— Alors, on s'est dit qu'on allait lui acheter quelque chose de magnifique pour qu'elle se sente mieux à l'idée de devenir si vieille, termine l'autre.

— Tu t'imagines avoir cinquante ans ? demande Jumelle n° 1 avant de partir dans un nouvel éclat de rire sous les léchouilles de Stevie. — Le chiot, arrête !

— Avoir cinquante ans, ce serait trop horrible, dit Jumelle n° 2 en secouant la tête.

Je leur souris. — Ça nous arrivera aussi un jour, vous savez. Quel genre de choses est-ce que vous cherchez ?

— On pensait à quelques petites choses pour égayer le salon.

— Des coussins décoratifs ? Des lampes ? Des bibelots ?

— Tout ça à la fois, dit Jumelle n° 2.

— Dites-moi à quoi ressemble le salon en ce moment et quels sont les goûts de votre mère.

— Oh, elle a des goûts horribles, dit Jumelle n° 2.

Jumelle n° 1 acquiesce d'un signe de tête. — Vraiment affreux. Elle a besoin d'un relooking complet.

— On aime bien le canapé dans la vitrine, dit Jumelle n° 1 en parlant du magnifique canapé en velours vert.

— Il est divin, n'est-ce pas ? Et si j'allais chercher quelques coussins et que j'assemblais deux ou trois choses pendant que vous faites un tour ? Il y a de très belles choses sur les étagères, au fond. Je propose, et les filles sont d'accord.

Pendant que je rassemble quelques articles de la boutique, les deux filles jettent un regard rapide aux étagères avant de s'asseoir par terre et de passer le reste du temps à jouer avec Stevie. Je me souris à moi-même. C'est exactement ce que je voulais qu'il se passe en ayant un chien dans le magasin. Stevie ajoute du fun et de la personnalité, et elle nous aidera à nous différencier des grandes Karina de ce monde.

Je prends du recul par rapport à ma présentation et j'appelle les filles. — Qu'est-ce que vous en pensez ? je demande alors que Jumelle n° 2 me tend Stevie.

— J'aime bien, mais sans plus. Tu vois ce que je veux dire ? dit Jumelle n° 1. — Tu te souviens du design qu'on a vu en ligne ? dit-elle à sa sœur. — Montre-lui.

Jumelle n° 2 sort son téléphone de son sac et fixe l'écran. Après un instant, elle retourne le téléphone et j'inspecte l'image.

— C'est un style beaucoup plus bohème, je dis en examinant l'image. Je remarque que c'est un design de Karina. — Je peux tout à fait vous faire ça. On a des choses dans l'arrière-boutique. Donnez-moi deux minutes.

— Laissez le chiot, s'il vous plaît. C'est mon tour de lui faire un câlin, dit Jumelle n° 2 en tendant les bras vers moi.

— Bien sûr. Je me précipite dans l'arrière-boutique et je fouille dans une pile de coussins, à la recherche de ceux qui, je le sais, iront avec cet agencement.

Quand je reviens, les deux filles parlent doucement entre elles. — Voilà. Que pensez-vous de ceux-ci, associés au plaid et à ce grand vase ? J'enlève les coussins d'origine et je les remplace par les nouveaux. Je recule et je regarde l'ensemble. — Magnifique, vous ne trouvez pas ?

— Oh, carrément, dit Jumelle n° 2 alors que son regard file vers Jumelle n° 1.

— Merci pour votre aide, mais on, euh, doit y aller, dit Jumelle n° 1.

Jumelle n° 2 plisse le nez. — Ouais, désolées. Mais merci. Vous nous avez super bien aidées.

— Super bien aidées, répète n° 1 alors qu'elles se dirigent toutes les deux vers la porte.

— Vous êtes sûres ? J'ai plein d'autres idées.

— C'est bon pour nous. Merci quand même. Votre chiot est magnifique.

— Trop magnifique.

L'une d'elles ouvre la porte, puis elles se retournent toutes les deux et sortent de la boutique en courant comme si le feu y était, et je me retrouve à tenir la chandelle — enfin, les coussins —, me demandant ce qui vient de se passer.

J'aperçois Stevie, roulée en boule sur un fauteuil en cuir, et d'instinct, je les suis et me poste assez en retrait pour qu'elles ne me voient pas, mais que je puisse les voir. Elles sortent dans la rue, tournent à droite, marchent jusqu'à une boutique située à environ trois portes de là, tournent et entrent.

Karina.

Je me mordille la lèvre. Cette image venait de chez Karina. Pendant que j'étais dans l'arrière-boutique à chercher des coussins, elles ont probablement réalisé cela et ont décidé de simplement se rendre là-bas.

Le cœur lourd, je retourne d'un pas pesant à la boutique. Je pousse la porte et jette un coup d'œil à la présentation que j'avais préparée pour elles. Encore des clientes perdues au profit de la grande boutique tape-à-l'œil au bout de la rue. Bien sûr, tout ce que les jumelles voulaient, c'était quelques accessoires pour égayer une pièce, mais ça fait mal quand même.

Le tintement de la cloche me tire de ma rêverie. Je lève les yeux et vois Scarlett.

— On vient encore de perdre des clientes au profit de

Karina, dis-je sans préambule. Elles se sont littéralement levées et sont parties en plein milieu d'une discussion sur un projet d'aménagement. Tu te rends compte ?

Elle hausse un sourcil. — Un peu comme toi quand tu t'es levée et que tu es partie en plein milieu d'un rendez-vous avec George Honeydew ?

— Ne commence pas. Il a ramené ses parents à notre premier rendez-vous. Tout est dit.

— C'est seulement parce qu'ils forment une famille très soudée.

Je lui lance un regard genre *tu n'es pas sérieuse*. — Bie*eeen* sûr. Il y a « soudés » et il y a « bizarres ».

—Je t'ai dit que George est un bon parti, Zee, répond-elle en ignorant ma remarque. Tu devrais l'appeler pour t'excuser.

— M'excuser ? dis-je avec un gloussement surpris. Non, merci. George et ses parents qui écoutent aux portes sont peut-être juste la façon qu'a l'univers de me dire d'oublier le Prince Charmant et de me contenter d'être une vieille fille avec Stevie.

— Tu ne penses pas ce que tu dis.

Je laisse échapper un souffle. Encore une histoire d'amour ratée. Sauf que ce n'était même pas une histoire d'amour. Juste un premier rendez-vous qui a mal tourné. —Je sais que non, même si c'est tentant.

— Tu ne trouveras jamais l'homme parfait, tu sais. Il n'existe pas. Et alors, si George a invité ses parents à votre rendez-vous ? Tu crois qu'il aurait fait ça s'il n'avait pas été sérieux te concernant ?

— Scarlett, il m'a fait un baise-main et m'a dit qu'il voulait me rouler une pelle sur son canapé, tout ça en sachant pertinemment que ses parents écoutaient chacun de ses mots. Je frissonne à ce souvenir. Je n'y retournerai pas.

— C'est toi qui perds au change, ma belle, dit Scarlett en passant devant moi d'un pas léger.

Peut-être bien que oui, mais peut-être bien que non. Je raye ça. C'est définitivement non.

La cloche sonne et je me retourne pour voir qui c'est. C'est le duo mère en uniforme de Kensington et fille gothique d'il y a une ou deux semaines. — Bonjour. Victoria et Chloe. Quel plaisir de vous revoir.

— Nous étions dans le quartier et nous avons pensé passer pour voir si le canapé que nous avons commandé était arrivé, dit Victoria.

— Il doit arriver d'ici une semaine environ, répond Scarlett.

— Bien. Maintenant, en attendant, j'aimerais discuter de l'habillage des fenêtres.

— Bien sûr. J'ai quelques idées à ce sujet. Venez donc jeter un œil.

Pendant que Scarlett et Victoria se rassemblent autour de l'ordinateur portable sur le comptoir, je souris à Chloe. — Comment ça va dans le nouvel appartement ?

— Ça va, répond-elle de sa manière particulièrement articulée.

— Mais pas d'épées sur les murs, hein ? je demande avec un sourire ironique.

— Non. Elle pince les lèvres et commence à regarder autour d'elle dans la boutique.

Renonçant à essayer de faire la conversation, je me reconcentre sur le réarrangement de certains articles sur les étagères.

Après avoir écouté Victoria et Scarlett discuter du projet pendant quelques minutes, Chloe déclare : — Regarde ce coussin. Il a la forme d'un chien. J'en veux un, maman.

Un coussin en forme de chien ? Je ne me souviens pas en avoir un comme ça dans la boutique.

— Où ça, ma chérie ? demande Victoria en traversant le magasin pour rejoindre sa fille qui se tient près d'un fauteuil en cuir. Oh, il est si réaliste. Elle tend la main pour le ramasser.

C'est alors que je réalise qu'elles ne parlent pas d'un coussin. Elles parlent de Stevie. Elle est roulée en boule sur le fauteuil, dormant profondément.

— Oh, ce n'est pas un coussin, je commence, mais il est trop tard. Victoria a pincé ce qu'elle croit être un coussin pour le ramasser, et les yeux de Stevie s'ouvrent d'un coup. Son regard surpris passe de Victoria à Chloe. Face à Chloe, toute de noir vêtue, avec son visage pâle et ses yeux cerclés de noir, Stevie a la peur de sa vie et bondit sur ses pattes, jappant sans s'arrêter tout en reculant devant les deux femmes, les crocs découverts.

Chloe recule, faisant un pas en arrière et marche sur le pied de sa mère, qui pousse aussitôt un cri de douleur et sautille sur un pied, perdant l'équilibre et tombant en arrière contre une étagère. Tombent les bougies parfumées, tombent les têtes de Bouddha, les serre-livres, les vases et toutes sortes d'ornements. Ils continuent de tomber jusqu'à s'écraser sur le sol, et je regarde, horrifiée, Victoria s'agripper désespérément aux étagères avant de s'effondrer elle-même par terre.

— Maman ! hurle Chloe, tandis que Scarlett se précipite et s'accroupit à côté d'elle.

— Victoria ! Oh mon Dieu, ça va ? demande Scarlett.

— Je suis désolée, je crie pour couvrir le bruit. C'est mon chien, Stevie. Ce n'est pas un coussin. J'aurais dû le dire. Je tends la main et prends Stevie dans mes bras. Elle jappe et jappe, et même le fait que je la serre fort contre moi en lui murmurant des mots apaisants à l'oreille ne suffit pas à la calmer.

— Ça, je vois. Faites-la taire, vous voulez bien ? exige Victoria en me regardant depuis le sol. Et vous. Aidez-moi à me relever. Elle tend la main vers Scarlett, qui la remet sur pied.

— Je vais l'emmener à l'arrière, dis-je, et Scarlett me lance un regard noir alors que je me retourne et me précipite au fond de la boutique, dans la réserve, où je ferme fermement la porte derrière moi.

À présent, Stevie s'est calmée, alors je la pose par terre et la regarde, avec horreur, décider que c'est le moment idéal pour se soulager. Sur une pile de sets de table.

— Bien joué, Stevie. Tu t'es vraiment surpassée, je marmonne en attrapant des serviettes en papier dans les toilettes adjacentes et en commençant à éponger ses dégâts.

Scarlett ouvre la porte, le visage sombre. — Il faut qu'elle parte ! déclare-t-elle.

— Je vais la garder dans son enclos. Je n'aurais pas dû la laisser dormir sur le fauteuil. C'était stupide. Je suis désolée, Scarlett.

Elle me foudroie du regard, les mains sur les hanches. — Si elle doit rester dans la boutique, tu dois la faire dresser.

— Je peux la gérer, j'insiste au moment précis où Stevie plante ses petites dents acérées dans le bord de ma jupe et se met à tirer dessus en grognant d'un air menaçant. Enfin, aussi menaçant que peut l'être un petit chien. — Stevie, non, je grince entre mes dents serrées. Elle n'écoute pas, alors je la soulève, emportant ma jupe avec elle. — Lâche, lui dis-je en tirant sur ma jupe. Je parviens à la libérer après une petite lutte, pour ensuite me retourner vers un encadrement de porte vide. — Scarlett ? j'appelle.

— École de dressage ! me crie-t-elle depuis la boutique, en ajoutant un menaçant : — Sinon...

Je baisse les yeux vers Stevie. Elle me regarde, ses yeux bruns et liquides aussi innocents que le jour de sa naissance. — Tu veux aller à l'école de dressage ? je lui demande.

Pour toute réponse, elle remue la queue et se blottit contre moi avant de grimper sur ma poitrine et de me mordre le lobe de l'oreille.

CE SOIR-LÀ, en rentrant chez moi, Asher m'appelle et je lui raconte comment Stevie a fait tomber une maman de l'« Uniforme de Kensington ».

— Za-Za, c'est incroyable !

— Ce n'était pas son heure de gloire, mais pour être juste envers Stevie, la fille est gothique. Elle fait assez peur.

— Attends, si j'ai bien compris. Tu as pris le chien pour développer ton affaire et attirer de nouveaux clients, c'est ça ?

— Je sais ce que tu vas dire. Jusqu'à présent, elle a détruit du stock et fait fuir les clientes.

— C'est toi qui le dis, Zee. Tu sais qu'il faut que tu l'emmènes à l'école de dressage, n'est-ce pas ?

— Je suppose que oui.

— Non, pas de « je suppose que oui ». Plutôt « Je le ferai, Asher. Tout ce que tu diras, Asher. » C'est ça que je veux entendre.

— Mais je sais comment dresser un chien.

— Vraiment ? demande-t-il, et je peux imaginer l'expression sur son visage en ce moment. Il aurait les sourcils haussés, un sourire subtil aux lèvres, me regardant intensément. Allez, Zee. Je viendrai avec toi aux cours. Est-ce que ça t'aiderait ?

— Tu ferais ça pour moi ?

— Rien ne me ferait plus plaisir que de me retrouver dans une pièce remplie de chiots indisciplinés et incontrôlables, lance-t-il d'un ton impassible.

Je glousse. — Tu adorerais.

— Alors c'est réglé. Tu réserves, je serai là, et on dressera ta chienne pour en faire le chien le plus sage de Kensington.

J'arrive devant mon immeuble, je coince mon téléphone entre mon oreille et mon épaule, et j'insère ma clé dans la serrure. — Et si on visait un peu moins haut, du genre qu'elle n'urine pas sur la marchandise ou n'effraie pas les clients ?

Il éclate de rire. — Bon objectif. Alors, comment s'est passé ton rencard avec George l'idiot ?

— Ce n'est pas un idiot. C'est vraiment un type bien.

— Qui se trouve être aussi un parfait idiot.

J'ouvre la bouche pour répliquer, puis je la referme, ouvrant et fermant la bouche comme un poisson hors de l'eau.

Je déteste quand il a raison.

— Tu vois ? Tu ne veux pas le dire, mais tu es d'accord avec moi.

Je pince les lèvres et je grogne, ce qui ne fait que le pousser à demander : — Qu'est-ce qui s'est passé ?

Je souffle en montant les escaliers vers mon appartement. Autant tout lui avouer, puisque mes autres amies sont déjà au courant, grâce à notre discussion de groupe en ligne pendant que je me terrais dans les toilettes du restaurant grec. — Il a invité ses parents à notre rendez-vous, dis-je en fermant les yeux très fort en attendant la réaction inévitable d'Asher.

— Attends, quoi ?

— Ils étaient assis à la table d'à côté toute la soirée et je n'avais aucune idée qu'ils écoutaient chaque mot que nous disions jusqu'à ce qu'il me demande si je voulais les rencontrer et qu'il se tourne vers eux pour me les présenter.

— Tu te fiches de moi, j'espère.

— Tu avais raison. C'était un idiot. Je baisse les yeux vers Stevie et je grimace en pensant à Victoria s'écrasant au sol. Un peu comme moi, en fait.

— Tu parles de l'incident à la boutique.

— Ouaip.

— Tu as juste eu un moment d'inattention canine. George est un idiot incurable. Tu sais ce qu'il te faut ?

— Un habit de nonne et un voile ? je demande en déverrouillant la porte de mon appartement et en la poussant. Je suis immédiatement accueillie par l'arôme de gâteau au chocolat. Oh oh.

— Quoi ? demande-t-il.

— Lottie a fait un gâteau au chocolat.

— Et c'est un problème en quoi, exactement ?

— Ça veut dire qu'elle est allée voir sa mère et qu'elle a besoin de glucides. J'enlève mes talons, je lâche Stevie, et je me dirige dans le couloir où je trouve Lottie assise au comptoir de la cuisine, enfournant du gâteau au chocolat dans sa bouche comme si elle n'avait pas mangé depuis un mois.

Elle lève les yeux et m'adresse un demi-sourire, les dents couvertes de glaçage au chocolat.

— Je ne comprends pas, dit Asher à sa manière. Parce que, bien sûr, il ne comprend pas. Ce n'est pas une fille.

Les yeux rivés sur Lottie, je dis : — Je ferais mieux d'y aller, Ash. Je t'expliquerai toute la dynamique mère-fille une autre fois.

— Ça a l'air d'être à mourir de rire.

— Oh, ça le sera.

— Promets-moi que tu vas réserver l'école des chiots.

— Je le ferai.

— Dis-le. Dis : « Je vais réserver l'école des chiots. »

— Je vais réserver l'école des chiots. Contente ?

— Aux anges. Fais une tape fraternelle dans le dos de Lottie de ma part. À plus tard.

Je raccroche et je m'affale à côté de Lottie. — Tu as vu ta mère, hein ?

— Ouaip.

— Qu'est-ce qu'elle a dit cette fois ?

— Elle m'a juste dit que je gâche ma vie, que je devrais être plus comme ma sœur, pourquoi je vivais encore avec toi et pas déjà mariée avec trois enfants, et si je ne savais pas qu'elle avait tant sacrifié pour moi pour que je puisse avoir cette vie que je suis en train de gâcher.

— Bref, le discours habituel.

— Ouaip. Lottie prend encore du gâteau sur sa four-chette et y entasse une montagne de glaçage au chocolat.

— Je suis désolée, Lottie. Ça t'aidera si je te dis que Stevie a démoli une partie du stock et a fait fuir une cliente, que Scarlett m'en veut et que j'ai dit à Asher que j'emmè-nerais Stevie à l'école des chiots ?

Sans un mot, Lottie me tend une fourchette. Je la plonge dans le gâteau et en prends une grosse bouchée, savourant son délice chocolaté. — Mmm, c'est bon, dis-je la bouche pleine.

— Celui qui a dit qu'on ne pouvait pas résoudre ses problèmes avec du gâteau au chocolat devait forcément être un mec.

J'entrechoque ma fourchette contre la sienne. — Tu prêches une convaincue.

— Stevie a fait fuir une cliente ?

— Oh, que oui.

— Et tu vas à l'école des chiots avec Asher ?

— Ouaip.

Elle pousse le gâteau vers moi. — Sers-toi.

Et c'est ce que nous faisons. Nous mangeons tout le fichu gâteau.

Cher papa,

Tu sais, quand je disais que Stevie était une véritable bénédiction ? Eh bien, il s'avère qu'elle est autant une bénédiction qu'un handicap. Ne te méprends pas, elle est absolument adorable et je sais à quel point tu l'aimerais, mais j'en suis arrivée à la conclusion que nous avons besoin d'aide.

Et le fait qu'Asher et Scarlett m'aient dit de l'emmener à l'école des chiots n'a rien à voir là-dedans.

Tu me manques. Je t'aime.

Ta Za-Za, bisous.

Chapitre 12

J'ARRIVE à la boutique le lendemain avec une tasse de café en guise de réconciliation pour Scarlett. Elle fixe l'écran de l'ordinateur dans la boutique vide et lève les yeux vers moi tandis que la clochette au-dessus de la porte tinte. Son regard glisse vers Stevie, à mes côtés. — Je vois que tu as amené ce terrible terrier.

Je place Stevie dans son enclos et me retourne pour lui faire face. — Je suis vraiment désolée pour hier. Stevie restera dans son enclos en permanence dans la boutique jusqu'à ce qu'elle soit complètement éduquée et adulte. Et je l'ai inscrite à l'école du chiot, aussi. On commence la semaine prochaine. Je lui tends l'une des tasses que je tiens dans mes mains. — Tiens, je t'ai pris un café pour me faire pardonner. Un cappuccino avec un supplément de chocolat.

Elle me le prend des mains. — Merci. Je crois qu'on a peut-être perdu Victoria et Chloé.

— Sérieux ? Laisse-moi les appeler. Je vais leur offrir quelque chose.

— Ne leur offre pas Stevie, dit-elle, un sourire se dessinant au coin de ses lèvres, ce qui m'indique qu'elle commence à s'adoucir.

— Ah, non, je réponds en rigolant. Elles ont commandé ce canapé, donc on ne les a pas complètement perdues.

— C'est vrai. Elle prend une gorgée de son café. — Ta mère est passée.

— Maman ? Oh, non. J'ai complètement oublié que je devais la retrouver pour un café ce matin.

— Tu peux encore y aller. Ce n'est pas comme si on était débordées ici.

Je jette un coup d'œil à la boutique vide. Le contraste frappant avec le magasin Karina bondé au bout de la rue est indéniable. — Tu es sûre ?

— Sûre. Prends ta calamité avec toi, par contre. Elle fait un signe de tête en direction de Stevie, qui mâchouille un jouet dans son enclos.

— D'accord. J'envoie un message à Maman et j'organise un rendez-vous au Starbucks près de la station de métro. Une demi-heure et de nombreuses exclamations attendries devant Stevie plus tard, Maman et moi sommes assises ensemble, la lumière tachetée d'un érable voisin jouant sur notre table.

— Vraiment, c'est un amour. Elle a un succès fou

auprès des clients ? demande-t-elle en remuant sa tasse de thé.

— Du peu qu'on a ces jours-ci. Mais oui, certains d'entre eux l'adorent. Je me garde de lui raconter ce qui s'est passé hier. Comme le reste de ma famille, Maman pense déjà que je penche un peu du côté immature et irresponsable de l'équation.

Elle fronce les sourcils. — Pourquoi n'avez-vous pas beaucoup de clients ?

— Cette grande chaîne de magasins, Karina Design, a ouvert au bout de la rue.

— Oh, j'adore leurs articles, déclare-t-elle avant que l'expression sur mon visage ne lui indique que ce n'est pas exactement ce que je veux entendre en ce moment. — Désolée, ma chérie. Comment Scarlett et toi allez gérer ça ?

Je hausse les épaules. — Je ne sais pas. On essaie juste de garder la tête hors de l'eau en ce moment, Maman. Stevie est censée aider à donner de la personnalité, pour qu'on devienne connues comme le fabuleux magasin de décoration avec le chien mignon. Jusqu'à présent, tout ce qu'elle a fait, c'est nous coûter de l'argent.

— Comment ça ?

— Elle a cassé des trucs, je réponds évasivement.

— Avec tout le respect que je te dois, ma chérie, tu ne peux pas compter sur un chien pour faire tourner ton entreprise.

— Ce n'est pas tout ce que nous faisons, bien sûr, je réplique en ricanant. Il y a aussi d'autres choses en préparation. Je croise les doigts sous la table parce qu'à part espérer, nous ne réussissons pas à faire quoi que ce soit pour attirer de nouveaux clients. Nous avons été trop occupées à nous remettre de la forte baisse de notre chiffre d'affaires. Il faut qu'on se bouge les fesses et qu'on y fasse quelque chose.

— Ah, oui ? s'interroge Maman.

— Des choses dont je ne peux pas te parler pour le moment, j'en ai peur. Je me penche d'un air conspirateur. — Les murs ont des oreilles, tu sais. Je lui lance un regard lourd de sens.

— Oh. Je vois, ma chérie, répond-elle avec un air entendu. — Eh bien, bonne chance.

Nous allons avoir besoin de bien plus que de la chance.

— Merci, Maman.

Elle joue avec sa tasse de café. — Maintenant, raconte-moi tout sur ta vie amoureuse. Quelqu'un de spécial en vue dont je devrais être au courant ?

Oh, génial. La question que toute trentenaire célibataire veut entendre de sa mère. Bien que Maman soit loin d'être aussi insistante que la mère de Lottie, le message est le même : trouve-toi un homme convenable et marie-toi. Et vite !

— Ça fait si longtemps qu'on n'a pas rencontré un de tes galants, ajoute-t-elle, en utilisant un terme digne du Moyen Âge. — Le seul jeune homme avec qui on te voit, c'est ton ami, Asher.

— Ce n'est pas un « galant », comme tu dis. Juste un ami.

Et un plan de secours. Autre chose que je ne vais pas lui mentionner. Inutile qu'elle se fasse de faux espoirs pour quelque chose que je n'ai aucune intention de voir arriver un jour.

— Dommage. Il est très séduisant et c'est un type tellement charmant.

— Bien sûr, Maman. Asher a aussi clairement charmé ma mère.

— Alors ? Des nouvelles ? Elle me regarde avec une telle lueur d'espoir dans les yeux que ça me fend le cœur de lui dire la vérité.

— Personne de spécial.

— Mary Honeydew m'a appelée, m'apprend-elle.

Oh, non.

— Ah oui ?

— Elle a mentionné que George et toi vous vous fréquentiez et elle a tiqué quand il te lui a présentée. Franchement, ma chérie, c'est un compliment quand un jeune homme veut te présenter à sa mère. Tu devrais voir ça comme un bon signe, qu'il est sérieux avec toi. Je n'imagine pas George Honeydew présenter ses greluches à sa mère. Et toi ?

— « Greluches », Maman ? Sérieusement ?

— Tu sais ce que je veux dire. Tu lui plais, c'est évident.

— Est-ce que Mary t'a dit *comment* il m'a présentée à elle ? je demande, et elle secoue la tête. — Elle et son mari étaient assis à la table à côté de nous, à écouter toute notre conversation, et je n'étais au courant de rien jusqu'à ce que George annonce leur présence, c'est-à-dire *après* qu'on a passé deux heures à discuter. Et c'était à notre premier, et unique, rendez-vous.

Elle se rassoit sur sa chaise. — Oh. Mary n'a pas mentionné ça.

— J'en suis sûre.

— N'aurais-tu pas mal interprété la situation ? Je veux dire, il y a peut-être une explication rationnelle ?

— Maman.

— Très bien. Je posais la question. J'ai tellement envie de te voir heureuse en mariage, Zara. Après tout, tu as trente ans.

— Tu vas me dire que tu étais mariée et que tu avais des enfants à mon âge, comme l'a fait mamie ?

— Eh bien, c'est vrai, mais je sais que les temps ont changé. Mais franchement, tout remettre à la trentaine, ce n'est pas un peu exagéré, ma chérie ? Il serait peut-être temps de grandir, tu sais.

— Je suis une adulte, je bougonne, la lèvre inférieure avancée comme une enfant qui boude. Ça ne plaide pas en ma faveur. Je la rentre aussitôt.

— Bien sûr que tu es une adulte, ma puce. Et si je me renseignais, pour voir si je peux te trouver un jeune homme convenable ? Jennifer Harcourt a un fils de ton âge environ. Il s'appelle Simeon. Tu t'en souviens ? Je crois qu'il t'a mordu le bras quand tu avais trois ans. Ça t'avait laissé une sacrée marque.

— Maman, je ne veux pas d'un rencard arrangé avec le fils d'une de tes amies, surtout un qui mord les bras. Je suis parfaitement capable de trouver mon propre mari, merci beaucoup.

— Simeon est terriblement séduisant, lance-t-elle. — Enfin, si on fait abstraction de sa calvitie précoce et clairsemée et de cette vilaine dent de travers qu'il aurait dû faire arranger depuis longtemps. La dentisterie moderne peut faire des merveilles, et je suis certaine qu'il pourrait trouver quelqu'un pour lui faire une moumoute ou deux. Ça ne te dérange pas qu'un homme soit plus petit que toi d'une trentaine de centimètres, n'est-ce pas ?

Je secoue la tête. — Non, Maman. Je ne vais pas accepter de rencard arrangé avec Simeon, ni avec personne d'autre, d'ailleurs.

Elle laisse échapper un souffle. — Dommage.

— Je veux vraiment trouver le bon, mais…

Son visage s'illumine et sa main vole vers sa poitrine. — Vraiment ? Oh, c'est merveilleux.

— … mais je vais le faire à ma façon et à mon propre rythme.

Elle porte sa tasse à ses lèvres et prend une gorgée. — Eh bien, ne tarde pas trop.

— Je sais, mon horloge biologique fait tic-tac.

— J'allais dire que si tu attends trop longtemps, tous les bons partis se seront déjà fait prendre.

Je rumine cette idée un instant. — Je n'y avais pas pensé.

— Hmmm. Maman me lance un regard lourd de sens.

Stevie aboie sur un chien qui passe et je baisse les yeux pour voir sa laisse complètement enroulée comme du macramé autour du pied de ma chaise. Je me penche pour la détacher, je la prends dans mes bras et la pose sur mes genoux.

— Tu sais ce qui me serait bien plus utile ? Parler de ScarZar à tes amies riches et voir pour qui on pourrait faire de la décoration.

— Bien sûr. Je vais y réfléchir.

— Merci, Maman. Je dois y aller maintenant. Je décore l'appartement d'Asher et je dois mesurer son dressing avant de commander les nouveaux meubles pour lui.

— Eh bien, embrasse-le pour moi. Elle me serre briè-vement dans ses bras.

— Oh, il ne sera pas là. J'ai une clé.

Ses sourcils se haussent jusqu'à la racine de ses cheveux. — Ah oui ?

— Ne t'imagine rien, Maman. On est amis, c'est tout.

— Il est plutôt canon.

Je ris en secouant la tête. — C'est Asher, Maman.

— Tu veux que j'appelle la mère de Simeon pour toi ? demande-t-elle, pleine d'espoir, alors que nous nous levons pour partir.

— C'est non, Maman, hors de question. Je l'embrasse sur la joue. — À bientôt. Fais un bisou à Mamie de ma part.

Après avoir emmené Stevie sur un coin d'herbe où elle fait ses besoins, je prends le métro jusqu'à Notting Hill

Gate et parcours la courte distance qui me sépare de l'immeuble d'Asher. Une fois à l'intérieur, je détache la laisse de Stevie, et elle file vers le salon pendant que je me dirige vers le dressing.

J'ouvre les deux portes et j'examine l'espace. C'est tout aussi bondé que la première fois où je suis venue, avec des cartons et des bacs en plastique empilés les uns sur les autres jusqu'au plafond.

— Asher, espèce de collectionneur compulsif, je marmonne en sortant mon mètre ruban en métal de son boîtier et en le déroulant pour atteindre le plafond. Je note la hauteur dans mon carnet. Maintenant, la profondeur. Avec tous ces cartons, je sais que ça va être plus compliqué à obtenir. Je regarde sous différents angles, mais je ne pourrai pas obtenir une mesure précise si je ne déplace pas certains de ces cartons.

Je retourne à la cuisine où je prends un des tabourets de bar et le plante fermement dans le dressing. Je retire mes talons et monte sur le tabouret pieds nus. Alors que je me redresse de toute ma hauteur, le tabouret vacille sous moi, et je me stabilise en m'agrippant à l'un des cartons. Quelques secondes plus tard, je me sens plus stable et beaucoup plus en confiance.

Je tends la main pour déplacer le carton du dessus. Je tire dessus avec précaution. Il est plus léger que prévu, et je laisse échapper un soupir de soulagement. Ça ne va pas être aussi difficile que je le pensais. Je retire le carton de l'étagère et, le tenant soigneusement entre mes mains, je me stabilise contre les autres cartons en m'agenouillant sur le tabouret. C'est une manœuvre délicate que je ne recommanderais à personne, mais j'y parviens. Presque. Avec un genou sur le tabouret, je retire mon autre pied pour finalement perdre l'équilibre. Je lâche le carton et me démène pour attraper quelque chose, n'importe quoi, et parviens à saisir le bord d'un autre carton avant que le tabouret ne cède et que je ne tombe lourdement sur la moquette.

— Aïe ! je lance en me frottant la cuisse qui a heurté le sol impitoyable.

Une petite tête apparaît à l'embrasure de la porte et, l'instant d'après, Stevie est sur moi, comme si ma présence au sol était pour son plus grand plaisir. Elle me grimpe dessus et lèche toute la peau qu'elle peut trouver.

— Stevie, arrête, dis-je en riant tout en protégeant mon visage de ses léchouilles incessantes. Elle est implacable, bondissant pour atteindre sa partie préférée de mon anatomie à attaquer : mes lobes d'oreilles.

La berçant dans mes bras, je me redresse en position assise et la pose par terre pour évaluer les dégâts. Le carton que j'ai fait tomber s'est fendu, et son contenu s'est répandu sur le sol. En soupirant, je ramasse les documents, les livres et les papiers divers et les remets dans la boîte. J'aperçois un album argenté par terre et je me penche pour le ramasser. Ce faisant, je le retourne.

Je m'arrête et fixe la photo dans la petite fenêtre de la couverture.

Mais qu'est-ce que… ?

L'image d'un Asher souriant me regarde. Beau en costume-cravate, il sourit à l'appareil photo tandis qu'une femme en robe de mariée presse sa joue contre la sienne, rayonnante face à moi.

Les rouages de mon cerveau se mettent en marche.

Asher est marié ? Il est *marié* ?

Mais…

Comment… ?

Quand… ?

Qui… ?

Quoi ?!

Je me rassois sur les talons, serrant l'album dans ma

main. Ça n'a aucun sens. Asher, c'est Asher. Il n'est pas marié à une femme qui ressemble à... à sa *mariée*.

Asher est célibataire. C'est un séducteur en série qui ne s'engage jamais avec personne.

Sauf que si.

Et la preuve est là, dans cet album que je serre dans mes mains, me dévisageant dans une grande robe blanche.

Mes doigts me démangent d'ouvrir l'album, mais je sais que ce serait un terrible abus de confiance.

Alors, avant d'avoir l'occasion de changer d'avis, je repousse cette envie, je remets l'album dans le carton, je rabats les coins et je le pousse du bout de mes pieds nus.

Je reste par terre, me mordant la lèvre le temps d'assimiler cette nouvelle choquante.

Comment ai-je pu ignorer ça à son sujet ? Comment a-t-il pu ne pas m'en parler ? Nous sommes proches depuis des années, depuis notre rencontre il y a deux ans, en fait. *Deux ans*. Nous avons passé tellement d'heures ensemble à discuter au pub, à boire des cafés, à regarder des films, à nous promener dans les parcs. Bon sang, il a même fait une manucure-pédicure avec Lottie et moi chez Harrods la fois où nous fêtions l'obtention du bail de notre nouvel appartement.

Mais jamais, au grand jamais, il n'a mentionné avoir une femme.

Je pense que je m'en serais souvenue.

Engourdie, confuse et sous le choc, je reste assise à fixer la boîte jusqu'à ce que j'en aie assez. Je dois prendre les mesures de cet endroit, et j'ai vraiment, vraiment besoin de partir.

Je remonte sur le tabouret et j'enlève une autre boîte, puis une autre, cette fois avec beaucoup plus de précaution, jusqu'à ce que j'aie un espace dégagé pour prendre la mesure. Je prends la mesure deux fois pour être sûre de l'avoir bien prise. Ensuite, je remets chaque boîte là où je les ai trouvées, la dernière étant la boîte de mariage cassée.

Debout sur le tabouret, je regarde la boîte anodine entre mes mains.

Qui aurait cru qu'un tel secret se cachait à l'intérieur ?

Plongée dans mes pensées, je ferme les portes de l'armoire, je dis à Stevie que nous partons, puis je ferme la porte à clé derrière moi.

Asher n'est pas celui que je pensais connaître. Il a un secret. Un gros. Et maintenant que je suis au courant, impossible de revenir en arrière.

Alors que je dévale la rue, une seule pensée l'emporte sur toutes les autres : si seulement je n'avais jamais touché cette boîte.

Chapitre 13

Asher et moi entrons dans la pièce à l'arrière d'une clinique vétérinaire qui accueille une école pour chiots, avec Stevie qui tire sur sa laisse pour entrer à l'intérieur. Je ne sais comment, malgré notre énorme différence de poids, cette petite boule d'énergie canine réussit à me traîner, m'arrachant pratiquement le bras.

— Elle est excitée, remarque Asher.

— C'est le moins qu'on puisse dire, réponds-je en riant alors qu'Asher m'ouvre la porte et que nous nous engouffrons à l'intérieur. — Stevie ! dis-je en tirant sur sa laisse.

Je le regarde du coin de l'œil. Il m'adresse son sourire si typique d'Asher, et j'affiche sur mon visage ce que j'espère être un sourire désinvolte.

Il fronce les sourcils. — Ça va, Zee ? demande-t-il.

Bon, c'est clairement un sourire raté.

— Je vais bien. Je suis juste nerveuse pour l'école pour chiots, j'imagine.

— C'est Stevie qui devrait être nerveuse, répond-il, et nous baissons tous les deux les yeux vers ma chienne. Elle tire si fort sur sa laisse qu'elle s'étrangle, ses pattes avant complètement décollées du sol alors qu'elle s'efforce de rejoindre les autres chiens dans la pièce.

— C'est vrai, réponds-je avec un rire forcé.

Je fais de mon mieux pour avoir l'air aussi normale que possible avec Asher ce soir. C'est la première fois que je le vois en chair et en os depuis que j'ai découvert la nouvelle explosive de son mariage il y a quelques jours, et je trouve pratiquement impossible de ne pas entendre les cloches du mariage et d'imaginer l'heureuse mariée de cette photo remonter l'allée vers lui chaque fois que je le regarde.

Je dois me ressaisir.

La pièce est bordée d'un tas d'humains avec leurs chiots, dont la taille varie d'un minuscule chihuahua en tutu rose — un choix de tenue intéressant pour l'école pour chiots, mais qui suis-je pour juger ? — à un chiot saint-bernard dont les pattes sont presque plus grosses que sa tête. Chacun des chiens est en laisse, et tous, à l'exception de deux ou trois, jappent, sautillent et tirent sur leur laisse pour se rejoindre.

— Au moins, Stevie n'est pas la seule à être excitée, dit Asher à voix basse.

— Alors ? lance une femme au visage carré et au corps assorti, vêtue d'une salopette taupe et d'une ceinture utilitaire rose vif à la taille. Elle sourit à Stevie. — Qui avons-nous là, hein ?

— Voici Stevie Huntington-Ross, dis-je alors que Stevie la remarque pour la première fois et lui saute sur la jambe.

La femme lève le genou à quelques centimètres du sol et Stevie heurte son tibia, tombant sur le dos avant de répéter immédiatement la manœuvre. — C'est une nerveuse, pas vrai ? dit-elle en me regardant pour la première fois.

— Ça, c'est sûr. Je suis Zara, la maman de Stevie. Et voici Asher.

Asher lève la main en guise de salut et la femme nous dit bonjour.

— Je suis Dog Diva Denise et c'est moi qui vais vous former ce soir. Trouvez-vous une place près du mur, et interdiction formelle de socialiser.

— On ne peut pas parler aux autres propriétaires ? demandé-je.

Elle me regarde comme si je venais de poser une question complètement idiote. — Je parlais des chiens.

— Oh, d'accord. Compris. Pas de socialisation pour les chiens.

Elle hausse les sourcils. — Allez. Allez-y, ordonne-t-elle, et elle le dit d'une manière telle que nous obéissons sur-le-champ.

— Dog Diva Denise ? demande Asher à voix basse avec un sourire ironique, alors que nous trouvons une place entre un adorable Cavalier King Charles et un mignon petit spoodle couleur caramel.

— Chut. Elle pourrait t'entendre, réponds-je entre mes dents serrées. — Je ne veux pas avoir d'ennuis.

— Qu'est-ce qu'elle peut faire ? Te dire que tu es un vilain toutou et ne pas te donner de friandises ?

J'étouffe un rire. — Quelque chose comme ça.

Stevie tire sur sa laisse pour atteindre le Cavalier King Charles, et je souris à son propriétaire comme pour dire *ces chiots de nos jours*.

— Au fait, tu as trouvé ce qu'il te fallait pour le nouveau placard l'autre jour ? me demande Asher alors que nous attendons que Dog Diva Denise commence la séance. — Tu n'en as pas reparlé.

— Oui, j'ai trouvé, merci. Toutes les mesures sont prises. Je me concentre sur un chien qui se gratte l'oreille de l'autre côté de la pièce. *J'ai pris les mesures* et *j'ai appris une nouvelle explosive sur ton passé, mon pote.* Bien sûr, je n'en parle pas. Je ne vais quand même pas lui sortir que je sais qu'il est marié. Ou qu'il était marié. Ou qu'il a une femme cachée dans un grenier quelque part, à la Rochester. *Grrr !* Peu importe. C'est tellement déconcertant, et j'ai encore du mal à digérer l'information.

Il me regarde une fois de plus du coin de l'œil. — Tu as l'air bizarre ce soir.

Je lève les yeux vers lui. Il a une expression perplexe sur le visage.

— Ça va, je réponds en haussant les épaules.

— Écoute. Je sais que tu ne veux pas être ici et je sais que tu crois tout savoir sur les chiens, mais tu fais ce qu'il faut.

Un sourire soulagé illumine mon visage. Il pense que je suis bizarre à cause du cours de dressage pour chiots. Je joue le jeu. C'est bien plus facile que de gérer ce qui me perturbe vraiment.

— Je m'y connais en chiens. Stevie est juste jeune, c'est tout.

— Tout ce que je dis, c'est que je trouve ça super que tu fasses ça.

Je lève à nouveau les yeux vers les siens. Nos regards se croisent et ma poitrine se serre.

— D'accord. Bien sûr. Super.

Il ouvre la bouche pour dire quelque chose, quand la Diva des Chiens, Denise — j'ai encore du mal à croire qu'elle se fasse vraiment appeler comme ça — l'interrompt, heureusement.

— Commençons, si vous le voulez bien ! Je suis la Diva des Chiens, Denise, et j'admets volontiers que j'adore les chiens.

— Ça devrait être illégal, me murmure Asher à l'oreille, et je lui donne un coup de coude.

— Je suppose que la plupart d'entre vous dans cette salle adorent aussi les chiens, c'est pourquoi vous êtes là ce soir avec vos petites boules d'amour poilues. Ai-je raison ?

Une vague d'approbation parcourt la salle.

La Diva des Chiens, Denise, lève la main pour nous faire taire, et c'est exactement ce que nous faisons.

Cette femme est trè*èèèè*s forte.

— Vous, dit-elle en me regardant droit dans les yeux.

— Oui ?

— Qu'est-ce qui n'allait pas dans ce que je viens de dire ?

Je regarde autour de moi, incertaine. Tout le monde me fixe, même certains des chiots — quoique je sois peut-être parano à leur sujet.

— Je... euh, ne suis pas sûre.

— Quelqu'un d'autre ? demande-t-elle en balayant la pièce du regard.

Personne n'ose répondre.

— Permettez-moi de tous vous éclairer. Le seul problème avec ce que j'ai dit, c'est que ces chiots que vous avez amenés ce soir ne sont pas de petites boules d'amour poilues.

Elle marque une pause pour l'effet dramatique avant d'ajouter d'une voix plus grave et plus sérieuse :

— Ce sont des chiens.

— Cette femme est perspicace, marmonne Asher à voix basse, et j'étouffe un petit rire.

La Diva des Chiens, Denise, se met à arpenter la pièce, fixant chaque personne de son regard perçant.

— Et les chiens ont besoin d'être dressés. N'est-ce pas ?

— Euh, oui, en effet, répond un type avec un beagle quand elle s'arrête devant lui.

— Dressés bien comme il faut. N'est-ce pas ? demande-t-elle à une jeune femme qui a l'air complètement terrifiée.

— Oui, couine-t-elle.

— Les petites boules d'amour poilues n'ont pas besoin de dressage. Oh, non. Les petites boules d'amour poilues peuvent rester assises là, à avoir l'air toutes poilues et tout, tant que leur petit cœur le désire.

Elle s'arrête, les mains sur les hanches, nous fusillant tous du regard.

— Ce soir, nous commençons. Ce soir, nous prenons ces chiots et nous les modelons pour en faire les chiens de demain. Ce soir, nous écrivons l'Histoire.

Ouah. Juste ouah.

— La Diva des Chiens, Denise, est une sacrée comédienne, je dis à Asher.

— Elle me fait peur, plaisante-t-il.

— Vous !

Elle nous prend pour cible, Asher et moi.

— Vous aviez quelque chose à partager avec le reste de la classe ?

On se croirait de retour au lycée.

— Non. Ça va, merci, répond Asher avec nonchalance. Excellent discours, cela dit. Très émouvant.

Les traits durs de la Diva des Chiens, Denise, se détendent en un sourire.

— Merci, répond-elle, la voix haletante et toute émue. C'est gentil à vous de dire ça.

Je lève les yeux au ciel. Ce satané Asher et son pouvoir sur les femmes. Dès qu'il décide de l'activer, elles semblent tomber à ses pieds dans un tourbillon d'hormones. Ça doit être parce qu'il est Américain. Tout en douceur, sûr de lui et... étranger. Ou quelque chose comme ça.

Je jette un coup d'œil dans sa direction. Il a un sourire sexy sur les lèvres, et je dois admettre que la façon dont il est habillé ce soir, avec un jean et un simple T-shirt blanc qui laisse deviner son torse athlétique et ses larges épaules, ne lui fait pas de tort non plus.

Oui, d'accord, il est beau. Beaucoup trop beau pour son propre bien, si vous voulez mon avis.

Mais il est toujours secrètement marié. Ou divorcé. Ou *quelque chose* du genre.

Je souffle, frustrée. Je dois chasser fermement cette nouvelle information de mon esprit. Ça me pèse et ça pourrait s'interposer entre nous.

Et c'est la dernière chose que je veux.

Denise la Diva des Chiens parvient à détacher son regard d'Asher assez longtemps pour commencer sérieuse-ment le cours, et peu après, nous voilà tous en train de faire traverser la pièce à nos chiens, avec plus ou moins de succès.

— L'objectif, les amis, c'est de promener votre chien avec une laisse détendue. Une laisse *détendue*.

Je tire sur la laisse extrêmement tendue de Stevie alors qu'elle se démène pour atteindre le Saint-Bernard dont j'ai appris qu'il s'appelle Derek. — Stevie, au pied, dis-je d'une voix assurée.

Elle m'ignore complètement.

— Il est trop grand pour toi, lui dis-je en tirant de nouveau doucement sur sa laisse. Il te faudrait une grue pour t'approcher de celui-là.

— Je vois que vous parlez à votre chien comme si c'était un humain, dit Denise la Diva des Chiens en se glissant à mes côtés. — Une autre erreur, tout le monde, annonce-t-elle à la salle. Les chiens sont des chiens. Traitez-les comme des chiens.

Je lui adresse un faible sourire. — Compris, dis-je.

Nous passons ensuite aux ordres « assis » et « pas bouger », et certains chiots semblent comprendre assez vite. Mais pas Stevie. Elle est trop occupée à tirer sur sa laisse pour aller ailleurs qu'à mes côtés, et je passe tout mon temps à répéter : « Stevie, non. Non, Stevie. »

— Tu as essayé avec une voix plus grave ? propose Asher. — Qui sait ? Ça pourrait aider.

— Assise, Stevie, dis-je de la voix la plus grave que je peux prendre, mais tout ce qu'elle fait c'est me regarder comme si j'étais possédée avant de continuer à s'agiter en tirant sur sa laisse.

— Tu sais à quoi tu ressembles, Zee ? me demande-t-il. Tu ressembles à Anna Faris dans ce film, *Super Blonde*.

Je lui lance un regard noir. — Tu as regardé *Super Blonde* ?

Il hausse les épaules. — Ouais. Il y a des années, avec une petite amie, je crois.

Ou une femme.

Mon attention étant momentanément détournée de ma chienne folle, Stevie saisit l'occasion de tirer un grand coup sur la laisse, qui m'échappe de la main. Elle traverse la pièce à toute vitesse, ses petites pattes partant dans tous les sens. Elle atteint un chien et lui colle son museau dans la figure, puis repart et trébuche, exécutant une sorte d'interprétation canine d'une roulade de ninja sur le sol dur et brillant, jusqu'à ce qu'elle atteigne un autre chien. Elle se met à sauter de manière excitée devant lui. Le chien répond en bondissant avec autant d'enthousiasme et, tout comme ma petite reine de l'évasion, parvient à se libérer de sa laisse, et tous les deux détalent à travers la pièce, provoquant les jappements et les aboiements excités de tous les chiots rassemblés.

— C'est une mutinerie de chiots, déclare Asher alors que je passe en coup de vent devant lui, poursuivant Stevie et son complice qui sèment la pagaille.

— Je suis vraiment désolée, dis-je à toute la salle en me penchant pour attraper Stevie dans mes bras. Mais c'est comme si elle s'était métamorphosée en une anguille glissante, se faufilant avec agilité entre mes doigts pour repartir dans l'autre direction.

— Ne courez jamais après un chien ! aboie Denise la Diva des Chiens, ce qui est ironique, car nous sommes dans une pièce remplie de chiens qui aboient.

À présent, tous les chiots de la pièce sont devenus fous d'excitation, enroulant leurs laisses autour des jambes de leurs maîtres, essayant désespérément de se libérer pour se joindre à la fête avec Stevie et sa nouvelle amie.

— Qu'est-ce que je suis censée faire ? demandé-je à Denise la Diva des Chiens, exaspérée, pendant que Stevie et le Cavalier King Charles − dont le nom est clairement Pepper, vu le nombre de fois que sa propriétaire l'a crié à la dernière minute − se roulent par terre ensemble, se mordillant, grognant, jappant et se comportant généralement comme les chiots incontrôlables qu'ils sont.

D'un seul geste, Denise la Diva des Chiens sépare les deux chiens, les soulève, en coince un sous chaque bras et hurle : « Stop ! » d'une manière telle que tout le monde dans la pièce, qu'il soit humain ou canin, s'arrête et la dévisage tandis que le silence se fait.

— Si votre chien est en laisse, tendez-la mainte-nant. — Elle me pointe du doigt et dit : — Vous. Donnez-moi la laisse.

Je ne discute pas. Je la lui tends sur-le-champ.

— Allez vous mettre là-bas avec votre petit ami.

— Oh, ce n'est pas mon… commençai-je, mais je me ravise quand le visage de Denise la Diva des Chiens passe de l'orage au cyclone. — J'y vais. — Je me glisse vers Asher, la tête basse.

— C'était *spectaculaire*, me dit-il alors que je m'adosse au mur à côté de lui.

Je le fusille du regard en guise de réponse. — Ne dis pas un mot de plus.

— Je ne suis pas sûr qu'il y *ait* autre chose à dire, Zee. — Ses lèvres s'étirent dans ce sourire taquin que je ne connais que trop bien.

— Nous ne voulons pas d'une répétition de ce petit fiasco, n'est-ce pas ? dit Denise la Diva des Chiens en tenant la laisse de Stevie, qui est maintenant attachée à son collier.

Je regarde, consternée, Stevie renifler autour de ses pieds puis s'accroupir et faire pipi, juste devant tout le monde.

— Bien joué, Stevie, me dit Asher à voix basse. Tu dois être super fière.

Je pouffe de rire et je le masque aussitôt par une toux lorsque Dog Diva Denise me lance un regard accusateur.

Sans même mentionner le petit cadeau de Stevie, elle s'éloigne de la flaque jaune sur le sol et commence à donner ses instructions. Je regarde, stupéfaite, Stevie faire tout ce qu'elle lui dit, son regard fermement fixé sur Dog Diva Denise, sa petite queue frétillant de gauche à droite.

— Quelle petite peste, marmonne-je entre mes dents.

À la fin du cours, Dog Diva Denise me rend la laisse de

Stevie, et Stevie s'assied à mes pieds et me regarde comme si elle attendait de nouvelles instructions.

— Comment avez-vous fait ça ? lui demande-je, stupéfaite. Il y a un instant, elle courait partout comme si elle avait le feu aux fesses — enfin, si les chiens portaient des pantalons — et la minute d'après, la voilà devenue le chiot le plus obéissant et le plus sage du monde.

— Il s'agit simplement de lui montrer qui est le chef, répond-elle. Ce avec quoi vous avez visiblement du mal. Elle me lance un regard lourd de sens.

—J'ai trouvé que c'était une démonstration incroyablement impressionnante de votre part, Dog Diva Denise, dit Asher en passant son bras autour de mes épaules. Ma petite amie et moi avons clairement beaucoup à apprendre.

Je lève des yeux interrogateurs vers Asher.

Il m'adresse un sourire rapide avant de dire :

— Je suppose que nous reviendrons la semaine prochaine.

— Avec la bonne autorité, votre chiot deviendra un excellent chien, répond Dog Diva Denise, en essayant de paraître assurée alors que ses joues rosissent sous le regard d'Asher.

— Oh, j'en suis sûr. Merci, Dog Diva Denise, dit Asher.

— Oh, appelez-moi Denise, répond-elle, devenant rouge pivoine.

— À la semaine prochaine. Et... désolée pour, vous savez..., dis-je.

— Faites mieux la prochaine fois, me lance-t-elle d'un air dédaigneux avant d'adresser un sourire éclatant à Asher.

Avec Stevie qui se pavane comme un chiot primé dans un concours canin, nous quittons la salle et sortons dans la rue.

— C'était quoi, ce cirque, Stevie ? Pourquoi tu as fait tout ce qu'elle te disait et absolument rien de ce que je te demandais ?

Stevie s'assied et me regarde, se concentrant intensément sur ce que je dis.

— Stevie, debout, ordonne Asher, et elle se met aussitôt sur ses pattes. Assis. Elle s'assoit.

— C'est un miracle canin, dis-je en regardant la scène, émerveillée. Allez, Stevie, au pied, dis-je en commençant à descendre la rue, et elle trottine à côté de moi comme si elle avait suivi mes ordres toute sa vie. Ce qui, nous le savons tous, n'est pas le cas.

— C'est le moment où je dis « je te l'avais bien dit » ? Ou on attend d'abord de prendre un verre au pub du coin ? demande Asher.

L'idée de m'asseoir avec Asher dans un pub sans la distraction du cours de dressage me met mal à l'aise. Juste lui et moi, rien pour détourner notre attention.

Cette photo de lui et sa mariée me pèse lourdement.

— Je ferais mieux de rentrer. Je suis sûre que Stevie est épuisée, et je commence tôt demain matin.

— Zara, tu ouvres ta boutique à 10 heures. Il n'y a que pour les rock stars que c'est tôt.

— En fait, j'ai un autre travail à faire pour un client. J'omets de lui dire que *c'est lui*, le client. Les détails.

— D'accord, alors on en reste là pour ce soir. Beau travail, Stevie. Tu as peut-être mis ta maman dans l'embarras, mais tu t'es bien rattrapée à la fin. Bon travail. Il donne à Stevie quelques tapes fermes, puis se penche et dépose un baiser sur ma joue. À plus, ma petite amie. Il marque une pause et ajoute : C'est une rétrogradation par rapport à « ma petite femme », tu sais.

Je laisse échapper un rire nerveux, qui ressemble un peu trop au cri d'une hyène. Il me lance un regard perplexe, mais avant qu'il ait le temps de faire un commentaire, je tourne les talons et je crie :

— À plus tard, en détalant dans la rue.

Qu'est-ce que je vais faire de tout ça ? Cette histoire de mariée a creusé un fossé entre nous, et l'ambiance est devenue bizarre. Malaisante.

Et je ne suis pas sûre de savoir comment surmonter ça.

Chapitre 14

Cher Papa,

Tu sais, ce moment où tu penses connaître quelqu'un par cœur, et puis tu apprends quelque chose qui change tout ? Eh bien, c'est ce qui s'est passé avec Asher. Un instant, c'est mon ami célibataire et plein de vie, et l'instant d'après, c'est ce type avec un passé. Un passé qu'il a gardé secret.

Le problème, c'est que maintenant, chaque fois que je le vois, je revois cette photo de lui le jour de son mariage, heureux et amoureux.

Comment surmonter ça ? Comment faire pour que les choses redeviennent comme avant entre nous ?

J'aimerais tant que tu sois là. J'aurais bien besoin d'un de tes conseils de père.

Tu me manques. Je t'aime.

Ta Za-Za xoxo

QUELQUES JOURS PLUS TARD, après m'être torturée l'esprit à n'en plus finir sur l'affaire du mariage d'Asher, c'est samedi après-midi, et Tabitha, Lottie, Kennedy et moi nous trouvons dans une pièce au sommet d'une vieille église du sud-est de Londres. Nous sommes tout en haut des gradins, et nous regardons une vieille table en bois toute cabossée en contrebas.

— Je me fiche que ce soit historiquement significatif ou important ou je ne sais quoi, Lottie. Cet endroit est super flippant, déclare Kennedy en frissonnant.

— Je suis tout à fait d'accord, dit Tabitha.

Je hoche la tête. — Ouais. Totalement flippant.

Lottie se tourne vers nous, le visage radieux. — Mais vous ne trouvez pas ça tellement *intéressant* ? Je veux dire, on est tout en haut d'une vieille église, et les gens s'asseyaient sur ces gradins pour assister à de vraies opérations chirurgicales. C'est hallucinant.

— Des opérations sans anesthésie, ma belle, réplique Tabitha. C'est barbare.

— C'est bien pour ça que c'est si flippant, ajoute Kennedy. Pensez-y. Les gens se faisaient opérer sans anesthésie, et devant un public. C'est un cauchemar.

Nous participons toutes les quatre à l'une de ces visites « *Découverte de Londres et culture de l'esprit* » sur lesquelles Lottie insiste pour nous emmener. Lottie a grandi dans l'Oxfordshire et a déménagé à Londres pour le travail il y a trois ans, devenant ma colocataire après qu'un ami commun nous a présentées. Vu la façon dont elle s'enthousiasme pour Londres, on la croirait en visite pour une semaine. Nous, les Londoniennes, on visite peut-être un site touristique de temps en temps, mais c'est généralement quand on a de la visite de province, ou complètement par hasard.

L'expédition du jour consiste à visiter le Old Operating Theatre Museum and Herb Garret, ce qui ne s'avère pas aussi populaire que la sortie du mois dernier.

Et oui, c'est tout aussi flippant que vous pouvez l'imaginer.

— Je veux retourner chez Madame Tussauds, se plaint Tabitha. Au moins, là-bas, il n'y a pas de squelettes, et on peut mater de près n'importe quelle célébrité qu'on veut.

— Et il n'y a pas non plus de table d'opération qui semble avoir servi à la torture, j'ajoute.

Lottie se lance dans le discours qu'elle nous a déjà tenu de nombreuses fois. — Allons, les filles. Londres est riche en histoire, et cet endroit en fait partie. Imaginez-vous ici, en train de regarder une opération, complètement émerveillées, à l'époque.

Kennedy lève la main. — Non merci. Je n'ai aucune envie d'imaginer ça. En fait, je préférerais penser à n'importe quoi d'autre, là, tout de suite.

— J'ai quelque chose à vous donner à penser, je lâche avant de pouvoir me retenir.

Toute cette histoire comme quoi Asher a été marié n'a cessé de prendre de l'ampleur dans ma tête et j'avais de plus en plus besoin d'en parler à quelqu'un. Ces trois filles sont mes meilleures amies, et elles connaissent et aiment toutes Asher autant que moi.

— Qu'est-ce qu'il y a, Zee ? demande Lottie, les sourcils froncés par l'inquiétude.

— On dirait que tu as vu un fantôme, commente Kennedy.

Tabitha frémit. — Ce qui est fort probable dans un endroit pareil.

— J-j'ai découvert un truc il y a quelques jours et ça me perturbe un peu.

— Tu m'inquiètes, Zee. Qu'est-ce que c'est ? demande Lottie.

— C'est encore une bizarrerie de George ? Je ne me remets toujours pas de ce qu'il a fait. Tabitha secoue la tête.

Je me mords la lèvre avant de répondre. — Ce n'est pas George. C'est... Asher.

— Qu'est-ce qu'il a fait ? demande Tabitha, les yeux écarquillés.

— Oh, mon Dieu. Vous vous êtes embrassés ! s'exclame Lottie. J'en étais sûre. Dès que vous êtes devenus le plan de secours l'un de l'autre, je le savais.

Kennedy me dévisage. — Tu as embrassé Asher ?

— Oh, je parie que oui, dit Tabitha. C'est son plan de secours, alors elle a probablement voulu lui faire faire un galop d'essai.

— Un galop d'essai ? je m'esclaffe. Tu es sérieuse ? Qui fait ça ?

— C'était comment ? Il embrasse bien ? Raconte-nous tout. Et je dis bien *tout*. La texture des lèvres, si elles sont pulpeuses, la langue. Lottie me saisit le bras. Oh, Zee. Dis-nous qu'il y a eu la langue !

Une mère accompagnée de ses deux jeunes enfants, debout près de la table d'opération, nous lance un regard noir en fronçant les sourcils, puis fait sortir précipitamment ses enfants de la pièce.

Tabitha met les mains sur ses hanches en les regardant partir. — Je parie que ses gamins seront plus traumatisés par cet endroit que par une conversation sur le fait de rouler une pelle à un mec sexy. Il faut revoir vos priorités, madame.

— Peux-tu te concentrer, s'il te plaît, Tabitha ? demande Kennedy. C'est du lourd, là. Allez, Zee. Raconte-nous pour toi et Asher.

— Il n'y a pas de « toi et Asher ». Et il n'y a certaine-ment pas eu de baiser.

— Dommage, dit Lottie tandis que Tabitha demande : — Tu es sûre ?

Je hoche fermement la tête. — Je suis sûre qu'il n'y a pas eu de baiser. Je l'aurais remarqué.

— Tu aurais pu l'embrasser en dormant, suggère Lottie. Tu sais, la version baiser du somnambulisme.

Nous lui jetons toutes les trois un regard noir.

— Quoi ? proteste-t-elle. Ça pourrait exister.

— Alors, qu'est-ce qui se passe avec Asher ? demande Kennedy.

Mon estomac se noue d'anxiété. — Ça me gêne d'en parler, mais ça me trotte dans la tête et j'ai besoin de le sortir.

— Raconte-nous ! insistent Tabitha, Lottie et Kennedy en même temps.

Je prends une profonde inspiration et je commence. — J'é-tais chez lui pour prendre des mesures pour la nouvelle penderie sur mesure que je suis en train d'installer et, eh bien, j'ai trouvé quelque chose. Quelque chose… d'inattendu.

— Tu as fouillé dans ses affaires ? Ce n'est pas cool.

Kennedy secoue la tête. — Ça ne ressemble pas à Zee de faire ça.

— Non, non. Absolument pas, j'insiste. J'ai dû déplacer des cartons pour prendre des mesures, et l'un d'eux est tombé par terre et s'est ouvert. Quelque chose en est tombé.

Tabitha écarquille les yeux. — C'est une poupée gonflable, n'est-ce pas ? Asher a une poupée gonflable.

Elle se prend une tape sur le bras de la part de Kennedy. — Ça ne peut pas être une poupée gonflable. Elle marque une pause, puis demande : — Pas vrai ?

Je hoche la tête d'un air sombre. — C'est ça.

— Une poupée gonflable, ce serait tellement bizarre, et Asher n'est pas bizarre. C'est un tombeur, qui a beaucoup trop l'attention des femmes, mais il n'est pas bizarre, conclut Lottie.

— Le truc, c'est que... c'est peut-être un tombeur aujourd'hui, mais il était... Je marque une pause, luttant avec cette nouvelle information que je viens d'apprendre sur notre ami. L'Asher que je croyais connaître n'existe plus, remplacé par ce type marié qui n'a été honnête avec aucune d'entre nous sur son passé.

— Quoi ?

— Dis-nous !

— Tu ne peux pas t'arrêter au milieu d'une phrase comme ça !

Je prends une grande inspiration et je lâche : — J'ai découvert qu'Asher est marié. Ou qu'il l'était. Je ne suis pas sûre. Tout ce que je sais, c'est qu'il y a eu un mariage.

Lottie et Tabitha reculent, choquées, les yeux ronds comme des boules de Noël et la bouche formant un « o » parfait.

— Tu es sérieuse ? demande Lottie.

— Il est marié ? Dans le sens, à une femme ? demande Tabitha.

— Il n'est pas gay, ma belle, dit Lottie.

— Oui, et oui, je réponds en hochant la tête d'un air sombre. Pas pour le côté gay. On sait toutes qu'il est totalement hétéro. Et je ne sais pas quoi en penser. Je veux dire, on parle d'*Asher*. On le connaît toutes comme ce mec fun, facile à vivre, célibataire — j'insiste sur le célibataire — pas vrai ? Il n'est pas marié. Du moins, c'est ce que je pensais jusqu'à ce que je trouve l'album.

Lottie secoue la tête, les lèvres pincées. — Waouh. Juste waouh.

— On croit connaître les gens, dit Tabitha.

Je baisse la tête. — Je me sens mal de vous l'avoir dit, les filles, mais ça me rongeait de l'intérieur.

— Ne te sens pas mal, dit Lottie. J'aurais fait la même chose. C'est une nouvelle énorme. Aucune de nous n'était au courant pour cette femme, et il est peut-être plus proche de toi, Zee, mais nous sommes toutes ses amies. Aucune de nous n'était au courant.

Tabitha hoche la tête. — C'est vrai.

— Moi, je savais, dit Kennedy à voix basse, et nous nous tournons toutes pour la dévisager avec stupéfaction.

Je fronce les sourcils. — Tu savais ? Pourquoi n'as-tu rien dit ?

— Je me suis dit que c'était à lui de le dire, pas à moi.

Je repousse mes cheveux derrière mes oreilles. — Eh bien, maintenant je me sens terriblement mal de vous l'avoir dit.

— Comment est-ce que tu savais ? demande Tabitha.

Elle hausse les épaules. — Il est de San Diego et moi aussi. Ce n'est pas si grand que ça. Les nouvelles vont vite.

— Tu le sais depuis combien de temps ? demande Lottie.

— J'en ai entendu parler quand je suis rentrée chez moi et que j'ai revu des amies pendant les vacances. L'une d'elles connaît sa femme.

— Sa *femme*, répète Lottie, et nous restons toutes immobiles à songer à ce fait pendant un moment.

— Mon amie m'a dit qu'Asher avait quitté San Diego

pour venir ici prendre un nouveau départ après l'effondrement de son mariage.

— Donc, il est divorcé ? je demande.

Kennedy hausse une épaule. — Je crois, mais je n'en
suis pas sûre.

Je cligne des yeux plusieurs fois en assimilant cette
nouvelle information. — Oh, mon Dieu. Il était marié et
son couple a volé en éclats.

— Ça fait deux ans. Je parie qu'il est divorcé. Ce serait
logique qu'il le soit, déclare Tabitha avec assurance.

— Tabitha a raison. C'est logique qu'il soit divorcé,
surtout si elle lui a brisé le cœur et qu'il a tourné la page,
dit Kennedy.

Elle lui a brisé le cœur. Cette idée me met mal à l'aise. Me
perturbe.

Me donne envie de le protéger.

Lottie exprime ce que nous pensons toutes quand elle
dit : — Ça devait vraiment aller mal pour qu'il quitte le
pays.

— Ou alors, ça pourrait être une coïncidence, propose
Tabitha. On lui a peut-être offert un poste juste au
moment où ça n'allait plus avec sa femme, alors il a décidé
de l'accepter. Ce n'est peut-être pas aussi dramatique qu'on
le pense.

Tabitha compte sur ses doigts et s'arrête brusquement.
Elle lève les yeux vers Kennedy. — Attends une seconde.
Reprenons un peu, Kennedy. Tu es en train de nous dire
que tu savais ça depuis plus de *six mois* ? s'esclaffe-t-elle.
Pourquoi tu ne nous as rien dit ? Elle se tourne vers Lottie
et moi. C'est le genre de choses que les amies se disent
entre elles, non ?

— C'est parce que je me suis dit qu'il nous le dirait s'il
voulait qu'on le sache. Mais maintenant que tu as découvert son secret, Zee, nous sommes toutes au courant.

J'acquiesce d'un air sombre. — Et on ne peut pas faire comme si on ne le savait *pas*.

— Exactement.

Je pense aux visages souriants et heureux sur la photo de cet album de mariage, et mon cœur se serre pour mon ami. — Pauvre Asher.

— Oui, pauvre Asher, répète Tabitha en écho tandis que les autres hochent la tête en signe d'accord.

Nous restons là, perdues dans nos pensées, quand Lottie brise le silence. — Ça explique tellement de choses.

Je fronce les sourcils. — Qu'est-ce que tu veux dire ?

Elle lève un doigt. — Premièrement, c'est un type super marrant. Deuxièmement, dit-elle en levant un autre doigt, il n'est jamais sérieux avec les filles. Et troisièmement, il a fui une femme qui l'a blessé. Tout concorde.

— Où veux-tu en venir exactement ? je demande.

— Tu ne vois pas ? Il évite de se rapprocher de qui que ce soit parce qu'il a été blessé par cette femme.

— C'est logique, dit Kennedy.

Nous levons les yeux lorsqu'un groupe d'hommes entre dans la pièce, parlant et riant bruyamment de patients qu'ils découpent sur la table d'opération.

— Allons au pub et finissons cette conversation là-bas. Après ce truc bizarre de bloc opératoire, j'ai besoin d'un verre de vin, suggère Kennedy.

— Sans parler de toute cette histoire d'Asher marié, ajoute Tabitha alors qu'elle et Kennedy descendent les escaliers vers la sortie.

Je pose ma main sur le bras de Lottie. — Désolée, ma belle. Je ne pense pas que cet endroit ait vraiment fait mouche aujourd'hui.

— Ce n'est pas grave. Je trouverai quelque chose de plus léger pour le mois prochain. Que dirais-tu du London Dungeon ?

— L'endroit où ils torturaient les gens ? Lottie, je crois que tu dois revoir ta définition du mot « léger ».

— Ouais, d'accord.

Ensemble, nous descendons les marches, passons devant la vieille table d'opération et le squelette, puis sortons de la pièce. En bas, nous nous dirigeons toutes les quatre dans la rue, à la recherche d'un pub. Par chance, nous en trouvons un à une rue de là, et nous prenons chacune une boisson fraîche avant de nous installer à la terrasse, sous un parasol.

— Ça me fait bizarre, dit Lottie. Genre, on connaît Asher parce que c'est Asher.

— Exactement, dis-je.

— Mais maintenant, ce n'est plus l'Asher qu'on pensait connaître, pas vrai ? dit Tabitha.

— Il est le même, mais différent. Je fronce le nez. Ça a du sens ?

— Oh, carrément. Lottie acquiesce. Tu sais ce qui s'est passé entre Asher et sa femme, Kennedy ?

— Mon amie Kyla m'a dit que sa femme l'avait trompé.

Un hoquet de surprise collectif nous échappe.

— C'est horrible, dit Lottie.

— Pauvre Asher, dit Tabitha.

— Pas étonnant qu'il se soit enfui, j'ajoute.

Nous restons silencieuses un moment, le temps de digérer l'information.

— Ça suffit, dit Lottie en frappant la table du poing, nous surprenant toutes. On doit l'aider.

— Comment ?

— On doit lui trouver une nouvelle femme.

Je glousse. — Où ça ? Sur Internet ?

Lottie lève les yeux au ciel. — Pas ce genre de femme. Il faut lui trouver une femme dont il pourra tomber amoureux, une femme digne de notre ami génial. Quelqu'un qui ne le blessera pas comme cette horrible bonne femme.

— Il faudrait qu'elle soit super spéciale, prévient Kennedy.

— Je pense que c'est une excellente idée en principe, je commence, mais je ne crois pas qu'il veuille trouver quelqu'un. Franchement, regardez ses antécédents amoureux. Il n'est pas vraiment du genre à avoir une relation stable, n'est-ce pas ? Avec combien de filles est-il sorti depuis qu'on le connaît ?

— C'est seulement parce qu'il a été blessé, dit Lottie.

Kennedy hoche la tête. — Lottie a probablement raison. Le pauvre en a bavé.

— C'est pourquoi on devrait se tenir complètement à l'écart. Il ne veut clairement pas d'autre femme, dit Tabitha avec autorité. Sinon, pourquoi aurait-il accepté d'être le plan B de Zara ?

Mes amies se tournent vers moi.

— Quoi ? dis-je.

Lottie plisse les yeux en me regardant. — Intéressant.

— Ça l'est, n'est-ce pas ? répond Kennedy.

Je promène mon regard de l'une à l'autre. — Qu'est-ce qui est intéressant ?

— Tu es sûre qu'il n'y a pas eu de bisou-bisou entre vous, les gars ? demande Lottie.

Encore ça ? *Génial.*

Je pose mes mains à plat sur la table. — Asher a été blessé et maintenant il brûle la chandelle par les deux bouts. Il a peut-être accepté d'être mon filet de sécurité pour un avenir lointain, mais il est hors de question que je fasse partie de ses conquêtes.

Tabitha pouffe de rire. — Maintenant, j'ai l'image de deux grains d'avoine qui s'embrassent. C'est étrangement sexy.

— Oh, je ne pense pas que tu sois l'une de ses conquêtes, dit Lottie.

N'importe quoi. Je sais que nous sommes juste amis. Et je sais qu'il me cache un gros secret.

— Je pense qu'on doit faire semblant de ne rien savoir et agir normalement avec lui, je commence. Il s'est enfui parce qu'il s'est passé quelque chose d'horrible avec sa femme, et on doit lui laisser l'espace nécessaire pour gérer ça. Après tout, il n'en a parlé à aucune d'entre nous.

— Zara a raison, approuve Tabitha.

— Je veux quand même lui trouver une nouvelle femme, dit Lottie en me lançant un regard entendu.

— Arrête ! dis-je en riant.

Nous passons le reste de l'après-midi assises au soleil, à refaire le monde. Au moment de rentrer, ma décision est prise. Je ne vais pas parler à Asher de ce que je sais. Au lieu de ça, je vais ignorer ce que je sais et revenir à notre vieille amitié simple et insouciante.

Même si ce que je sais maintenant a véritablement touché ma corde sensible. Il reste Asher, et nous sommes toujours juste des amis qui s'amusent ensemble. Et ça va rester comme ça.

Chapitre 15

JE DIS au revoir à une cliente au moment où Scarlett franchit la porte, particulièrement radieuse et pimpante dans une robe droite orange vif et des talons assortis.

— Tu es très élégante. Une occasion spéciale ? je demande en glissant le ticket de caisse dans le dossier sur le bureau.

— J'avais juste envie de la mettre aujourd'hui, c'est tout. Cette cliente voulait des conseils en décoration ?

Je secoue la tête. — Elle a acheté un plaid et quelques piluliers. Apparemment, elle les collectionne, et elle était aux anges qu'on en ait en stock. Elle a dit qu'elle parlerait de nous à toutes ses amies collectionneuses de piluliers.

— Génial. Ça veut dire qu'on va gagner environ quatre livres cinquante cette semaine. Ses épaules s'affaissent et elle pousse un soupir.

— Je sais, c'est déprimant. Si seulement on pouvait détruire la nouvelle boutique de Karina dans un accident bizarre ou un truc du genre. Alors on pourrait recommencer à faire de vrais bénéfices, comme avant.

— Qu'est-ce que tu suggères ? Qu'on loue une voiture pour foncer dans la vitrine ? Parce que personne ne saurait jamais que c'était nous, avec toutes les caméras de surveillance qui filment tes moindres faits et gestes dans cette ville.

— Il y a *ça*. J'essuie la poussière d'une étagère, puis je me retourne vers elle. — Tu sais, je pourrais demander à Kennedy si elle peut parler de nos créations dans son magazine. Elle rédige des chroniques pour *Claudette*. Peut-être qu'elle pourrait écrire un article sur ce que c'est que d'être une architecte d'intérieur qui débute à Londres ? Je sens une pointe d'excitation à cette perspective.

— Bien sûr. Je suppose. Elle s'assoit devant l'ordinateur.

— Tu supposes ? Ça pourrait être une super idée. Ma petite pointe d'excitation se transforme en véritable espoir tandis que je me mets à arpenter la boutique. — *Claudette* est un magazine national. *National*. Ça pourrait faire des merveilles pour nous. Si notre boutique apparaît dedans, c'est la consécration. Je ne sais pas pourquoi je n'y ai pas pensé avant. Je jette un œil à Stevie. Elle est bien à l'abri dans son parc, en train de récupérer d'un pic d'énergie frénétique plus tôt dans la journée.

— Je connais *Claudette*. Je ne suis pas née de la dernière pluie, tu sais. Mais tu t'emballes un peu, ma belle. Elle fixe l'écran. — Tu ne lui as même pas encore demandé.

— Simple détail, je réponds avec un grand sourire. — J'ai un bon pressentiment. Fais-moi confiance. D'accord ?

Elle lève brièvement les yeux vers moi. — Tiens-moi au courant, répond-elle avec beaucoup moins d'enthousiasme que moi.

— Je parie que ça va marcher.

— Ouais. Elle ne décolle pas les yeux de l'écran.

— Je vais l'appeler maintenant. Je passe devant Scarlett d'un pas léger pour prendre mon téléphone dans mon sac à main. — Dans ce milieu, tout est une question de réseau. On doit les utiliser à notre avantage.

— Je suppose que ça vaut le coup d'essayer.

— Ça vaut le coup, j'insiste.

Je vais lui montrer, à Scarlett. Elle est peut-être sur le point de baisser les bras, mais pas moi. Cette entreprise représente tout pour moi.

Je cherche le contact de Kennedy et j'appuie sur *appeler*. Après quelques sonneries, elle répond.

— Salut, Zee.

— Je peux te demander un énorme service ?

— Vas-y, je t'écoute.

— Est-ce qu'il y aurait un moyen pour que tu fasses entrer ScarZar dans *Claudette* ? Pas besoin que ce soit un grand article ou quoi que ce soit, juste quelque chose pour nous aider à nous faire connaître. Cette énorme boutique de design dans la rue principale est en train de tuer notre commerce.

— Je ne sais pas, Zee. Ce n'est pas vraiment mon domaine.

— Tu pourrais au moins soumettre l'idée à ton patron ? On a fait une tonne de magnifiques réaménagements que tu pourrais photographier, et puis Stevie serait tellement mignonne sur les photos.

— Laisse-moi voir ce que je peux faire pour toi.

L'espoir rebondit en moi comme une bille de flipper. — Merci, merci beaucoup. Je te revaudrai ça. Je dis au revoir et je raccroche. Je me tourne vers Scarlett. — La machine est en marche.

— Zara, tu ne penses pas que toutes les petites boutiques de décoration de la région de Londres ont déjà pensé à ça ? Tu rêves.

— Je ne rêve pas. Tout le monde n'a pas Kennedy comme amie proche et personnelle, tu sais, et tout le monde n'a pas non plus un chien de boutique mignon comme tout.

— Bon, j'y vais. Elle passe devant moi en se dirigeant vers la porte.

— Mais tu viens d'arriver.

— J'ai rendez-vous avec ce couple qui veut des conseils en décoration pour sa maison à Hampstead. Tu te souviens ?

Je me creuse la tête pour me rappeler de qui elle parle, sans succès. — Mais je dois aller chez Asher pour accueillir les livreurs. Il reçoit ses nouveaux meubles de salon aujourd'hui.

— Qui va rester à la boutique ?

Nous nous tournons toutes les deux pour regarder Stevie dans son enclos. L'idée que Stevie tienne la boutique pendant nos rendez-vous à l'extérieur me fait sourire.

— Dommage que Stevie ne puisse pas le faire. Je veux dire, ce serait adorable, non ?

Scarlett, en revanche, ne partage pas vraiment mon amusement. — Allez, Zara. Il faut que tu sois sérieuse. On ne peut pas gérer une entreprise si tu ne regardes pas l'agenda partagé pour voir ce qui est prévu chaque jour.

— Mais…

— Pas de « mais », répond-elle, avec exactement le

même ton que ma mère. — À cet après-midi. Elle franchit la porte d'un pas vif et disparaît de ma vue.

Je sors mon téléphone et consulte notre agenda partagé. J'étais pourtant sûre qu'elle n'avait aucun rendez-vous de noté quand j'ai vérifié ce matin, et encore moins un qui devait durer plusieurs heures. Mais c'est bien là, en bleu et en gras : *Scarlett à Hampstead.*

Comment ai-je pu rater ça ?

Une heure plus tard, après seulement deux clients décevants qui n'ont acheté que des broutilles, j'accroche une pancarte écrite à la main sur la porte, indiquant que je serai de retour à quatorze heures trente, et je monte dans un Uber. Je dépose avec précaution un vase et une plante sur le plancher d'un côté de la voiture, je saute à l'intérieur de l'autre côté et je pose Stevie sur mes genoux. Je remarque que le chauffeur me regarde d'un air soupçonneux dans le rétroviseur.

— Elle restera sur mes genoux et elle est parfaitement propre. Je croise les doigts sous ma jupe. D'habitude, je ne prends pas d'Uber à cause du prix, préférant le métro, peu cher et généralement efficace. Mais aujourd'hui, j'ai quelques affaires à livrer chez Asher, alors je vais mettre le prix de la course sur la carte de crédit de la boutique.

Tandis que nous avançons lentement dans les rues animées de Londres, je fais défiler mes messages. J'en repère un de Kennedy qui dit : *Appelle-moi !* Je compose son numéro et retiens mon souffle, pleine d'anticipation.

— Zara, dit-elle.

— Tu nous as trouvé un créneau dans ton magazine ? je demande sans préambule.

— Tu sais que j'adorerais te dire oui, mais j'ai demandé à ma patronne et elle a dit non. Désolée.

Mon cœur se serre. Une parution dans *Claudette* changerait la donne pour ScarZar. — Je comprends. Merci d'avoir demandé.

— J'ai d'autres nouvelles, par contre. J'ai parlé à Kyla. Mon amie de San Diego qui connaît la femme d'Asher ? Elle m'a raconté toute l'histoire.

— Tu lui as demandé ?

— J'ai pensé qu'on ferait mieux d'avoir le fin mot de l'histoire plutôt que d'essayer de deviner. Je me suis dit que ce serait plus juste pour Asher.

— Je suppose que oui.

— Je ne suis pas obligée de te le dire si tu ne veux pas savoir.

Ma poitrine se resserre. — J'aurais préféré ne jamais trouver cette photo.

— Mais tu l'as trouvée, ma chérie.

Je laisse échapper un long soupir. — D'accord, raconte-moi.

— Elle l'a trompé avec son meilleur ami.

J'ai le souffle coupé. — Non ! Oh, c'est horrible ! Je revois la photo du couple heureux. — Le pauvre.

— Je sais, pas vrai ? Kyla a dit qu'il est tombé des nues. Il ne se doutait de rien. Apparemment, ils étaient ensemble depuis quelques années et il était fou amoureux d'elle. Quand c'est arrivé, il s'est effondré et, peu de temps après, tout le monde apprenait qu'il avait déménagé à Londres.

Je regarde par la fenêtre, le cœur brisé pour Asher. Il était amoureux d'une femme qui lui a arraché le cœur de la poitrine pour le piétiner. Les larmes me montent aux yeux tandis qu'une sensation inconfortable s'empare de mon ventre.

— Zara ? Tu es là ?

Je renifle et Stevie lève la tête vers moi, alarmée. Je lui donne une caresse rassurante sur la tête. — Je suis en route pour son appartement, là. J'ai une livraison. Il faut que je te laisse.

— Désolée de t'annoncer ça. Je me suis dit qu'on pourrait peut-être l'aider ou quelque chose ? Je ne sais pas.

— Moi non plus.

— On s'appelle bientôt ?

— À bientôt. Je raccroche et fixe le vide, perdue dans mes pensées, mes émotions brassées comme du beurre.

Asher s'est fait briser le cœur par sa femme infidèle.

Il était si blessé qu'il s'est enfui.

Je souffle.

Je ne devrais rien savoir de tout ça.

Bien trop vite, le Uber s'arrête devant l'immeuble d'Asher. Je remercie le chauffeur et je sors avec ma plante et mon vase, la laisse de Stevie accrochée à mon poignet. J'utilise ma clé pour déverrouiller la porte d'entrée et je monte les escaliers. Devant la porte d'Asher, je pose la plante et le vase par terre et j'entre dans l'appartement. L'endroit est d'un calme mortel et tout aussi vide que d'habitude. Je dois bien accorder une chose à Asher : il a beau vivre dans un cliché de garçonnière totalement fade, il est ordonné. Rien ne traîne.

J'emmène Stevie dans la chambre d'Asher et j'évite de regarder le dressing. Je n'ai pas besoin d'être tentée de regarder l'album. Je dis à Stevie de ne pas bouger, puis je ferme la porte.

Asher m'avait dit qu'il enlèverait les meubles actuels du salon et, fidèle à sa parole, la pièce est maintenant vide à l'exception de la télé de mec surdimensionnée au mur et des planches de surf dans le coin.

J'inspecte le nouveau mur gris à panneaux que j'ai fait installer hier. Il a l'air élégant et moderne, et je sais qu'Asher va adorer.

L'interphone de la porte d'entrée sonne et j'appuie sur le bouton. — Allô ?

— On a une livraison en bas pour Asher McMillan. Vous la voulez où ?

— Fantastique. Troisième étage, s'il vous plaît. Appartement numéro sept.

J'entends le type ronchonner parce qu'il doit se trimballer les meubles sur trois étages avant de raccrocher. Je me dirige vers la grande fenêtre du salon et je regarde les toits et les arbres en attendant. Être ici, dans l'appartement d'Asher, me fait une drôle d'impression. La dernière fois que je suis venue, c'est le jour où j'ai découvert que mon ami a un passé difficile. Je souffle en regardant une petite volée d'oiseaux passer en formation en V.

J'entends quelqu'un dans le couloir, alors je vais jusqu'à la porte d'entrée et je l'ouvre. Asher se tient sur le seuil, une clé à la main. Vêtu d'un costume bleu marine et d'une chemise blanche au col ouvert qui met en valeur sa peau mate et crémeuse, il a l'air professionnel et sûr de lui — et beau, aussi, je l'admets. Enfin, pour un homme qui a eu le cœur brisé par une femme qu'il nous a cachée pendant des années.

Le choc de le voir me frappe en pleine poitrine et mes émotions tumultueuses de tout à l'heure refont surface. — Q-qu'est-ce que tu fais là ? je demande, le souffle court, en m'agrippant à la porte.

Son regard passe de mon visage à mes doigts blanchis, puis revient. — Tu dois travailler tes salutations, Zee. Essaie ça, pour voir : « Salut, Asher. Tu es rentré pour aider aujourd'hui. Tu es un être humain vraiment extraordinaire, et je suis si reconnaissante pour tout ce que tu fais. » Ses lèvres se retroussent d'amusement, et je me détends d'un cran, voire de dix.

C'est Asher. Mon ami. Il est drôle et facile à vivre, et j'adore passer du temps avec lui. Et alors, s'il n'a pas été tout à fait honnête avec moi et mes amies ? Il a souffert. Le moins que je puisse faire, c'est d'être son amie.

— Un être humain vraiment extraordinaire, hein ? Quelqu'un a une très haute opinion de lui-même.

Il jette un coup d'œil à ma main, qui tient toujours la porte. — Tu vas me laisser entrer dans mon propre appartement, ou je dois attendre une invitation écrite officielle ?

Je retire ma main de la porte et je recule pour le laisser entrer. — Votre Altesse Royale, dis-je avec une fausse révérence.

Il me sourit. — C'est mieux. Continue comme ça.

— Tu as vu que les livreurs sont sur le point de livrer tes nouveaux meubles de salon ? Je croyais que c'était eux, à l'instant.

— J'espérais rentrer avant qu'ils n'arrivent. Timing parfait. Il retire sa veste et pose ses clés sur le plan de travail de la cuisine. — Je vais accrocher ça pour pouvoir les aider. Je reviens.

Il disparaît de la pièce. J'entends les livreurs dans les escaliers se donner des instructions pendant qu'ils montent. — Ça va, vous deux ? je crie.

— Ça irait mieux si vous habitiez au rez-de-chaussée, ma belle, me répond l'un d'eux.

— Désolée pour ça. On se voit en haut dans une seconde.

— Ouais. Une seconde. C'est tout le temps que ça va prendre, est sa réponse sarcastique.

— Je vois que j'ai une visiteuse dans la chambre, dit Asher en revenant dans la pièce. Il a retroussé les manches de sa chemise blanche, exposant ses avant-bras forts et musclés, prêt pour un peu de travail physique.

— J'espère que ça ne te dérange pas que Stevie soit là ? je demande.

— Pas de problème. Elle avait l'air plutôt tranquille, à renifler partout dans la pièce.

— Les chiens font ça.

— Sans blague ? dit-il. Je me penche au-dessus de la cage d'escalier et je vois les livreurs à l'étage juste en dessous. — Ils sont presque là.

Quelques halètements et grognements plus tard, et après une bouffée désagréable d'un mélange de sueur et de fumée de cigarette, les livreurs posent un canapé trois places emballé dans du plastique sur le sol nu du salon et retournent à leur camion pour monter les fauteuils assortis.

— Déballons ce bébé, dit Asher. J'ai l'impression que c'est Noël et mon anniversaire en même temps.

Nous nous mettons à retirer le plastique du canapé, et le temps que nous ayons fini, les livreurs ont apporté chacun un fauteuil et nous avons encore plus de choses à déballer.

En à peine dix minutes, tout le salon est transformé avec le canapé et les fauteuils, un grand tapis que nous avons déroulé et mis en place, une table basse et le vase avec la plante que j'ai montés.

Asher donne un pourboire aux livreurs, puis nous nous tenons tous les deux là, à contempler la pièce métamor-phosée devant nous.

— Il manque des coussins décoratifs et peut-être des étagères là-bas, dis-je en désignant un mur blanc et nu, mais à part ça, c'est incroyable.

— Pas de tête de cheval de la mafia.

— Tu en veux vraiment une ?

Il hausse les épaules. — Elle me plaisait bien.

— Je t'en trouverai une, alors.

— Tu sais, ça n'a rien à voir avec mes autres meubles.

Il passe la main sur le haut du canapé. — Je veux dire, je sais que c'est toujours du cuir, mais l'ambiance est complètement différente.

Je saisis ses mots au vol. Je sais que je ne devrais pas. Je sais que je devrais laisser tomber et le laisser me parler de sa femme quand il sera prêt. Mais il ne m'a rien dit sur elle. Pas même qu'elle existe, et encore moins comment elle lui a brisé le cœur. Et mince, je suis curieuse. Et alors ?

— Est-ce que ça te donne l'impression d'un nouveau départ ? je lance pour l'amorcer.

Il regarde la pièce autour de lui. — Oui.

— Tu penses que tu en avais besoin pour une raison particulière ? Tu sais, comme si les anciens meubles te rappelaient de mauvais souvenirs ou quelque chose du genre ?

Il me regarde du coin de l'œil. — J'ai renversé des chips et de la sauce sur le canapé la semaine dernière, si c'est de ça que tu parles.

— Je pensais plus à des souvenirs… *émotionnels* qu'à des souvenirs, tu sais, *culinaires*. Je l'observe attentivement, mais le type ne lâche rien.

— Des souvenirs émotionnels ? demande-t-il avec un sourire qui étire les commissures de ses lèvres. Je ne suis pas sûr de pouvoir avoir beaucoup de souvenirs émotionnels liés à des meubles que j'ai hérités du type à qui je louais mon ancien appartement.

— Donc, tu n'as rien ramené des États-Unis ?

— Non. Je suis juste content d'avoir du changement. Tu as fait un excellent travail dans cette pièce, Zee. Merci.

Il ne mord pas à l'hameçon, alors au risque de laisser échapper quelque chose que je ne devrais pas, je laisse tomber le sujet.

— Ce n'est pas encore fini, dis-je.

— Ah, les coussins et les étagères.

— Et une autre chose qui, je pense, va te plaire.

— Quoi ?

— C'est une surprise.

— Est-ce que cette surprise va me coûter cher ?

Je fais un geste de la main. — Presque rien.

— Intrigant.

— Tout sera révélé en temps voulu. C'est-à-dire dans les deux prochaines semaines.

J'entends une série de jappements provenant de la chambre d'Asher. — Je vais chercher Stevie.

— Fais donc. Moi, je vais me poser un peu. On est restés debout à regarder les nouveaux meubles, mais on ne les a pas encore essayés.

Je désigne le canapé. — Je t'en prie.

Il s'affale au milieu du canapé et pousse un « Ahhh » de contentement.

— Ça va ? je crie en descendant le couloir et en ouvrant la porte de la chambre.

Stevie passe aussitôt devant moi en coup de vent et tente un saut périlleux sur Asher, ratant de peu le canapé et retombant par terre.

— Ça va, ma petite puce ? je demande.

Mais tel un ressort, elle se remet sur ses pattes et sautille sur place. Je la prends dans mes bras et elle se tortille, impatiente de monter sur le canapé.

— Je ne pense pas que tonton Asher veuille que tu t'approches de ses nouveaux meubles, je lui dis.

— Ce n'est pas grave. Tant qu'elle n'essaie pas de manger celui-là.

— Tu es sûr ? Je veux dire, le dressage de la Diva des Chiens a fait des merveilles, mais ça reste un chiot.

Il tapote la place à côté de lui. — Assises. Toutes les deux.

Je me laisse tomber à côté de lui et Stevie se débat pour

s'échapper de mes bras. Je la lâche. Elle rebondit sur le coussin entre nous et saute sur Asher. — Elle ne voulait pas être sur le canapé. Elle voulait être sur *toi*, dis-je en gloussant.

Asher la câline, et ça fait fondre mon cœur. Juste un peu.

D'accord, beaucoup.

Il y a un petit quelque chose, quand on voit un mec sexy tenir un adorable chiot qu'il adore manifestement.

Attends. *Un mec sexy ?*

Je secoue la tête. Asher est peut-être sexy, mais pour moi, c'est juste Asher. Mon *ami*, Asher.

Mais le problème, c'est que maintenant que je sais ce que je sais sur lui, je commence à le voir sous un autre jour. Il n'est plus seulement mon ami avec qui on passe du bon temps et qui sait s'y prendre avec les femmes. Il a été amoureux et il a été blessé, suffisamment pour ressentir le besoin de s'enfuir dans un autre pays. Ça a changé quelque chose en moi.

Et si je suis honnête, ça a aussi réveillé quelque chose.

Quelque chose auquel je ne veux pas penser.

Quelque chose auquel je *ne peux pas* penser.

— Ah, c'est la belle vie, dit-il. Totalement inconscient de ma tourmente émotionnelle intérieure, Asher étend son bras derrière moi, le posant sur le haut du canapé tandis qu'il met ses pieds sur la table basse. — Je pourrais me prélasser ici toute la journée.

Sa main frôle mon épaule et je me fige, chaque muscle de mon corps soudainement tendu.

Comment faire pour que ça ne soit plus aussi bizarre ? Deux amis, ensemble, profitant d'un nouveau canapé, c'est tout à fait naturel. Mais me voilà, submergée par une pléthore d'émotions à propos du type à mes côtés. Je suis assise, le dos raide comme un piquet, en me disant que j'aimerais bien pouvoir me détendre, bordel.

Mais je n'y arrive pas.

Je ne peux plus nier que les choses ont changé entre nous, et je n'ai absolument aucune idée de quoi faire à ce sujet.

Chapitre 16

JE ME FROTTE les yeux en me penchant en arrière dans le rocking-chair, tandis que Lottie m'observe d'un air inquiet depuis son tapis de yoga sur le sol du salon.

— Mais c'est ça le problème, Lottie. J'ai l'impression que tout a changé et je ne sais même plus comment *être* avec lui.

Elle déplace son poids et prend la posture du guerrier, l'air forte et telle une Amazone dans son short et son haut moulant — si tant est que les Amazones portaient du lycra et ne mesuraient qu'un mètre soixante, bien sûr.

— Je veux que les choses redeviennent comme avant,

quand on était juste nous, Asher et Zara, à traîner et à s'amuser ensemble.

— C'est tout à fait normal que tu te sentes différemment par rapport à lui. C'est notre cas à tous, et c'est parce qu'on sait ce qu'il a traversé.

— Donc, tu es en train de dire que j'ai de la peine pour lui ?

— Bien sûr que oui, ma belle. Elle enchaîne avec une autre posture dont j'ignore le nom.

— Hmm. Je retourne l'idée dans ma tête. Le fait de savoir qu'Asher a été si profondément blessé par une femme m'a fait avoir de la peine pour lui. Ça colle.

— La prochaine fois que tu le verras, assure-toi de t'amuser et de rester légère. Tu vois ?

— Rester légère. Oh, tu es si intelligente, Lottie. Je me suis torturé l'esprit pour rien. J'ai juste de la peine pour lui. C'est tout.

— Exactement. Lottie ajuste sa position et passe en posture du chien tête en bas. J'ai une vue imprenable sur son derrière. Un beau derrière, mais un derrière quand même.

Stevie se réveille de sa position en boule dans son panier, dans le coin. Elle aperçoit Lottie, le visage près du sol, se précipite vers elle sur ses énormes pattes de chiot et lui colle rapidement une grosse lichette sur le nez.

Lottie la repousse doucement d'une main. — Beurk, Stevie !

— Stevie, viens ici, ma belle, dis-je, et ma chienne, nouvellement obéissante — la plupart du temps —, bondit vers moi, la queue battant l'air. Je la prends dans mes bras et dépose un baiser sur le dessus de sa tête chaude et douce.

Vraiment, Dog Diva Denise a peut-être un grain à mon

goût, mais elle fait des merveilles sur le comportement de Stevie.

— Bien sûr, il y a une autre possibilité. Lottie se redresse, son visage imitant une fraise à cause de l'effort du yoga, puis s'affale immédiatement sur le canapé en un tas de membres. — Dieu merci, c'est fini.

—Je suis impressionnée que tu t'y sois vraiment mise.

— J'essaie d'être saine et zen. Elle fait une grimace. — C'est un travail de longue haleine.

— Quelle est l'autre possibilité ?

— As-tu déjà envisagé de pouvoir être amoureuse de ce type ?

Je laisse échapper un rire surpris. — *Amoureuse* de lui ? D'Asher ? D'où est-ce que tu sors ça ?

— Pourquoi pas ? Vous vous entendez super bien et vous passez des tonnes de temps ensemble. Vous êtes quasiment un vieux couple marié par moments. On l'a tous remarqué.

— Tu veux dire le genre de couples mariés qui ne font pas l'amour ? je réponds avec un sourire ironique.

— Tu sais ce que je veux dire. Vous allez bien ensemble. Ça marche. En plus, il y a le petit détail que tu l'as choisi, *lui*, pour être ton plan de secours, et qu'il a dit oui. Je veux dire, à quel point ce serait pratique pour toi de tomber amoureuse du type qui a accepté de t'épouser dans moins de cinq ans ? Très, voilà la réponse, Zee. *Très* pratique.

Je secoue la tête avec véhémence, rejetant instantanément cette idée comme étant totalement absurde. — Tu as perdu la tête. Impossible que je sois amoureuse d'Asher. Impossible ! Pour commencer, il est *marié*, je lui lance un regard lourd de sens.

— Séparé et probablement en instance de divorce, me corrige-t-elle.

— On n'en sait rien. Et si ce n'est pas une raison suffisante, il y a le fait qu'il s'est enfui après qu'elle l'a trompé. Qui sait ? Peut-être qu'il est toujours amoureux d'elle. Et puis, c'est… enfin, c'est Asher. Tu vois ?

Elle me lance un regard entendu. — Oh, je vois très bien.

— Qu'est-ce que *ça* veut dire ?

Elle ignore ma question. — Tu te rends compte que les deux raisons principales pour lesquelles, selon toi, tu n'es pas amoureuse de lui, ont à voir avec ce que tu penses qu'*il* ressent ?

— C'est absolument faux, je souffle.

Elle les énumère sur ses doigts. — Il est marié, et il est probablement toujours amoureux de sa femme.

Elle a raison.

— Qu'est-ce que *toi*, tu ressens pour lui ? C'est ça que tu dois te demander. Oublie toutes ces histoires avec sa femme.

Je hausse les sourcils. — Tu t'es entendue parler ?

Elle agite la main. — Oh, tu sais ce que je veux dire. Ils ne sont plus ensemble.

— Sauf s'il la cache dans le grenier.

Elle m'adresse un sourire sardonique. — Son appart a seulement un grenier ?

— Ben, non. C'est plus une métaphore qu'autre chose.

— Un grenier métaphorique ?

— Ce que je veux dire, c'est que je ne suis pas amoureuse de lui. Je le saurais si c'était le cas, je réponds avec assurance. Parce que l'idée est complètement ridicule.

Non ?

Je ne peux pas tomber amoureuse de mon plan de secours. Personne ne fait ça. Ce n'est pas pour rien que c'est un plan de secours. Ce n'est pas le premier choix. En fait, c'est le tout dernier choix acceptable après avoir épuisé d'autres pistes plus séduisantes.

Sauf que, maintenant que je sais ce que je sais sur lui, Asher s'est transformé en ma seule et unique option.

Et ça me fiche une trouille bleue.

LE LENDEMAIN SOIR, au cours d'éducation canine, je suis tellement tendue que je pourrais exploser en un impressionnant feu d'artifice à tout moment.

Asher est fidèle à lui-même, bien sûr. Il est détendu et facile à vivre, heureux de flirter avec Dog Diva Denise et de discuter avec les autres propriétaires de chiens. Moi ? Je ressemble plus à un mannequin qu'à autre chose ce soir, avec un sourire figé plaqué sur le visage, mes gestes rigides. Je me concentre si fort pour *ne pas* penser à ce que Lottie a dit sur le fait que je suis amoureuse de lui que l'espace disponible dans mon cerveau est presque entièrement saturé. Il me reste un cerveau avec la capacité d'un petit placard sous l'escalier.

Il porte un jean moulant et un t-shirt qui met en valeur ses épaules incroyablement larges, ses longues jambes et laisse deviner le torse ferme en dessous.

Ça ne me fait rien. Vraiment. *Rien.*

— Bon chien, Stevie ! dit Dog Diva Denise alors que Stevie s'assied sur commande, après avoir terminé un parcours d'obstacles devant toute la classe. — C'est comme ça qu'on fait. Vous voyez la laisse détendue ? Elle brandit la laisse rose de Stevie devant la classe. — Ce chien a fait d'énormes progrès, ajoute-t-elle en nous souriant, à Asher et à moi. Enfin, à Asher. Pour elle, je ne suis qu'un obstacle irritant. Un obstacle irritant à qui on ne peut même pas faire confiance pour promener son propre chien au cours d'éducation canine.

— Nous sommes très fiers de notre fifille, répond Asher en passant nonchalamment son bras autour de ma taille.

Je me fige, son contact provoquant une décharge électrique inattendue qui me traverse à toute vitesse.

Il me sourit. — N'est-ce pas, chérie ?

— Oh, euh, oui. Nous sommes si fiers de… de Stevie, je confirme en hochant frénétiquement la tête.

Asher me lance un regard interrogateur et je me force à sourire.

— Très bien, vous deux, dit Dog Diva Denise. — Prenez les rênes et montrez-moi comment faire. Réussir cet exercice signifiera que Stevie obtiendra son diplôme. Elle me tend la laisse de Stevie, et je la prends dans ma main. — Faites-la s'asseoir, faites-la rester pendant que vous allez de l'autre côté de la pièce, puis appelez-la et faites-la s'asseoir une fois de plus avant de la récompenser avec une friandise.

Je regarde Stevie. Ça fait beaucoup de choses à retenir pour moi, sans parler d'un chiot qui n'a que quelques mois.

— Tu vas gérer, me dit Asher.

Je lève les yeux vers lui et la chaleur et la gentillesse dans son regard me font bondir le cœur dans la gorge.

C'est là que ça me frappe. De plein fouet.

Je suis complètement accro à mon meilleur ami.

J'avale ma salive. Comment diable ai-je pu laisser ça arriver ?

— Allez, hop hop hop ! ordonne Dog Diva Denise, et je détache mes yeux de ceux d'Asher et je passe à l'action.

Je tire sur la laisse de Stevie et fais le geste de la main que Dog Diva Denise nous a appris pour lui ordonner de s'asseoir, ce qu'elle fait instantanément, les yeux rivés sur moi. Je résiste à l'envie de me pencher pour la caresser parce qu'elle est une si gentille chienne et, à la place, je lui dis de ne pas bouger, je fais une petite prière en lâchant la laisse et je traverse la pièce. Je m'arrête, me retourne et l'appelle, et elle bondit vers moi avec une telle joie qu'un énorme sourire éclate sur mon visage. Immédiatement, je lui ordonne de s'asseoir, et après un instant où je crains qu'elle n'échoue à la dernière étape, elle pose rapidement son derrière de chien sur le sol et lève les yeux vers moi.

— Elle a réussi ! je déclare avec enthousiasme. Je sors une friandise de ma poche et la lui donne tout en la caressant pour la féliciter. — C'est qui la gentille fifille ? je roucoule.

Plus tard, je serre le certificat de fin d'études de Stevie pendant qu'Asher et moi marchons dans la rue.

— Stevie, t'as assuré grave ! dit Asher.

— Elle a été incroyable. Personnellement, je pense qu'elle avait si peur de Dog Diva Denise là-bas qu'elle a fait tout ce que je lui ai dit, juste pour que Denise ne reprenne pas le contrôle.

— C'est un chien intelligent.

Je souris en regardant Stevie qui trotte joyeusement sur le trottoir à côté de moi. — Tu l'as dit.

— Hé, ça va ? me demande-t-il, et je suis instantanément de retour sur mes gardes, la gloire de Stevie ne me fournissant plus le bouclier protecteur d'il y a quelques secondes.

— Oui, je suis juste un peu tendue. C'est tout. Tendue parce que je suis presque sûre d'avoir des sentiments pour toi qui vont bien au-delà de l'amitié, et que tu es marié à une femme qui t'a trompé avec ton meilleur ami, et que tu as quitté les États-Unis pour venir ici, et que maintenant j'ai l'impression de ne plus te connaître du tout, même si tu ressembles à mon bon ami Asher, et que tu es si canon…

Il est possible que je sois un peu sur les nerfs.

— C'est à cause du boulot ? demande-t-il en m'offrant une porte de sortie facile.

Je saute sur l'occasion. — Oh, ouais. Le travail est assez stressant en ce moment.

— C'est ce client exigeant de Notting Hill, n'est-ce pas ? Celui qui est terriblement beau et charismatique.

— Tu as une sacrée haute opinion de toi-même, dis donc.

— Je ne fais que dire ce que tu penses tout bas, réplique-t-il avec un grand sourire.

Je ralentis le pas devant son immeuble, et il s'arrête et se retourne vers moi après avoir monté les marches menant à la porte d'entrée quatre à quatre. — Je pensais que tu montais regarder le match avec moi.

— Oh, je devrais peut-être y aller.

— Allez, Zee. Tu m'as promis de regarder le baseball avec moi et jusqu'à présent, tu n'as réussi qu'à voir un seul petit match il y a des semaines. En plus, j'ai un super appart maintenant, décoré par cette nouvelle designer londonienne super cool.

— Tu n'as pas de potes avec qui le regarder ? Je veux dire, non seulement je suis anglaise et je n'y connais presque rien au baseball, mais je suis une fille, au cas où tu ne l'aurais pas remarqué.

— J'avais remarqué, répond-il en riant. Écoute, je te fournirai de bons snacks et de la bière. Il me décoche un sourire, et je lâche un soupir.

— Bien sûr. Pourquoi pas.

À quel point cela peut-il être gênant d'être assise seule, à proximité d'un mec pour qui je viens de réaliser que j'ai de sacrés sentiments ?

Très, est la réponse. *Très gênant, en effet.*

Avec un tas de mecs en tenue de baseball à la télé — ce qui est tout à fait approprié, vu qu'on regarde un match de baseball — et Stevie profondément endormie à mes pieds, je fais de mon mieux pour me détendre contre le dossier du canapé, avec Asher à côté de moi. Il nous a servi des bières quand nous sommes arrivés, et je me cramponne à la mienne, buvant de fréquentes gorgées pour tenter de calmer mes nerfs.

Asher me regarde d'un air interrogateur. — Tu pratiques la technique Alexander ou un truc du genre ce soir ?

— La quoi ?

— Tu sais, le truc de se tenir bien droite qui plaisait à Lottie il y a quelque temps ? Tu es toute tendue. Il tapote le coussin du dossier à côté de lui. — Penche-toi en arrière. Détends-toi. Ta chienne a été diplômée major de sa promotion et je suis sûr qu'elle sera réinvitée pour faire un discours d'adieu bientôt. Alors, relax, d'accord ?

Je laisse échapper un petit rire, me détendant d'un cran. — Je vois tout à fait Stevie avec une toque et une toge.

— Oublie cette idée. J'ai vu les costumes dans la boutique Chez Pénélope. Stevie devra rendre sa carte de chien cool si tu lui mets un truc pareil.

— Oh, tu trouves Stevie cool.

— Je l'admets. La petite s'est fait une place dans mon cœur.

Je m'appuie lentement contre le coussin et lui adresse un sourire.

Je peux le faire. C'est Asher. C'est tout. J'en fais toute une histoire pour rien.

Je déplace mon regard de la télé vers son visage et sursaute en le voyant m'observer avec une drôle d'expression que je n'arrive pas tout à fait à déchiffrer. — Quoi ? je demande, comme si je n'étais pas en pleine bataille avec mes sentiments pour lui.

— Rien. On peut regarder le match maintenant, s'il te plaît ?

— C'est toi qui l'interromps. Je suis hyper excitée de savoir si l'équipe à rayures blanches va battre l'équipe bleue. C'est un joli bleu, d'ailleurs.

— Comment oses-tu ? se moque-t-il. Ici, on est pour les Padres.

— Les Padres ?

— L'équipe de San Diego. C'est l'équipe en blanc. Je te l'ai dit la dernière fois, tu te souviens ?

— Ouais, bien sûr, mais Padres ? Ça ne veut pas dire prêtres en espagnol ?

— Regarde-moi ça, tu sais des choses. Tu as tout à fait raison. Padre veut dire prêtre. C'est à San Diego que se trouvait la première mission de Californie. D'où le nom.

— J'ai droit à un cours d'histoire, en plus ?

Il me sourit. — Ça fait partie de l'expérience baseball. Il regarde l'écran et s'exclame : — Quelle frappe !

La balle vole dans les airs jusqu'aux gradins du stade, où les gens dans la foule se bousculent pour la récupérer.

— C'est un six ? je lui demande.

— Zara, on en a déjà parlé. Un six, c'est quand un joueur frappe une balle au-delà de la limite au *cricket*. Ça ne s'appelle pas un six au baseball.

— Parce que c'est *si* différent.

— Ça l'est, insiste-t-il, et ça me fait rire. — Quoi ?

— Tu es drôle.

— J'essaie de regarder le match, là.

— D'accord. Dis-moi ce qui se passe au fur et à mesure, et je ferai de mon mieux pour suivre.

Pendant qu'il se lance dans l'explication du nombre de frappes autorisées pour un batteur et du fonctionnement des bases, je me détends sur mon siège. J'ai l'impression qu'on passe juste un moment tous les deux, comme on l'a toujours fait, et mes sentiments étranges et déroutants à son égard commencent à s'estomper.

En peu de temps, je pousse des cris de joie avec lui quand les Padres marquent, je compatis quand leurs batteurs sont éliminés, et je suis vraiment prise par le match.

L'ambiance devient tendue quand le match se joue à rien. Un mauvais lancer et les Padres pourraient perdre. Nous sommes tous les deux au bord de notre siège, à suivre attentivement la dernière action, quand le batteur des Cubs rate sa frappe et que les Padres se mettent instantanément à sauter sur place et à courir partout sur le terrain.

Asher et moi bondissons d'enthousiasme de nos places sur le canapé, Asher donnant des coups de poing dans le vide et moi sautillant sur place en criant de joie.

— Oui ! dit-il en tournant son visage radieux vers moi. On l'a fait !

— Allez les Padres ! je réponds, et il me soulève dans ses bras et me fait tournoyer jusqu'à ce que j'aie la tête qui tourne.

— Tu as la moindre idée de ce que ça signifie ?

Je rejette la tête en arrière et je ris. — Non, pas du tout.

— Ça signifie tout, répond-il en me reposant par terre et en me lançant un sourire radieux.

Et puis, sans crier gare, l'atmosphère entre nous change.

C'est peut-être la douceur dans ses yeux quand il me regarde, ou l'excitation dans l'air, ou le simple fait que nous soyons debout l'un en face de l'autre, ses bras toujours autour de moi, la chaleur de son corps pressé contre le mien, exacerbant mes sens.

Quoi que ce soit, peu importe ce qui a provoqué ce changement, quand je lève les yeux vers lui, je sais que ce n'est pas de la pitié que je ressens pour lui. C'est autre chose. Quelque chose de grand.

Et j'ai besoin de savoir s'il le ressent, lui aussi.

Le cœur battant la chamade, la gorge sèche, j'essaie de déglutir. Nous nous regardons dans les yeux pendant un instant, deux, puis, sans prévenir, il rompt le contact et s'écarte de moi.

Et aussi vite qu'il est apparu, le moment s'est envolé.

— Super match, hein ? dit-il en passant ses doigts dans ses cheveux.

Je m'éclaircis la gorge, mon rythme cardiaque toujours convaincu que j'ai sprinté jusqu'en haut de Primrose Hill. — Ouais. Super match.

Il ramasse les bouteilles de bière vides sur la table basse et se dirige vers la cuisine. — Être supporter des Padres peut être difficile, mais des moments comme celui-ci en valent vraiment la peine.

Je me mords la lèvre inférieure, mes émotions et mes pensées formant un chaos confus dans ma tête.

Était-ce un moment spécial, ça ?

Ressent-il la même chose ?

Est-ce qu'on a failli… *s'embrasser* ?

Je reste figée sur place alors qu'il revient dans le salon et ramasse le bol de chips vide. Il s'arrête, me regarde et, comme dans un rêve, je lève les yeux vers lui.

— Tu rentres chez toi, maintenant ? J'ai une réunion au petit-déjeuner tôt demain matin et il faut que je sois en forme.

Je passe à l'action. — Une réunion au petit-déjeuner. C'est vrai. Je vais, euh, je vais y aller, alors. Tandis que la chaleur me monte aux joues comme le mercure par une chaude journée du sud de la Californie, j'enfile mes chaussures, je passe la lanière de mon sac à main sur mon épaule et je ramasse Stevie endormie par terre.

Asher me suit jusqu'à la porte et me l'ouvre.

Je lui jette un coup d'œil pour essayer de comprendre ce qui vient de se passer, mais son visage est impassible.

Il tend la main, caresse la tête de Stevie et dit : — Bravo encore, championne. À bientôt, vous deux.

Je détourne les yeux et marmonne un au revoir avant de sortir de son appartement en trombe, un cocktail de confusion, d'humiliation et de regret s'agitant en moi.

Il ne ressent rien pour moi. Tout est dans ma tête.

Et plus vite je l'oublierai, mieux nous nous porterons tous.

Chapitre 17

Je suis à la boutique depuis quelques heures, à m'occuper d'un tas de clients et à préparer un devis pour une cliente qui veut faire redécorer sa véranda, quand je commence à me demander où est Scarlett. Elle n'avait pas mentionné de réunion aujourd'hui, et après la débâcle de Hampstead, j'ai vérifié et revérifié l'agenda partagé. Il n'y a aucune note.

Après avoir tendu à un client une tête de Bouddha en métal emballée dans du papier cadeau, je saisis mon téléphone derrière le comptoir et je l'appelle. Ça sonne, ça sonne, et je tombe sur sa messagerie vocale.

— Salut, Scarlett. Je voulais juste savoir quand tu

passerais. J'ai la livraison de l'armoire chez Asher aujourd'hui et je dois y aller pour leur ouvrir. Rappelle-moi !

Je raccroche et tapote du bout des doigts sur le comptoir. Ça ne ressemble pas à Scarlett. D'habitude, c'est elle qui est efficace, qui maîtrise la situation, celle qui court après les clients et qui se donne corps et âme pour que notre projet réussisse. Si je suis honnête avec moi-même, elle est un peu distante ces derniers temps, comme si ça ne lui importait plus autant qu'avant. Et je comprends tout à fait. Ce n'est pas facile de devoir gérer une entreprise qui bat de l'aile. C'est un travail de forçat, c'est anxiogène, et ce n'est pas pour les âmes sensibles, comme je suis en train de le découvrir.

Les jappements de Stevie attirent mon attention. Elle me regarde à travers les barreaux de son enclos, son petit corps se balançant d'un côté à l'autre au rythme de sa queue qui remue.

— Tu veux sortir, ma puce ? je lui demande en attrapant les clés de la boutique et sa laisse sur un crochet derrière le comptoir.

J'attache la laisse à son collier, je la sors de l'enclos et je ferme la porte à clé derrière moi après avoir collé la pancarte *De retour dans cinq minutes* sur la porte. Nous descendons le mews, nous arrêtant à chaque pas ou presque pour que Stevie renifle et fasse ses besoins. Je note avec satisfaction, alors qu'elle trottine pour prendre le tournant vers la rue principale, que la laisse est détendue et qu'elle continue de me jeter des coups d'œil pour voir si j'ai d'autres instructions à lui donner. Denise, la Diva des Chiens, nous a peut-être choisies pour nous humilier, mais l'école pour chiots a fait des merveilles sur ma petite chienne.

Pendant notre promenade, l'arôme alléchant du café se

fraie un chemin jusqu'à ma conscience et, en repérant un Starbucks à quelques boutiques de là, je décide de m'offrir un latte à la cannelle avec un supplément de crème.

Nous passons devant Karina, et je jette un regard envieux par la vitrine à la pléthore de clients et d'employés dans ce décor somptueux, qui respire le succès et le luxe. Je m'apprête à continuer mon périple vers le Starbucks d'à côté quand une touche d'orange vif et une tignasse blonde attirent mon attention.

C'est… ?

Non !

Ce n'est pas possible.

Qu'est-ce que Scarlett fabrique chez Karina ?

Telle une espionne dans un film — si les espionnes ont des chiots Jack Russell en laisse rose —, je me place sur le côté de la grande baie vitrée pour pouvoir la voir sans qu'elle me voie. Je la regarde rejeter sa chevelure en arrière, adressant son joli sourire à une femme élégamment vêtue de noir. Elles discutent un moment, puis se serrent la main avant que Scarlett ne se retourne pour partir. Je me plaque vivement contre le mur, en espérant qu'elle ne m'ait pas vue l'épier.

— Viens, Stevie, je dis à voix basse, et nous nous précipitons vers le Starbucks d'à côté et poussons la porte.

À l'abri dans le café, je regarde avec stupéfaction Scarlett passer d'un pas décidé, la tête haute.

Je sors mon portable et je l'appelle tout en passant la tête par la porte. Elle ouvre son sac à main, prend son téléphone, et une seconde plus tard, j'entends sa messagerie vocale m'annoncer qu'elle ne peut pas prendre mon appel pour le moment.

C'est quoi, ce... ? Elle a rejeté mon appel ?

Je raccroche, plongée dans mes pensées.

Que pouvait bien fabriquer Scarlett chez Karina ?

Peut-être qu'elle a conclu un accord avec eux ? Peut-être qu'elle a accepté quelque chose qui va sauver ScarZar ? Un truc du genre : *vous prenez ces clients et nous prenons ceux-là pour qu'on puisse coexister.*

Mais pourquoi ne m'en aurait-elle pas parlé ?

Mon envie de café oubliée, la curiosité l'emporte. Stevie et moi sortons sur le trottoir et suivons Scarlett le long de la rue animée. Une centaine de mètres plus loin, elle s'arrête pour regarder la vitrine d'une boutique de maquillage, et je me précipite dans un Marks and Spencer, manquant de renverser une femme âgée, toute voûtée, qui se déplace à une allure qui ferait se plaindre un escargot de sa lenteur.

— Faites attention où vous allez, ma petite, me gronde-t-elle.

— Désolée. Est-ce que ça va ? je dis en lui attrapant les épaules pour la stabiliser.

— À part le fait que vous ayez failli me provoquer une crise cardiaque, oui, ça va. Elle plisse les yeux en me regardant. — Qu'est-ce que vous faites à rôder ici, d'ailleurs ?

— Je... euh... je surveille quelqu'un, je réponds en jetant un coup d'œil au coin du mur pour regarder Scarlett se détourner de la vitrine et entrer dans la boutique de maquillage.

— Oooh, c'est votre homme ? Vous vérifiez qu'il ne vous trompe pas avec une autre ?

— Non. C'est mon associée. J'ai besoin de savoir ce qu'elle manigance.

Ses yeux s'écarquillent.

— Eh bien, ça a l'air passionnant. Tu crois qu'elle prépare un mauvais coup, ma belle ?

Elle baisse les yeux vers Stevie.

— Quel adorable chien !

— Honnêtement, je ne sais pas ce qu'elle fabrique.

Je lui lance un sourire.

— Je dois la garder à l'œil. Désolée de vous avoir presque renversée.

Je commence à m'éloigner quand je sens une main sèche sur mon avant-bras.

— Tu as besoin d'un acolyte ? me demande-t-elle. Je pourrais être ton Robin pour ton Batman, ou... quels autres acolytes y a-t-il, ma belle ? Oh. Il ne m'en vient aucun à l'esprit.

Je la dévisage, surprise.

— Vous voulez être mon acolyte ?

Elle hoche la tête, la peau lâche de sa mâchoire se balançant d'un côté à l'autre à chaque mouvement.

— Pourquoi pas ? Tout ce que j'ai de prévu pour ma journée, c'est de ramener un dîner pour une personne et de regarder *Coronation Street* à la télé, ce qui est très bien, mais c'est ce que je fais tous les jours.

Sérieusement ?

— Je ne voudrais pas vous priver de ça.

Je penche la tête vers l'entrée et guette la réapparition de Scarlett. Aucun signe.

— Bucky ! s'exclame la femme avec un air de satisfaction.

Je cligne des yeux, perplexe.

— Pardon ?

— Bucky est un autre acolyte. C'est l'acolyte de Captain America.

On en est revenus aux acolytes ? Des acolytes qui me rappellent George Honeydew, en plus.

— C'est vrai.

Elle fronce ses fins sourcils gris.

— Mais bon, les choses ne se sont pas si bien terminées pour Bucky, n'est-ce pas ? Entre le fait qu'il est devenu méchant, sa mort et tout le tralala. Alors peut-être pas Bucky.

Je lui adresse un faible sourire, me demandant pourquoi cette femme, aussi gentille qu'elle paraisse, me parle encore.

— Écoutez, avec tout le respect que je vous dois...

— J'étais détective à la Metropolitan Police, vous savez, dit-elle avec une fierté évidente. J'ai résolu plus d'une affaire à mon époque, oui. J'ai reçu des récompenses et tout le bazar pour mes efforts.

Je la parcours des yeux. Elle porte une robe à fleurs beige avec un cardigan marron, des collants couleur chair épais et des chaussures plates à lacets de vieille dame, pratiques. Ce qui est logique, vu qu'elle doit avoir au moins l'âge de ma grand-mère. J'ai du mal à concilier la femme que j'ai devant moi avec une détective de la police qui a « résolu plus d'une affaire ».

— Waouh. C'est impressionnant. Bien joué, je réponds, parce qu'il n'y a rien d'autre à dire.

— Alors, je peux t'aider, ma belle ?

Je jette un coup d'œil le long du trottoir. Aucune trace de Scarlett. Est-elle toujours dans le magasin ? Où va-t-elle ? Qu'est-ce qu'elle fabrique ?

Je me tourne vers la femme.

— Écoutez, je dois y aller pour la trouver.

Son visage ridé s'illumine d'un large sourire.

— Très bien, alors. Allons-y. Je m'appelle Mavis, au fait. Mavis Cooper.

Je tends la main et nous nous la serrons.

— Ravie de vous rencontrer, Mavis.

— Oh, appelle-moi Mavis, ma belle.

— D'accord. Moi, c'est Zara. On y va ? Je détesterais la perdre.

Elle agite la main comme pour me chasser.

— Vas-y, alors.

Ensemble, nous sortons de l'entrée du magasin et nous

nous engageons sur le trottoir, en direction de la boutique de maquillage. Enfin, quand je dis « ensemble », ce que je veux dire, c'est que nous faisons toutes les deux la même chose, sauf que l'une d'entre nous le fait considérablement plus vite que l'autre.

Pas besoin d'être un génie pour deviner qui.

À mi-chemin de la boutique de maquillage, je jette un regard par-dessus mon épaule vers Mavis. Elle se dandine sur le trottoir avec un air déterminé sur le visage, les narines dilatées par l'effort.

Comment est-ce que je me suis retrouvée dans cette situation, au juste ?

— Je vais prendre de l'avance pour vérifier, lui dis-je en accélérant le pas.

— Ne te fais pas repérer, ma belle, crie-t-elle.

J'atteins l'entrée de la boutique de maquillage et jette un coup d'œil à l'intérieur du magasin blanc et brillant, avec ses rangées et ses rangées de maquillage. Je le balaie du regard, mais elle n'est nulle part en vue.

Une Mavis haletante arrive à mes côtés.

— Un signe ? demande-t-elle entre deux respirations.

— Je ne la vois pas, mais il y a tellement de rayons dans le magasin qu'elle pourrait se cacher derrière n'importe lequel.

— Fais-moi son signalement.

— Pourquoi ?

— Parce que je peux entrer et jeter un coup d'œil, non ? Elle ne sait pas à quoi je ressemble.

Mes lèvres s'étirent en un sourire.

— Bien pensé, Mavis. Elle a à peu près ma corpulence et fait deux ou trois centimètres de moins, avec des cheveux blonds qui lui arrivent là, et elle porte une robe sans manches orange vif qui lui arrive aux genoux.

— On dirait une poupée Barbie.

— Eh bien, je suppose, mais elle a un cou de longueur normale.

— Pour moi, ça ressemble à une poupée Barbie, ma belle. Toi, reste ici avec ton petit toutou. Je reviens dans un instant.

Lentement, comme si elle était l'une des élèves les plus lentes de l'école des paresseux, Mavis me dépasse et entre dans la boutique. Après quelques pas d'une lenteur exaspérante, elle s'arrête et se retourne vers moi. — Est-ce que je l'arrête ?

Je ne suis pas sûre que Mavis pourrait arrêter une tortue, ni même une autre élève de l'école des paresseux, d'ailleurs. — Contentons-nous de la surveiller pour l'instant.

— T'es sûre, ma belle ? J'ai arrêté quelques gros costauds à mon époque, tu sais. On m'appelait Mavis les Muscles au commissariat.

Je pince les lèvres pour réprimer un fou rire. — Absolument sûre.

— Très bien, alors.

Mavis les Muscles entre d'un pas grinçant et chancelant dans la boutique vivement éclairée, et je m'adosse au mur en jetant un coup d'œil à Stevie, qui est occupée à renifler le sol.

— Qu'est-ce que Scarlett fabrique, Stevie ? je dis, et elle penche la tête d'un air interrogateur. — Tu aimerais bien le savoir aussi, pas vrai ?

Je jette un autre regard furtif à l'intérieur de la boutique. Pas de trace de Scarlett ni de Mavis, d'ailleurs. Je reporte mon attention sur la rue et j'attends, en tapotant ma cuisse de la main.

C'est à ce moment-là que je l'entends : une voix forte, perçante et autoritaire, qui couvre la musique de fond de la boutique. — Mais qu'est-ce que vous faites ? Lâchez-moi tout de suite !

Scarlett.

Je me retourne pour la voir arriver vers moi en se débattant, les mains maintenues dans le dos par nulle autre que Mavis les Muscles. Ma mâchoire s'en décroche. Mais qu'est-ce que… ?

— Du calme, ma jolie, dit Mavis de sa voix bourrue. — J'ai quelqu'un qui veut vous dire deux mots.

Les yeux de Scarlett se posent sur moi et la compréhension se lit sur son visage. — C'est toi qui as envoyé cette *personne* me chercher, Zara ? demande-t-elle alors qu'elles s'arrêtent devant moi. — C'est quoi, ce délire ?

En ce moment, je n'en sais pas plus qu'elle.

— Voulez-vous me lâcher ? dit-elle à Mavis. — Vous êtes vraiment étonnamment forte pour une vieille femme.

— Je ne vous lâche pas tant que Zara ne vous aura pas posé quelques questions, ma petite, dit Mavis en parlant délibérément lentement, sur un ton vaguement menaçant.

— Quoi ? Pourquoi ? demande Scarlett.

— Mavis, c'est bon. Tu peux la lâcher, je lui dis.

— Mon expérience m'a appris qu'on obtient souvent de meilleurs résultats avec ce genre de personnes si elles sont sous pression, si tu vois ce que je veux dire, répond Mavis.

— Ce genre de personnes ? Je trouve ça insultant. Je ne suis pas une criminelle de droit commun, renifle Scarlett.

— Ça va aller, Mavis. S'il te plaît, lâche-la.

Mavis obéit, et Scarlett inspire bruyamment en se frottant les poignets. — Mais qu'est-ce qui se passe à la fin ? Pourquoi tu m'as envoyé cette vieille folle ?

— Je ne suis pas folle, merci bien, réplique Mavis avec hauteur. Je suis retraitée.

— Scarlett, ne bouge pas, je lui dis. Mavis, merci beaucoup pour ton aide. Je crois que Scarlett et moi avons besoin d'une petite discussion maintenant. Mais j'apprécie vraiment ton aide.

— Tu as donné une raison de vivre à cette vieille poule aujourd'hui. Merci, ma belle, dit-elle en me serrant les mains.

Je lui souris. Mavis les Muscles est un véritable amour. — Passe à ma boutique de design quand tu veux. C'est ScarZar, plus bas dans la rue, dans les mews.

— Oh, je vois de quel endroit tu parles. Avec le joli canapé vert dans la vitrine.

— C'est ça.

— Très bien, ma belle. Prends bien soin de toi. Elle jette un regard à Scarlett puis ajoute : — Et assure-toi d'obtenir des réponses de sa part.

—J'y compte bien.

Elle lance un dernier regard noir à Scarlett avant de me dire : — À la prochaine, ma belle, et de s'éloigner lentement dans la rue, en se dandinant.

— Zara, je n'arrive pas à croire que tu m'aies fait ça, souffle Scarlett. J'ai été humiliée.

— Je suis vraiment désolée. Je pense qu'on devrait parler. Pas toi ?

Elle lève les yeux vers moi à travers ses cils, l'air penaude. — D'accord.

Cinq minutes plus tard, nous sommes assises à une petite table chez Starbucks, deux tasses de café fumantes devant nous, et Stevie assise sur mes genoux, inspectant le café du regard.

— Bon, accouche. Pourquoi étais-tu chez Karina aujourd'hui en train de serrer la main à l'une de leurs décoratrices ? je demande.

—Je jetais un œil à la concurrence, bien sûr.

Je lui lance un regard qui lui fait très clairement comprendre que je ne la crois pas.

Elle lève les mains en l'air. — D'accord. Je vais tout te dire. Écoute, on sait toutes les deux que ScarZar, c'est fini. On ne peut pas affronter les gros bonnets et gagner, Zara. Tu le sais aussi bien que moi.

— Alors, tu baisses les bras, c'est ça ? je demande, consternée.

— Non. Je ne baisse pas les bras.

Le soulagement m'envahit.

— Oh, Dieu merci. Je croyais que tu nous laissais tomber. Tu n'imagines pas le bien que ça me fait d'entendre ça.

Elle fait une grimace qui durcit ses traits.

— Ce que je veux dire, c'est que je n'abandonne pas ma carrière de décoratrice d'intérieur, mais que j'emporte mes talents ailleurs.

Je fronce les sourcils.

— Qu'est-ce que tu veux dire ?

— Zara, ouvre un peu les yeux, ma grande. ScarZar a du plomb dans l'aile. Personne ne veut travailler avec nous, nous sommes en pleine hémorragie financière et, bientôt, nous serons toutes les deux si endettées que même ta riche famille ne pourra pas nous renflouer.

Je mets les poings sur les hanches.

— Pour la millionième fois, ils ne sont pas riches.

— À d'autres, tu veux ? Ton frère s'est fait passer pour M. Darcy dans cette émission de téléréalité et c'est un punaise de *lord*.

— Ça ne veut pas dire que ma famille a de l'argent, et encore moins qu'elle va nous en donner.

— C'est pourquoi je n'ai pas d'autre choix que de partir.

— Tu quittes ScarZar ? Ma voix n'est presque qu'un murmure.

— Je commence chez Karina lundi. Ils m'adorent. Ils me donneront les clients que je mérite.

— Tu vas travailler pour l'ennemi ?

Tout s'éclaire. Ses absences récentes de la boutique, ses nouveaux vêtements chics, le fait que je l'aie vue serrer la main de la décoratrice de Karina. Surtout ce dernier point.

— Oh, ne joue pas la surprise. L'une de nous deux devait bien le faire à un moment ou à un autre. Je t'ai juste devancée, c'est tout.

— Jamais je n'irais chez la concurrence !

— Vraiment ? demande-t-elle avec un air suffisant. Écoute, mettons-nous d'accord pour fermer la boutique et dissoudre ScarZar. On règlera les détails plus tard. Elle passe la lanière de son sac à main sur son épaule et attrape sa tasse de café sur la table devant elle.

— Mais qu'en est-il de nos clients actuels ?

— Ma chérie, on n'en a qu'une poignée, et ils trépignent tous d'impatience de me suivre chez Karina.

J'avale ma salive.

— Tu emmènes nos clients ?

— Bien sûr. Ce sont surtout les miens, de toute façon. Tu as été trop occupée à travailler sur la maison de ton copain, Asher, pour te donner la peine de trouver de *vrais* clients. Elle se penche vers moi et ajoute : — Tu te rends compte que tu n'es qu'un cas de charité pour lui, n'est-ce pas ? Il est gentil avec toi uniquement parce qu'il a pitié de toi. Tu peux décorer sa maison aussi longtemps que tu veux et en faire ton stupide plan de secours, mais il ne tombera jamais amoureux de toi. Les hommes comme lui choisissent des femmes comme moi.

Je reste bouche bée, en état de choc total. Il y a tant de choses à décortiquer dans son petit discours que tout ce que j'arrive à faire, c'est la regarder, abasourdie, l'esprit tourbillonnant de pensées.

Je pense aux sentiments que j'éprouve pour Asher dernièrement, à ma découverte sur son passé, au moment que nous avons partagé après le match de baseball l'autre soir, quand j'ai cru qu'il allait m'embrasser.

Elle se lève.

— Tu peux garder l'entreprise si tu veux. Ce qu'il en reste, en tout cas, ce qui n'est pas grand-chose. Elle ricane, le visage déformé par un sourire méchant. — Bonne chance !

Puis elle tourne les talons, et je reste là, bouche bée, tandis qu'elle valse hors du café.

Chapitre 18

CHER PAPA,

Je sais à peine comment t'écrire ça. Scarlett est partie. Partie pour de bon, elle ne reviendra jamais. Elle est allée chez la concurrence qui étrangle notre entreprise depuis des mois, et elle emmène ses clients avec elle. J'ai l'impression d'être une ratée.

Qu'est-ce que je vais faire ?

Tu me manques. Je t'aime.

Ta Za-Za xoxo

. . .

JE PASSE le reste de la journée dans un état de choc total. Bien sûr, je m'occupe des clients, je commande du stock, et je prends même rendez-vous avec un nouveau client potentiel pour la semaine prochaine. Mais pendant tout ce temps, je suis aux prises avec des questions.

Comment Scarlett a-t-elle pu faire ça ?

Comment a-t-elle pu tout planter là ?

Ne me devait-elle pas au moins une once de loyauté ?

Et, plus important que tout, qu'est-ce que je vais bien pouvoir faire, maintenant ?

À l'heure de la fermeture, le cœur aussi lourd qu'un haltère, je ferme la boutique vide plus tôt, et Stevie et moi entamons notre trajet quotidien pour rentrer à mon appartement. Mais, comme si un pilote automatique avec d'autres projets en tête avait pris le contrôle, je me retrouve non pas à Fulham, mais à Covent Garden, dans la rue où se trouve le cabinet d'avocats d'Asher.

Bon, d'accord, ma décision de venir ici plutôt que de rentrer chez moi n'était peut-être pas totalement dépourvue de préméditation, mais je ne vais pas m'attarder là-dessus.

Je suis là, et Asher est la seule personne que j'ai envie de voir en ce moment.

Je suis sur le trottoir et je lève les yeux vers la haute architecture classique de son immeuble, avec ses colonnes en plâtre et ses grandes fenêtres. Je prends Stevie dans mes bras et la glisse dans mon sac à main démesuré. — Sois sage et reste bien silencieuse pour qu'on puisse entrer dans le bureau de tonton Asher sans que personne ne te voie, d'accord ? Je ne suis pas sûre qu'ils acceptent les chiens comme ils le devraient ici.

Elle me regarde comme si je venais de lui dire quelque chose en swahili, mais reste assez silencieuse pendant que je passe la sécurité et que je prends le vieil ascenseur à cage jusqu'au cinquième étage.

Je lis une nouvelle plaque en verre sur la porte en entrant dans la réception. *Grover, Thompson et McMillan.* Asher a été promu associé il n'y a pas si longtemps et je parie qu'il adore voir son nom sur cette plaque chaque jour.

Je m'approche du bureau de la réception où une jeune femme d'une vingtaine d'années, les cheveux attachés en un chignon si serré qu'il semble maintenir tout son visage en place, lève les yeux vers moi et me dit d'une voix sirupeuse : — En quoi puis-je vous aider cet après-midi ?

— J'aimerais voir Asher McMillan. Je suis Zara Huntington-Ross. Stevie s'agite dans mon sac et je presse mon bras contre lui. Je lance un sourire à la réceptionniste comme si je n'étais pas en train de faire entrer un chiot en douce dans le bureau.

Elle jette un coup d'œil à mon sac à main. — Monsieur McMillan vous attend ? demande-t-elle, mais mon attention est détournée par Asher qui entre à grandes enjambées dans la pièce.

Sa vue me donne des papillons dans le ventre.

—Je prends le relais. Merci, Lola, dit-il.

— Salut, je murmure, l'émotion contenue que j'avais gardée à distance menaçant de faire céder ses digues et de se déverser.

Son visage se plisse d'inquiétude. — Viens avec moi, dit-il. Il me fait quitter la réception, passer des portes doubles en verre opaque et me conduit dans le couloir jusqu'à son bureau. Fermant la porte derrière nous, il se tourne et demande : — Qu'est-ce qui ne va pas ?

J'aimerais dire que j'ai fait bonne figure. Que j'ai gardé mon sang-froid pour lui dire ce que Scarlett a fait et lui demander ses sages conseils.

Ce n'est pas le cas. Loin de là, en fait. En deux secondes chrono, j'éclate en sanglots bruyants, laids et convulsifs, tout mon corps secoué par le chagrin.

En deux petites enjambées, Asher traverse la pièce et me prend dans ses bras. Il me serre contre lui et j'enfouis mon visage dans sa poitrine chaude et ferme, humant son odeur rassurante d'Asher, réconfortée par ses bras puissants qui m'entourent. Je me sens réconfortée, protégée, en sécurité.

— Zee, qu'est-ce qui se passe ? demande-t-il doucement dans mes cheveux.

Une fois que je me sens capable de parler, je recule et lève les yeux vers lui, mes bras toujours autour de sa taille. — Désolée, je murmure.

— Tu veux un Kleenex ? Parce que... *beurk*. Il fait une grimace.

Je laisse échapper un rire étranglé. — Oui, s'il te plaît.

Il se dirige vers le rebord de sa fenêtre et prend quelques mouchoirs dans une boîte. Stevie manifeste sa présence en se tortillant dans mon sac, alors je la pose par terre et elle se met immédiatement à courir dans la pièce pour explorer ce nouvel endroit passionnant.

— Salut, toi, lui dit Asher en réussissant à caresser son petit corps avant qu'elle ne s'éloigne en courant. — Il vaut mieux ne dire à personne que tu es là, Stevie. Revenant à mes côtés, il me tend les mouchoirs et je m'essuie les yeux avant de me moucher bruyamment.

— Désolée de l'avoir amenée ici.

— Ce n'est pas grave.

Mon regard tombe sur sa chemise bleu clair où une tache humide maculée de mascara s'est étalée. — J'ai bousillé ta chemise. Je suis vraiment désolée.

— Ne t'en fais pas pour ça. J'en ai une de rechange. Il

hoche la tête en direction d'une armoire ouverte contre le mur, où sont alignées une dizaine de chemises.

— Une fille de rechange et tout un tas de chemises de rechange. J'essaie de sourire.

— Qu'est-ce qui se passe, Zee ? me demande-t-il d'une voix tendre qui me met de nouveau les larmes aux yeux.

— Scarlett.

Ses traits se durcissent. — Qu'est-ce qu'elle a fait ?

— Elle est partie. Elle est allée chez la concurrence, et elle a emmené ses clients avec elle.

Sa mâchoire se crispe. — Elle a fait quoi ? articule-t-il difficilement.

— Je l'ai surprise chez Karina aujourd'hui et on l'a suivie, et Mavis Muscles l'a interpellée sans que je lui demande de le faire, mais c'était une bonne chose qu'elle le fasse parce que j'ai fini par la confronter, et à la fin, elle a tout avoué.

Il hausse un sourcil. — Mavis Muscles ?

— C'est une longue histoire.

— Je suis vraiment désolé, Zee. Vraiment. Tu mérites tellement mieux que ça.

Je renifle. — Merci.

— J'aimerais pouvoir dire que je suis surpris, mais ce n'est pas le cas.

— Pourquoi ? je demande.

— Scarlett n'a jamais pensé qu'à elle-même. C'était évident pour moi depuis le début. Je ne l'ai jamais vraiment aimée.

— Je ne le savais pas.

— Je n'allais rien dire à ce sujet. C'était ton associée, alors je me suis dit que c'était ton choix, pas le mien. Je suis juste désolé qu'elle t'ait fait ça.

Je pousse un soupir et mes épaules s'affaissent. — Je suis tellement stupide, Ash. Vraiment, vraiment stupide.

— Non, pas du tout. D'accord, tu as fait confiance à quelqu'un qui ne méritait pas ta confiance, mais tu es loin d'être stupide.

Je secoue la tête, les lèvres pincées, alors que mon apitoiement enfle jusqu'à atteindre la taille d'un éléphant. — Non, je suis stupide. Stupide avec un grand S. Tu sais ce que je suis ? Je suis une fille dont l'entreprise est en train de couler et qui n'arrive même pas à garder son associée. Pire encore, je suis une fille qui cherche si désespérément à trouver l'amour qu'elle a un homme de rechange. Une fille qui écrit des e-mails tous les jours à son père décédé. Je me laisse glisser le long du mur jusqu'à ce que mes fesses touchent le sol froid et dur. — Je suis un cas désespéré, Asher. Même pas un joli cas désespéré. Juste un cas désespéré banal, ordinaire et stupide.

— *Moi*, je trouve que tu es un joli cas désespéré.

Je lève les yeux vers lui et je pouffe d'un rire méprisant. — Ce n'est pas le compliment que tu crois, tu sais.

Il s'appuie contre le mur et glisse le long de celui-ci jusqu'à ce que nous soyons assis côte à côte sur le sol recouvert de moquette. — Tu écris à ton père ?

Je hoche la tête, ne me sentant plus capable de parler. C'est difficile de penser à papa sans sentir un grand trou béant dans mon cœur. Lui écrire a été un moyen de combler ce vide. Maintenant que je l'ai dit à quelqu'un pour la première fois, je me sens ridicule, comme une préadolescente qui n'arrive pas à accepter que son père tant aimé soit parti pour ne jamais revenir.

Asher pose doucement sa main sur mon bras. — Je trouve ça vraiment beau que tu écrives à ton père, Zee.

Les larmes me piquent à nouveau les yeux. — Il ne répond pas beaucoup. Ou pas du tout, en fait. J'esquisse un sourire. — Ce n'est pas le meilleur des communicants.

— On ne peut pas lui en vouloir, petite femme. Il me

donne un coup de coude, et mon sourire commence à s'étirer timidement sur mon visage. — Mais tu sais quoi ? Je te parie un million de dollars qu'il veille sur sa fille, totalement fier de qui tu es et de ce que tu as accompli.

Ma gorge se serre. — Je ne sais pas. Qu'ai-je à montrer pour tout ça ? Je veux dire, je me disais que ce n'était pas si grave si je n'avais pas trouvé l'homme de ma vie parce que j'avais ma carrière. Maintenant, elle s'effondre aussi. Je n'ai rien, Asher. Un gros rien du tout.

— Tu veux savoir ce que je pense ?

— Quoi ?

— Je pense que tu es bien mieux sans Scarlett.

— Tu crois ?

— Absolument. Et tu vas te relever et recommencer. J'ai foi en toi, tout comme tu sais que ton père aurait foi en toi aussi.

La chaleur dans ma gorge se transforme en brûlure. — Il me manque.

— Je sais, et j'en suis vraiment désolé. Ça doit être si dur de perdre son père.

— Ce n'est pas une comédie musicale du West End, ça, c'est sûr.

— J'aurais aimé le connaître.

— J'aurais aimé que tu le connaisses, oui. C'était un père formidable. Bon, c'est vrai qu'il a perdu tout l'argent de ma famille au jeu, mais je sais qu'il essayait seulement de nous aider. Entretenir une demeure comme Martinston coûte une somme colossale chaque année. Il voulait seulement nous protéger tous, j'en suis certaine. J'aurais seulement aimé qu'il vive assez longtemps pour savoir que Sebastian a sauvé notre maison pour les générations à venir.

— Je suis sûr qu'il le sait.

Je lève mes yeux embués de larmes vers les siens et je

vois la gentillesse dans son regard. — J'espère. J'appuie ma tête contre le mur, réconfortée par la présence d'Asher malgré le sentiment de perte qui me serre le cœur.

— Tu sais, j'ai de l'argent de côté. Ça me ferait plaisir de t'aider avec ta boutique. Je pourrais peut-être investir ou quelque chose comme ça ?

Je renifle d'une manière si peu distinguée que Mamie en serait horrifiée. — Je ne peux pas te demander ça. Il va falloir beaucoup d'argent, et tu viens d'acheter ton appartement. Tu es probablement aussi fauché que moi.

— « Fauché », j'adore ce mot, répond-il en riant. Mais je m'en sors. Si tu veux mon aide, je suis là pour toi, Zee. Il marque une pause avant d'ajouter : — Toujours.

Je lève le regard pour croiser le sien. Il me dévisage avec une telle intensité que j'en ai le souffle coupé.

Et puis, comme ça, sans le moindre avertissement, l'atmosphère entre nous change.

C'est peut-être la chaleur dans son regard. Ou le fait qu'il propose d'investir dans mon entreprise. Ou encore simplement le fait que je suis complètement à fleur de peau, assise à côté du mec dont je crois que je suis en train de tomber amoureuse.

Amoureuse ?

Je laisse échapper un souffle saccadé, nos regards toujours accrochés l'un à l'autre. C'est de l'amour que je ressens pour cet homme à côté de moi. J'en suis sûre. Et en plongeant mon regard dans le sien, je sais à cet instant précis qu'il ressent aussi quelque chose pour moi. Quelque chose qui va au-delà de l'amitié.

J'ai besoin de savoir s'il m'aime.

Le cœur battant la chamade, la gorge sèche, j'essaie de déglutir. — Asher, je… Je quoi ? J'ai trouvé ton album de mariage et maintenant je crois que je suis en train de tomber amoureuse de toi ? Au début, je pensais que je ressentais de la pitié pour toi, mais j'ai ensuite réalisé que je voyais en toi une nouvelle profondeur dont j'ignorais l'existence, et ça m'a obsédée et a fait naître l'amour en moi ?

Je ne peux rien dire de tout ça. Ça a l'air complètement dingue.

— Quoi ? demande-t-il, la voix basse et rauque, les yeux toujours fixés sur moi avec cette intensité qui me noue l'estomac encore et encore.

— Je… C'est juste moi ? Je me mords violemment la lèvre et j'attends sa réponse, au bord de mon siège métaphorique, souhaitant, espérant qu'il me dise qu'il le ressent aussi.

Il écarte une mèche de cheveux de mon visage du bout des doigts, et la légèreté de son contact sur ma peau nue me fait frissonner. — Zara, dit-il, et il y a une telle émotion dans sa voix, un tel besoin, que je sais. Je le sais, c'est tout.

Et puis, en un instant, nous sommes enchevêtrés l'un dans l'autre et ses lèvres s'écrasent sur les miennes, aspirant l'air de mes poumons avec une telle passion que j'ai l'impression que je pourrais exploser. Il passe ses mains dans mon dos et entremêle ses doigts dans mes cheveux tandis que mes mains s'agrippent à son dos fort, chaud et musclé et que je goûte ses lèvres pour la toute première fois.

On s'embrasse comme si on pouvait se dévorer l'un l'autre, ici même, sur le sol du bureau d'Asher.

Et vous savez quoi ? C'est absolument génial.

Après m'avoir envoyée au septième ciel, il me ramène sur Terre en s'écartant de moi et en pressant son front contre le mien. — Oh, souffle-t-il contre ma bouche, ses doigts jouant avec mes cheveux, mon cœur sur le point de sortir de ma poitrine. Il effleure mes lèvres doucement, d'une manière si aguicheuse, une fois de plus, envoyant une vague d'électricité à travers moi.

Cet homme sait vraiment y faire avec les lèvres d'une femme.

— Tu sais depuis combien de temps je veux t'embrasser ? demande-t-il.

C'est à ce moment que Stevie décide de gâcher la fête, en sautant sur mes genoux et en essayant de grimper pour nous lécher le visage.

Je ris en lui caressant le dos. — C'est depuis que le Padre à la moustache impressionnante a envoyé la balle dans la foule, l'autre soir ? je hasarde avec un sourire.

— Ouais, tu as raison. Je le voulais à ce moment-là, mais je ne pensais pas que toi, tu le voulais.

— Oh si, je le voulais.

Son visage se fend d'un sourire. — Une occasion manquée ?

— Carrément.

— Mais tu sais, j'ai envie de t'embrasser depuis un peu plus longtemps que ça.

— Ah oui ? Mais... tu n'as jamais rien dit.

— Qu'est-ce que j'allais dire ? Hé, ma belle, je sais qu'on est amis et tout, et qu'on sort avec d'autres gens, mais qu'est-ce que tu en dis ?

— Tu aurais pu.

— Je n'ai jamais senti cette vibration de ta part. Pas avant l'autre soir, et même là, je n'étais pas sûr. Je ne voulais pas risquer notre amitié. Elle compte trop pour moi.

— C'est pour ça que tu t'es éloigné de moi après le match des Padres.

— Tu es une femme incroyable. Un homme se doit de protéger son cœur, tu sais.

La photographie de lui avec son ex-femme défile devant mes yeux.

Je baisse les yeux et observe Stevie qui se frotte la tête

contre ma cuisse. — Mes sentiments pour toi m'ont prise au dépourvu, ces derniers temps.

Il place délicatement son doigt sous mon menton, me relève la tête et effleure mes lèvres d'un autre baiser incroyable qui me fait tourner la tête. — Eh bien, je suis content que tu en sois arrivée là.

— Moi aussi. Je lui souris timidement, et il me répond par un large sourire, tous les deux absorbés par ce quelque chose de nouveau et d'excitant entre nous.

— Je suis tellement amoureux de toi, me murmure-t-il à l'oreille, ce qui me serre le cœur.

Je fais glisser mes doigts le long de sa nuque pour les passer dans ses cheveux. Tout en plongeant mon regard dans le sien, je réponds : — Moi aussi, je t'aime.

Nous nous adressons de larges sourires comme deux adolescents transis d'amour, à la différence que nous sommes des trentenaires épris l'un de l'autre, et que nous en sommes arrivés là grâce à une amitié forte et durable.

— Alors ? Ça fait combien de temps que tu m'aimes ? je demande avec un sourire gêné, parce que c'est à Asher que je parle. Asher qui m'aime. Asher, l'homme que j'embrasse sur le sol de son bureau.

— Laisse-moi voir. Ça doit faire environ deux ans et quelques mois, à peu de chose près.

— Mais ça ne fait que deux ans et quelques mois qu'on se connaît.

— Exactement.

La réalité de ce qu'il vient de dire s'insinue en moi. — Oh.

— Le truc, c'est que je n'allais pas bien quand je t'ai rencontrée. Je traversais une période difficile, et j'avais besoin de me vider la tête avant de commencer quoi que ce soit de nouveau. Et je savais que tu étais différente. Tu n'étais pas une fille avec qui sortir sans attaches. Tu étais spéciale, et avec toi, je voulais des attaches. Toute une pelote. Mais je me suis retenu et nous sommes devenus potes. J'imagine que tu m'as complètement mis dans la *friend zone.*

— Je ne m'en doutais absolument pas. Je pensais qu'on était seulement de bons amis.

— Et il y a longtemps, j'ai décidé de m'en contenter. Mais maintenant ? Il prend ma main dans la sienne et entrelace ses doigts avec les miens. — Maintenant, les choses sont exactement comme je veux qu'elles soient.

Je glousse. — Par « les choses », tu veux dire moi ?

— Jamais je ne te réduirais à un objet de la sorte, renifle-t-il avec un faux sérieux, et un autre gloussement m'échappe.

— Embrasse-moi encore, je dis, et tandis que je passe mes mains autour de son cou et que je le tire vers moi, c'est exactement ce qu'il fait.

Chapitre 19

CHER PAPA,

Par où commencer ? Tu te souviens quand je t'ai parlé de Scar-lett ? Eh bien, la pire journée de ma vie s'est transformée en la plus belle qui soit. Asher m'a avoué qu'il avait un faible pour moi depuis longtemps. Un faible du genre amoureux. Amoureux ! Depuis notre rencontre, en fait. Oui, je sais que c'est compliqué en ce moment, parce qu'il a été marié et qu'il a beaucoup souffert, et il ne sait pas que je suis au courant, mais pour nous, ce ne sont que des détails. Il est incroyable, Papa, et je suis tellement amoureuse de lui. Et tu sais quoi ? Je n'ai même pas peur, parce que ce garçon est mon meilleur ami.

Tu vas le trouver exceptionnel, tout comme moi. J'en suis certaine.
Tu me manques. Je t'aime.
Ta Za-Za, bisous.

JE DANSE SUR UN NUAGE. Je danse ! Bien sûr, c'est peut-être une impossibilité scientifique, à moins d'être en apesanteur, et on ne peut pas dire que ça coure les rues dans le sud-ouest de Londres, mais c'est pourtant ce que je fais. Danser, tournoyer, rire, chanter. Tout ça, sur mon petit nuage.

Asher m'aime, et je l'aime. Et on s'est embrassés. Oh, mon Dieu, et comment on s'est embrassés ! On s'est encore embrassés par terre après s'être avoué nos sentiments. On s'est embrassés en descendant l'escalator vers la station de métro, avec Stevie dans mon sac à main, on s'est embrassés sur le trottoir quand il m'a raccompagnée à mon appartement et m'a dit bonsoir, pendant que Stevie enroulait sa laisse autour de nos jambes.

Et maintenant, quelques jours ont passé et rien ne peut entamer mon euphorie absolue. Pas même Scarlett qui m'a lâchée pour le concours.

— Raconte-nous *tout*, dit Kennedy en posant les mains sur la table. Nous sommes toutes les quatre assises dans un café près de l'appartement que je partage avec Lottie à Fulham, et je viens d'annoncer la nouvelle, à propos d'Asher et moi, à Tabitha et Kennedy. En tant que ma colocataire, Lottie s'était doutée que quelque chose clochait avec moi dès l'instant où j'ai passé la porte après avoir dit au revoir à Asher ce jour-là. Ne serait-ce que parce que mon rouge à lèvres était étalé sur tout mon visage. Un signe révélateur d'une séance de roulage de pelles en règle.

— Oh, c'était incroyable, je réponds avec un soupir.

— Comment ça s'est passé ? C'est lui qui t'a embrassée ou c'est toi ? demande Kennedy.

— Et où ? ajoute Tabitha.

— Sur les lèvres, idiote, répond Lottie avec un grand sourire.

Tabitha lève les yeux au ciel. — Bien sûr que je ne demandais pas où sur Zara, je voulais savoir où le baiser a eu lieu.

— Je réponds à quelle question en premier ? je réplique, me sentant complètement euphorique, ce qui est mon état permanent depuis soixante-trois heures, depuis qu'Asher et moi nous sommes dit au revoir. On n'arrête pas de s'envoyer des messages depuis. Des choses mignonnes, des choses sexy, des choses drôles, des choses profondes. Des mots d'amour.

Comme je l'ai dit, je suis sur mon petit nuage.

— OK. Je vais commencer par le début et tout vous raconter. Voilà comment ça s'est passé. J'étais vraiment bouleversée à propos de Scarlett et je…

Tabitha lève la main en signe de stop. — Ne prononce pas ce nom.

— Je n'arrive toujours pas à croire ce qu'elle a fait, dit Kennedy en secouant la tête. — Quelle traîtresse.

— J'utiliserais un langage considérablement plus fleuri pour décrire cette personne si c'était moi, renifle Tabitha, et Lottie acquiesce en prenant une gorgée de son café.

— Bref, je dis pour ramener mes amies sur le droit chemin, celui d'Asher et moi. Waouh, *Asher et moi*. Je ne m'y suis toujours pas habituée. — Comme je le disais, j'étais bouleversée à propos de vous-savez-qui, et Asher me réconfortait et me disait des choses merveilleuses et, eh bien, c'est juste arrivé. Je ne sais pas qui a embrassé qui. Je suppose qu'on s'est embrassés mutuellement. Oh, et c'est arrivé par terre, dans son bureau. Voilà pour la dernière question.

— Par terre ? s'interroge Tabitha.

— Ouaip.

— Et alors ? enchaîne Lottie. — Raconte-leur le reste, Zee.

Le bonheur bouillonne en moi alors que mes trois amies tournent leur attention vers moi, attendant ma réponse. — Eh bien, je commence, tandis qu'un sourire s'étire sur mon visage, — il m'a dit qu'il m'aime.

— Quoi ? piaille Tabitha, alors que Kennedy tape dans ses mains et me sourit de toutes ses dents.

— Oh, Zee. C'est incroyable. Tu l'aimes aussi ? demande Kennedy.

Avant que j'aie eu le temps de répondre, Lottie intervient : — Oui. Elle le lui a dit. Ils sont amoureux !

— Sérieux ? demande Kennedy, les yeux écarquillés.

— Sérieux, je confirme, alors que mon ventre fait des saltos à l'idée d'aimer Asher.

Lottie pose une main sur sa poitrine. — Asher a ravi ton cœur, Zee. Oh, c'est tellement romantique. Une amitié sincère qui a fleuri en histoire d'amour. La perfection.

Un immense sourire envahit mon visage, et je sens mes joues s'échauffer parce que c'est vrai. Asher a ravi mon cœur. Je joue avec l'anse de ma tasse de café, en espérant que mes amies ne remarqueront pas que je rougis.

Elles le remarquent.

— Regardez, notre copine rougit, me taquine Kennedy, ce qui ne fait qu'intensifier la chaleur sur mes joues. Oh, je suis si contente pour toi. Et jalouse. Carrément jalouse.

— Ouais. Jalouse, c'est le mot, approuve Lottie en hochant tristement la tête.

— Vous savez ce que ça veut dire, les filles ? Zara va

venir à ma fête pour mes trente ans le mois prochain avec un *cavalier*, et nous trois, on sera les pauvres filles sans cavalier, dit Kennedy. Encore une fois.

— Ouais, merci beaucoup, bougonne Tabitha.

— Ça ne se passera pas comme ça, j'insiste. Ça reste Asher et ça reste moi.

Tabitha plante son regard dans le mien. — Ma belle, il ne va pas rouler des pelles à l'une d'entre nous dans un coin en pensant que personne ne regarde.

Je pouffe de rire et mon rire se termine en reniflement. — Ce serait un peu rédhibitoire pour moi.

— Bon, les filles. Établissons une règle, commence Lottie. Tu peux sortir avec lui, Zee, mais tu n'as pas le droit de l'étaler devant tes copines célibataires.

Les deux autres sont d'accord.

— C'est juste.

— Ouais. D'accord.

Mes trois amies se tournent vers moi.

— Promis, je ne le ferai pas, dis-je avec un grand sourire, mais vous n'imaginez pas à quel point je suis heureuse d'être celle qui doit faire cette promesse.

— Tu sais, ça ne me surprend pas du tout, annonce Tabitha. J'ai vu la façon dont il te regardait au fil des ans.

— Ah oui ? je demande.

— Oh, que oui. Moi aussi. Vous avez toujours été les Ross et Rachel de notre groupe d'amis, dit Kennedy. Vont-ils finir ensemble ? Ne finiront-ils pas ensemble ? Avaient-ils rompu ? D'accord, ce dernier point n'est pas pertinent pour le moment.

— Je crois que ça me plaît d'être les Ross et Rachel. Ils finissent ensemble.

— Ils ont un *bébé* ensemble, dit Lottie en me lançant un regard lourd de sens.

Je lève un doigt en signe d'avertissement. — Ne nous

emballons pas. Une chose à la fois. Je commence par sortir avec le garçon.

Lottie remue les sourcils. — Une étape sexy et pleine de baisers à la fois, tu veux dire.

Mon ventre fait un bond périlleux. Une étape sexy et pleine de baisers à la fois, en effet.

— Et l'ex-femme d'Asher ? demande Tabitha, et sur ces mots, une épingle acérée vient percer le ballon de mon bonheur. Tu en as parlé avec lui ?

— Oh, on n'en a pas parlé, dis-je aussi nonchalamment que possible.

Lottie fait claquer sa langue.

— Il faut que tu lui en parles, Zee, me prévient Kennedy.

Tabitha se contente de me regarder, les lèvres pincées, en remuant son café avec une cuillère.

— Quoi ? Je lui dirai que je sais pour elle, et nous pourrons avoir une conversation franche et ouverte à ce sujet. Ce ne sera pas un problème.

Mes amies échangent un regard avant que Lottie ne se penche en arrière sur son siège et ne dise : — D'accord, si tu en es sûre.

— J'en suis sûre, je réponds avec beaucoup plus d'assurance que je n'en ressens.

À vrai dire, je ne sais pas comment aborder le sujet. Comment dire à son meilleur ami, qui vient à peine d'admettre qu'il vous aime, que vous connaissez le passé qu'il cache depuis plus de deux ans ?

Pas facilement, c'est certain.

— Et s'il panique en apprenant que tu sais déjà ? Ça pourrait faire des dégâts, me met en garde Tabitha, redevenant complètement pessimiste.

— Je sais, d'accord ? je lance, l'anxiété jaillissant dans

tous les sens dans ma tête. Je m'en occuperai. On peut passer à autre chose, s'il vous plaît ?

— *Moi*, je veux savoir ce qu'on va faire pour Scarlett. On doit toutes se serrer les coudes autour de Zara et l'aider maintenant que la traîtresse a déserté notre amie, dit Lottie, et je lui lance un regard reconnaissant.

— Je peux insister davantage pour quelque chose au magazine, propose Kennedy.

Tabitha enchaîne :

— Et je peux dire à mes parents, qui ont plus d'argent que de bon sens, qu'ils ont besoin de redécorer leurs châteaux.

— Tes parents ont des châteaux ? s'esclaffe Kennedy.

— Seulement certains d'entre eux, répond Tabitha.

Kennedy cligne des yeux, incrédule.

— La famille de Zara fait partie de l'aristocratie et ta famille a des châteaux. Suis-je la seule personne normale ici ?

Lottie lève la main.

— Moi. Je suis totalement normale. Enfin, à part avoir une famille de fous et une mère exigeante et perpétuellement déçue, quoi.

— Pas de titres aristocratiques ? Pas de châteaux ? demande Kennedy, et Lottie secoue la tête.

— Non. Je suis Norma Normale. Lottie pointe ses pouces vers sa poitrine.

— Vous êtes toutes si adorables, les filles, je roucoule. Avec vos propositions et celle d'Asher, je me sens vraiment aimée.

— Qu'est-ce qu'Asher t'a proposé ? demande Tabitha.

— Il a proposé d'investir dans ma boutique, vous arrivez à y croire ? je lance.

— Oh, c'est le grand amour, déclare Lottie, et les deux autres acquiescent de la tête.

Je leur lance un sourire radieux, le cœur complètement comblé. C'est de l'amour et, en ce moment, je suis la fille la plus chanceuse du sud-ouest de Londres.

268

Chapitre 20

CE SOIR-LÀ, je suis en train de remonter la fermeture éclair de mes bottines à talons quand mon téléphone sonne sur mon lit. Je lis l'écran et mon cœur se serre en voyant que c'est un autre message d'Asher.

Viens me retrouver en bas quand tu seras prête. Bisous.

J'ai des papillons dans le ventre. Je tape une réponse rapide.

J'arrive. Bisous.

Nous signons nos messages avec des bisous depuis le jour passé à son bureau plus tôt dans la semaine, et je suis encore en train de m'y habituer. Ce qui ne veut pas dire que ça ne me plaît pas, parce que, oh mon Dieu, j'*adore* ça. Comme Asher était en déplacement professionnel ces derniers jours, nous n'avons pas pu nous voir depuis, alors ce soir, c'est notre premier vrai rendez-vous, et je suis plus qu'excitée.

J'enfile mon perfecto en cuir noir et je vérifie une dernière fois mon apparence dans le miroir. Ma jolie robe à fleurs s'arrête à quelques centimètres au-dessus du genou et j'ai coiffé mes longs cheveux bruns pour qu'ils tombent en boucles souples sur mes épaules.

Je suis prête pour mon premier rendez-vous avec Asher.

Je caresse Stevie qui dort dans son panier et lui dis d'être sage pour tata Lottie pendant mon absence. Je remplis ses gamelles d'eau et de nourriture, puis je prends ma pochette sur le plan de travail de la cuisine et je traverse le couloir d'un pas léger jusqu'à la chambre de Lottie.

— Je vais à mon rendez-vous. Asher m'attend en bas, lui dis-je.

Elle lève les yeux de son livre. — Comme c'est romantique.

— Le romantisme avec Asher, c'est un concept tellement étrange. — Mon estomac fait un bond.

— Étrange, mais agréable ?

Je lui souris. — Carrément étrange, mais agréable.

— Tu ferais mieux d'y aller. Tu ne vas pas faire attendre ton prince charmant.

— Souhaite-moi bonne chance.

— Tu n'as pas besoin de chance.

Je dévale les escaliers jusqu'à la rue, me sentant légère comme une plume. Une fois dehors, je m'arrête net. Je ne sais pas trop à quoi je m'attendais — Asher est un adepte du métro tout comme moi —, mais ce n'est certainement pas à ça.

Il attend sur le trottoir et, quand il m'aperçoit, un large sourire illumine son visage. — Bonsoir, Mlle Huntington-Ross, me dit-il d'un hochement de tête. Il porte une veste noire, un jean moulant et des bottes, ce qui le rend si incroyablement sexy que je suis surprise de ne pas tomber dans les pommes, là, sur le trottoir devant mon appartement.

— Bonsoir, M. McMillan, réponds-je avec un petit rire, entrant dans son jeu. Je fais de mon mieux pour garder une voix stable alors que mon cœur martèle mes côtes comme un tigre en cage, luttant pour s'échapper.

Il me prend dans ses bras et j'inspire son délicieux parfum d'Asher tandis qu'il dépose un baiser bref, mais électrique sur mes lèvres. — Zee, tu es... wow.

Je lui souris, le cœur battant la chamade. — Toi aussi, tu es plutôt wow.

— J'ai pensé qu'on pourrait vivre notre premier rendez-vous avec style. — Il désigne un bus à impériale, garé dans la rue.

— Dans un bus ?

— C'est un truc purement londonien. Combien de couples ont un rendez-vous dans un bus à impériale ?

— Des adolescents qui n'ont pas les moyens de prendre un Uber ?

— Bon, il y a *ça*. — Il sourit en attrapant ma main. — Viens. Je veux m'asseoir à l'étage.

— Tu es un vrai touriste, réponds-je alors que nous montons dans le bus et que je salue le chauffeur d'un signe de tête et d'un sourire. Nous grimpons l'étroit escalier en colimaçon jusqu'à l'étage supérieur, où nous nous installons tout à l'avant du bus. — Comment as-tu réussi à faire arrêter un bus vide devant mon appartement ?

— Je connais des gens, répond-il mystérieusement, et je ris.

— Tu connais des gens à la Régie des transports de Londres ? Ton influence ne connaît-elle donc aucune limite ? je le taquine.

Le bus commence à gronder et s'éloigne du trottoir.

Il passe nonchalamment son bras derrière le dossier du siège, et je sens la chaleur de son corps contre le mien. C'est bizarre, excitant et merveilleux, tout à la fois. — Tu as tellement de choses à apprendre sur moi, Zee. Tellement.

— Ah oui ? Comme quoi ?

— Comme le fait que je connais des gens. Voilà quoi.

Il se penche et son souffle me chatouille le cou, me donnant la chair de poule de la plus délicieuse des manières. — Je peux te confier un secret, ma petite femme ? demande-t-il, et je hoche la tête, incapable de parler à un volume normal et humain alors qu'une décharge électrique me parcourt le dos. — Je me suis souvent demandé ce que ce serait de t'inviter à un vrai rendez-vous. Ce qu'on ferait, où on irait. J'ai eu beaucoup de temps pour tout organiser.

— Alors, je devrais avoir des attentes assez élevées pour ce soir ?

— C'est un jeu de mots ?

Je baisse les yeux sur les voitures et les rangées d'immeubles et d'arbres. — Pas intentionnel, mais je prends. Où allons-nous dans ce bus privé ?

— On a toute la nuit, alors je me suis dit qu'on allait faire des trucs sympas. Des trucs que j'ai toujours pensé que j'aimerais faire à Londres avec quelqu'un de spécial.

Je lui donne un petit coup de coude dans le bras. — Quel beau parleur, toi.

— J'essaie.

— Tu es en train de me dire que tu n'as jamais fait toutes ces choses avec les nombreuses femmes avec qui tu es sortie ici ?

— Pas si nombreuses que ça.

— Oh si, nombreuses. En tant que ta meilleure amie, j'ai été le témoin silencieux de ta vie amoureuse bien remplie pendant beaucou*uuuuu*p trop longtemps, tu te souviens ?

Il prend ma main dans la sienne et nous entrelaçons nos doigts. — On ne peut rien te cacher.

À part le fait que tu étais marié.

Je chasse cette pensée de mon esprit. On s'occupera de ça une autre fois. Ce soir est pour Asher et moi. Ce soir est dédié à la romance de notre tout premier rendez-vous.

Nous nous asseyons l'un à côté de l'autre et regardons le paysage urbain changer tandis que nous traversons les rues animées. Je pose ma tête sur son épaule et me blottis contre lui pendant que nous discutons. Nous parlons de tout et de rien. De Stevie à son travail, en passant par ce que nous pensons du maire de Londres. Nous couvrons tous les sujets, et tout semble si naturel. Comme si c'était nous, mais un nouveau nous, différent, si ça a le moindre sens.

Le bus s'arrête dans une embardée et nous appuyons instinctivement nos pieds contre les sièges de devant pour ne pas être projetés en avant, nous aussi.

Asher regarde par la fenêtre et dit : — C'est notre arrêt.

— Vu qu'on est les seuls dans le bus, c'est tout à fait logique.

Il se lève et me tend la main. — Allons-y, ma petite femme.

Nous remercions le chauffeur et descendons du bus. Je regarde autour de moi mais ne reconnais pas le quartier.

— Où sommes-nous ?

— À Londres, est sa réponse facétieuse, accompagnée d'un grand sourire. — Moins de questions, plus de marche, s'il te plaît.

Nous descendons la rue jusqu'à nous arrêter devant une porte. Je lis le nom sur la grande vitrine. Stan's Bowl Land.

— Tu m'emmènes au bowling ? je demande.

— Je me suis dit qu'on allait varier un peu les plaisirs ce soir, répond-il en poussant la porte pour me laisser passer. — Le bus à impériale était la touche anglaise, et ça, c'est la touche américaine.

Une fois à l'intérieur, je jauge l'endroit du regard. Ça ne ressemble en rien au bowling que je fréquentais quand j'étais enfant. Les murs sont noirs, des lustres sophistiqués pendent du plafond, les sièges sont violets, et chaque piste est éclairée par de douces bandes lumineuses bleues. — Cet endroit est cool.

— Je sais, pas vrai ? Son regard descend sur mes bottes à talons hauts. — Allons te trouver des chaussures plus adaptées.

— Tu ne m'as pas dit d'apporter des chaussettes épaisses. Je ne vais pas mettre une paire de chaussures dégueulasses portées par des tas d'autres gens. Parce que, *beurk*.

Il plonge la main dans la poche intérieure de sa veste et en sort une paire de chaussettes blanches unies. — J'ai tout prévu. Taille 38, c'est bien ça ?

Je cligne des yeux en regardant les chaussettes dans sa main. — Tu as vraiment pensé à tout.

Il hausse les épaules avec autodérision. — Je te l'ai dit : j'essaie. Et je voulais être sûr de penser à tout.

— Pour l'instant, tu mets la barre très haut.

Ses yeux pétillent. — Une expression de baseball ? Je suis si fier de ma jeune Padawan.

— Tu ne serais pas en train de mélanger le baseball et *Star Wars*, là ?

Il dépose un baiser sur ma joue. — J'adore que tu saches ça.

— Tu es vraiment facile à contenter, je réponds en riant.

Nous allons au comptoir où nous récupérons nos chaussures et une coupe de champagne, parce que ce n'est pas un bowling ordinaire. Nous prenons ensuite place sur l'un des canapés en velours violet et Asher commence à entrer nos noms dans l'ordinateur pour lancer la partie.

J'inspecte les boules de bowling. Elles sont toutes décorées d'œuvres d'art célèbres, de *La Joconde* de Léonard de Vinci au *Cri* d'Edvard Munch. Je les reconnais toutes. Pour tout vous dire, c'est à Lottie et à ses visites des musées de Londres que je dois mes connaissances en art.

Je choisis celle avec le visage déformé de la personne qui crie et la montre à Asher.

— Ça résume assez bien mon niveau au bowling.

— À ce point-là, hein ?

— Ouais.

— Bon, dans ce cas, je parie que c'est l'Amérique qui battra l'Angleterre ce soir, parce que moi, je suis plutôt doué.

Je lève les yeux vers l'écran et je vois qu'il a entré son nom, Amérique, et le mien, Angleterre.

— On en est là, c'est ça ? dis-je en haussant les sourcils. Vas-y, je suis prête.

— Oh, j'en ai bien l'intention. Il m'adresse un grand sourire. — L'honneur aux dames.

Je teste le poids de plusieurs boules avant d'en choisir une avec une image de la *Marilyn* d'Andy Warhol. Je me mets en position, fais une petite prière pour ne pas me ridiculiser complètement devant Asher, puis je lance cette beauté droit sur la piste. Enfin, quand je dis que je la lance droit sur la piste, c'est au moins comme ça que ça commence. Malgré mes instructions bruyantes et explicites pour qu'elle reste à droite, elle file tout droit vers la gauche et tombe dans la rigole, s'arrêtant presque complètement avant de disparaître à côté des quilles totalement intactes.

— Oh, pas de chance, dit Asher quand je me tourne vers lui.

— Je n'ai jamais prétendu être douée pour ça.

— Pas de souci, ma petite femme. Et si je te donnais quelques conseils ?

— Ce n'est pas ton tour, maintenant ? dis-je en m'affalant sur le siège.

— Tu as deux lancers par tour. Il me prend par la main et me relève. Allez, viens, je vais te montrer comment on fait.

Je prends une autre boule — celle-ci a une peinture de Gainsborough que je reconnais de notre visite à la Tate — et Asher me montre comment la tenir.

— Tu as mis tes doigts dans les trous la dernière fois ? me demande-t-il.

— Bien sûr que j'ai mis mes doigts dans les trous. Ce n'est pas mon premier essai, tu sais.

Les coins de sa bouche se contractent.

— Donc, tu es en train de me dire que tu as passé du temps à perfectionner ton lancer dans la rigole ?

Je lui donne un coup de coude dans les côtes.

— Tais-toi.

— D'accord, alors tu dois te tenir comme ça. Il me fait une démonstration et je l'imite. Non, non, non. Comme ça. Il se place derrière moi et m'enlace de ses bras pour me montrer comment tenir la boule. La chaleur de son corps fait battre mon cœur à tout rompre et une colonie de papillons excités s'installe dans mon ventre. Il me met doucement en position.

— Comme ça ? je demande.

— Ouais. Maintenant, lève la boule et vise la quille du milieu, dit-il, la voix basse et douce, comme s'il me murmurait des mots doux à l'oreille plutôt que des instructions sur comment lancer une boule sur un tas de quilles.

Je fais ce qu'il dit, toujours hyperconsciente de sa carrure masculine près de moi.

— Maintenant, tu ramènes ton bras en arrière et puis tu lances, en gardant les yeux fixés sur cette quille du milieu. Il s'éloigne de moi, et il me manque. Il me manque vraiment.

Tu es vraiment accro, Zara Huntington-Ross.

Faisant de mon mieux pour me concentrer sur le bowling et non sur la sensation agréable qu'Asher procurait à l'instant, je balance la boule derrière moi, puis je la lance droit sur la quille du milieu. La boule file sur la piste et s'écrase avec un *clunk* satisfaisant contre les quilles, n'en laissant que trois debout.

Je bondis sur place, folle de joie que ma boule ait non seulement touché les quilles, mais qu'elle ait aussi fait ce qu'elle était censée faire. Je me tourne vers Asher, dont le grand sourire s'étire sur son visage ridiculement beau.

— Tu as vu ça ?

Il me tape dans la main.

— Bien joué, jeune Padawan.

Nous enchaînons nos tours, moi avec des résultats mitigés, et lui avec strike après strike, jusqu'à ce qu'il devienne évident que dans ce cas précis, l'Amérique règne en maître sur l'Angleterre.

— Un peu comme la guerre d'Indépendance, me

taquine-t-il alors que nous rendons nos chaussures de bowling et quittons la salle.

— Ça fait de moi le roi George ?

— Oh, tu es bien trop sexy pour être le roi George, répond-il, ce qui me fait rougir et faire des saltos métaphoriques. Quoi ? demande-t-il en voyant l'expression sur mon visage.

— Je ne sais pas. C'est bizarre de t'entendre dire des choses comme ça.

— Je comprends. C'est nouveau. Il passe son bras autour de mes épaules alors que nous commençons à marcher dans la rue. Je vais te dire un truc, Zee. Si je te dis tous les jours que tu es sexy, tu vas t'y habituer vachement vite.

Je glousse dans un reniflement.

— Dis-le seulement si tu le penses.

— Oh, je le pense vraiment.

Intérieurement, je donne des coups de poing dans le vide et je saute de joie.

Il jette un œil à l'heure sur son téléphone. — On doit aller à notre prochaine activité.

— C'est une autre activité Amérique contre Angleterre ?

— Je pense que tu seras d'accord avec moi pour dire que cette fois, il y a un vainqueur très net, et voici un indice : ce n'est pas l'Oncle Sam.

Nous arrivons à une station de métro et montons dans une rame. Nous discutons comme nous le faisons toujours pendant que nous traversons les sous-sols de la ville, et la sensation étrange que j'éprouvais à l'idée d'être à un vrai rendez-vous avec mon meilleur ami n'est déjà plus qu'un lointain souvenir.

Nous ressortons du métro à Tower Hill, et main dans la

main, nous marchons environ cinq minutes jusqu'à ce que nous atteignions l'emblématique Tower Bridge.

— Ça te dit une promenade sur l'eau ? demande Asher.

— Humainement impossible.

— Pas si on a une passerelle en verre. Viens.

— Sans blague ? Je n'ai jamais fait ça.

Il me sourit. — Je sais. Je suis ton meilleur ami, tu te souviens ? Je sais presque tout de toi.

Nous achetons nos billets et montons jusqu'à la passerelle de verre qui s'étend d'une extrémité à l'autre du Tower Bridge. D'ici, la vue du soleil se couchant sur la ville et se reflétant dans la Tamise est tout simplement spectaculaire, et regarder la circulation sur le pont et la rivière sous nos pieds est à la fois grisant et angoissant.

Alors que nous sommes là, à contempler la vue, je glisse mon bras autour de la taille d'Asher. Il tourne la tête pour me regarder et nos regards se croisent.

— Merci de m'avoir amenée ici. J'adore.

— Parfois, il faut savoir être un touriste dans sa propre ville.

— J'oublie à quel point Londres est incroyable. J'y suis tellement habituée que je ne prends plus le temps d'en profiter.

— Je ne suis pas sûr que Londres sente vraiment la rose. Plutôt la pollution, la nourriture et quelques mauvaises odeurs non identifiées que je fais de mon mieux pour éviter.

Je glousse. — Tu comprends bien que c'était une métaphore, n'est-ce pas ?

Ses yeux s'adoucissent. — Oui. — Il détourne son attention de moi pour la reporter sur le paysage. — Comme je le disais, tu seras d'accord que c'est une victoire écrasante pour l'Angleterre.

Je regarde la lueur du soleil baigner la ville entière d'un voile d'or. — Absolument.

Nous restons côte à côte à observer la façon dont la lumière change le paysage urbain, nos bras enlacés. Nous nous montrons différents bâtiments et sites, puis retombons dans un silence complice. Et là, sans un mot, il se tourne vers moi et prend doucement mon visage entre ses mains, se penche et effleure mes lèvres des siennes. Je lui rends son baiser, humant son parfum délicieux.

C'est si naturel, si juste d'être ici avec Asher pour notre tout premier rendez-vous. Lorsqu'il me regarde à nouveau, je lève les yeux vers ses prunelles brunes et chaleureuses, et je jurerais que mon cœur rate un battement.

Je sais que c'est nouveau. Je sais que ce n'est que notre premier rendez-vous. Mais ce truc entre nous semble énorme. *Gigantesque*. Et rien qu'en le regardant dans les yeux, je sais qu'il le ressent aussi.

Chapitre 21

Nous restons debout l'un près de l'autre, à regarder le soleil se coucher sur le pont de verre, jusqu'à ce que mon estomac se mette à gargouiller — toujours aussi romantique.

— Désolée pour ça, je marmonne, embarrassée.

— Tu as un petit creux, hein ? demande Asher en riant.

— Je meurs de faim. Qu'est-ce qu'une fille doit faire à ce rendez-vous pour avoir à manger ?

Il fronce les sourcils d'un air suggestif et je lui donne une petite tape sur le bras. — En fait, j'ai réservé une table pour vingt et une heures. Il consulte sa montre. — Ce qui tombe à pic. On y va ?

— Est-ce que tu as un bus à impériale qui nous attend ou on prend le métro ?

— C'était une expérience unique. Et si on prenait un black cab ?

— Le bus, le métro et maintenant un black cab ? Asher, tu ne te refuses vraiment rien avec les différentes options de transport que Londres a à offrir.

— Que veux-tu que je te dise ? J'aime vivre dangereusement.

Nous descendons du pont et Asher hèle un taxi. Tandis que nous filons à travers les rues, il me parle de sa passion pour le surf.

— C'est la seule chose que je n'aime pas à Londres. Pas de plage. À San Diego, dès que l'envie m'en prenait, je pouvais être à la plage en trente minutes. Ici, c'est toute une expédition et tu risques l'hypothermie à la seconde où tu mets un pied dans l'eau.

— Ce n'est pas si terrible. On a la pluie, des tasses de thé et la Reine, ici, tu sais.

Il laisse échapper un rire grave. — Ce sont précisément les raisons pour lesquelles j'ai choisi de vivre dans cette belle ville. Surtout le thé.

— Je ne t'ai jamais vu boire une tasse de thé.

— J'y travaille.

— Parle-moi encore du surf. Quel âge avais-tu quand tu as appris ?

— Oh, j'étais gamin. Mon père et mon grand frère y allaient et je les suivais partout. Je suis sûr que j'étais une vraie plaie au début, mais quand j'ai pris le coup de main, on y allait tout le temps.

— C'était un moment de complicité père-fils.

Un sourire s'épanouit sur son visage. — Tout à fait.

Je pense au support pour planches de surf que j'ai commandé et je souris intérieurement. Il sera bientôt prêt et je sais qu'il va l'adorer.

— Quand Lucas, mon grand frère, est parti à l'université, papa et moi y allions tôt le matin ensemble. C'est le meilleur moment pour surfer. Après, on allait à la Maison des Pancakes de Marina et on dévorait tout.

— Que de la nourriture saine.

— Les pancakes sont super bons pour la santé. Ne laisse personne te dire le contraire.

— J'aime bien l'idée que tu surfes. Est-ce qu'on pourra bientôt aller à la plage un week-end pour que je puisse te regarder ?

— Tu prévois déjà des week-ends pour nous ? me taquine-t-il. J'adorerais t'emmener en week-end.

Nous échangeons un sourire.

— Tu sais, Zee, c'est peut-être notre premier rendez-vous, mais j'ai l'impression que c'est le millième.

Il exprime précisément ce que je ressens. — Dans le bon sens du terme ?

— Dans le très bon sens du terme.

Le black cab s'arrête et le chauffeur s'éclaircit la gorge, interrompant notre moment. Il nous annonce le prix de la course et Asher paie pendant que nous sortons du taxi.

Je regarde la rue de chaque côté et la reconnais immédiatement. — On est à Notting Hill, dis-je, surprise.

— J'ai pensé t'emmener dans mon restaurant préféré. Une lueur d'incertitude traverse son visage. — Si ça te va ? Enfin, je sais que ce n'est pas un endroit super chic à Mayfair avec une vue ou quoi que ce soit…

Je l'arrête d'un baiser. — Je suis sûre que je vais adorer, petit mari.

Son visage s'illumine d'un sourire. — Par ici.

Nous franchissons la porte d'un restaurant animé et je

suis immédiatement frappée par un délicieux arôme d'ail et d'herbes italiennes. Un homme salue Asher par son nom, l'air sincèrement heureux de le voir, lui serrant la main et lui donnant une tape dans le dos.

— Et qui est cette magnifique jeune femme ? demande-t-il en se tournant vers moi.

— Voici Zara, répond Asher, et l'homme hausse les sourcils, les yeux écarquillés. — Tellement heureux de te rencontrer enfin, Zara, me dit-il en me prenant la main et en me faisant trois bises.

L'idée qu'Asher lui ait parlé de moi me réchauffe le cœur.

Il lance un regard entendu à Asher, qui m'offre un sourire penaud. — Je suis Antonio, et voici mon restaurant, dit-il avec un large geste du bras.

— Ça sent divinement bon ici, lui dis-je.

— La meilleure cuisine italienne de toute la ville. Venez, venez. Asseyez-vous ici. J'ai préparé ta table habituelle pour toi, Asher.

Antonio nous conduit à une table éclairée à la bougie près de la fenêtre, où Asher tire ma chaise avant que nous nous asseyions tous les deux.

— Du vin ? propose Antonio.

— Ça te dit, un verre ? me demande-t-il.

— Carrément. Du rouge ?

— On va prendre une bouteille de Chianti, s'il te plaît, Antonio, et un peu de ton super pain à l'ail. Il se tourne vers moi et ajoute : — Tu vas voir, ce pain est à tomber, Zee.

— S'il est à moitié aussi bon que l'odeur, je n'en doute pas.

Antonio nous laisse et je me tourne vers Asher pour lui demander : — Ta table habituelle ? Tu amènes beaucoup de filles ici ?

Il secoue la tête. — Tu es la première.

— Vraiment ? Tu ne dis pas juste ça ?

Il prend ma main. — Non. Je le gardais pour, eh bien, pour toi.

Les papillons dans mon ventre se remettent à danser la gigue. — Vraiment ?

— Vraiment.

Nous nous installons, discutant, mangeant, sirotant notre vin et profitant de la compagnie l'un de l'autre. À la fin de la soirée, je suis conquise par le restaurant d'Antonio, et l'homme en personne me serre chaleureusement dans ses bras au moment de notre départ.

— Tu es tout aussi belle et intelligente qu'Asher me l'a dit, déclare Antonio.

— Merci beaucoup de m'avoir trahi, répond Asher avec un rire embarrassé.

Mais je ne suis pas embarrassée. J'adore le fait qu'il ait parlé de moi à Antonio, et j'adore être la première fille qu'il amène ici, dans son restaurant spécial.

Nous souhaitons une bonne nuit à Antonio et marchons lentement dans la rue en direction de son appartement. La soirée est magnifique, avec seulement une légère fraîcheur dans l'air, et il passe son bras autour de mes épaules, ce qui me protège du froid.

— Cet endroit est génial. Je n'arrive pas à croire que tu ne nous en aies jamais parlé avant. Genre, quand l'une de nous disait : « Je me demande où on peut trouver un bon resto italien », et que tu ne disais *rien* ?

Il glousse. — Je sais que ça va paraître nul, mais je voulais garder cet endroit pour moi.

— C'*est* un peu nul, je plaisante.

— Écoute, c'est le premier restaurant où je suis allé en arrivant à Londres. Je traversais une période difficile, et Antonio m'a prêté une oreille attentive. J'en avais besoin à l'époque, et nous sommes devenus proches. Je suppose qu'il est comme un père pour moi. Mon père londonien. Ça fait idiot, non ?

— Pas du tout. — Je sais exactement à quoi il fait référence : sa femme qui l'a trompé et la fuite à Londres qui s'en est suivie. — Pourquoi tu m'as amenée ici ce soir ? je demande.

— Parce que je voulais partager cette partie de ma vie avec toi. Je veux que tu connaisses le moi tout entier, pas seulement le fêtard sympa, le type que j'ai été pendant si longtemps.

— Je veux connaître le toi tout entier, Asher. Tellement.

— Zee, dit-il en s'arrêtant pour se tourner vers moi, ses traits perdant l'animation de tout à l'heure. — J'étais dans un sale état quand je suis arrivé ici. Je fuyais, je suppose. J'avais besoin de parler à quelqu'un.

— Tu aurais pu me parler.

— Mais le truc, c'est que je ne pouvais pas te parler. Pas à ce moment-là.

— Pourquoi pas ?

— Parce que je savais que si je m'ouvrais à toi et te racontais ce que je traversais, tu me verrais d'une manière différente. Et je voulais repartir à zéro, avec de nouveaux amis, un nouveau travail, une nouvelle ville, la totale. J'avais besoin de ne pas te parler de ce que je traversais, ni à aucun de nos amis.

— Je comprends. Tu voulais être perçu d'une manière particulière.

Ses traits se détendent alors qu'il sourit. — Il y avait une autre raison, tu sais.

— C'était quoi ?

— Je te trouvais sacrément mignonne et il était hors de question que je gâche tout avec toi. Et crois-moi, à l'époque, c'est ce que j'aurais fait.

Je hoche la tête en me mordillant la lèvre. Va-t-il me parler d'elle ? Devrais-je lui poser la question ? Est-ce le moment où il peut enfin s'ouvrir à moi ?

Il baisse les yeux vers ses pieds et laisse échapper un souffle, et mon cœur se serre pour lui. C'est si difficile pour lui, et je veux arranger les choses, mais je n'ai aucune idée de comment faire. — Et maintenant ? je demande doucement.

— Maintenant, tu mérites de connaître toute la vérité. Tu vois, le truc, c'est que, Zee, je suis venu à Londres parce que je… Il s'interrompt brusquement en se concentrant sur quelque chose par-dessus mon épaule, ses traits se durcissant.

— Qu'est-ce que c'est, Asher ? je demande, mais ses yeux sont rivés sur ce qui se trouve derrière moi. Avec une pointe d'appréhension, je me retourne pour voir une femme debout devant son immeuble. Elle a à peu près mon âge, vêtue d'une robe noire courte et de talons hauts qui, même moi je peux le dire, la rendent super sexy, avec de longs cheveux auburn lui tombant dans le dos et un visage franchement magnifique.

Un visage magnifique et *familier*.

— Salut, Asher, dit-elle avec un accent américain et un sourire hésitant en faisant quelques pas vers nous.

Je la regarde bouche bée, n'en croyant pas mes yeux.

C'est *elle*.

C'est la femme de la photo.

C'est l'ex-femme d'Asher.

Elle est là, en chair et en os, sur son trente-et-un, et sourit à Asher comme si elle ne l'avait pas trompé avec son meilleur ami. Comme si elle ne lui avait pas arraché le cœur de la poitrine pour le piétiner avec ses talons vertigineux. Comme s'il ne l'avait pas fuie pour venir ici.

— Kristen, dit Asher d'une voix grave, la mâchoire crispée, les traits tendus.

Elle fait un autre pas hésitant vers nous et je peux voir la nervosité gravée sur son visage.

Je veux l'attirer loin d'ici, le ramener à son restaurant préféré, à l'ambiance que nous partagions, au sentiment que nous faisions un pas en avant dans notre nouvelle relation excitante et naissante.

Je ne le fais pas.

Au lieu de ça, je resserre ma prise sur sa main pour lui faire savoir que je suis là pour lui. — Ça va ? je lui demande d'une voix douce.

Il croise brièvement mon regard avant de le reporter sur son ex-femme… Kristen. — Pourquoi êtes-vous ici ? demande-t-il, le ton froid.

— Je voulais vous voir. J'ai des choses à vous dire. Elle tourne son regard vers moi. — Je ne sais pas qui vous êtes, mais je suppose que vous êtes le rendez-vous d'Asher.

— C'est exact, je marmonne.

Un million de pensées me traversent l'esprit.

Elle est de retour.

L'aime-t-elle encore ?

L'aime-t-il encore ?

Devrais-je partir ?

— Enchantée de vous rencontrer, dit-elle en tendant la main.

Je cligne des yeux en la fixant, ne sachant pas comment réagir.

— Kristen. La voix d'Asher a un ton menaçant.

— Quoi ? dit-elle avec un sourire. — Vous ne pensez pas que votre rencard devrait avoir le droit de rencontrer votre *femme*, Asher ? Elle tourne son regard vers moi et attend ma réaction avec un air de satisfaction suffisante sur le visage. — Parce que je pense que ce n'est que la moindre des politesses. Pas vous ?

Ses paroles n'ont pas sur moi l'effet qu'elle escomptait.

Je jette un regard à Asher. Il me regarde avec un air méfiant et inquiet.

— Zara, je peux t'expliquer, commence-t-il.

— Ce n'est rien, réponds-je d'une voix haletante, mon cœur martelant ma cage thoracique. De toutes les manières d'aborder ce sujet émotionnel et difficile, c'est *comme ça* que ça devait se passer ?

— Nous étions mariés, mais nous nous sommes séparés il y a plus de deux ans. Je voulais te le dire. Vraiment, je le voulais. C'était tellement difficile pour moi et je…

— Tu t'es enfui, dit Kristen, les bras croisés sur sa poitrine.

Je pose ma main sur son bras et lève mon regard vers le sien. — Ce n'est rien, je répète.

Il étudie mon visage pendant un instant, deux, avant de dire : — Tu savais ? Sa voix est faible et tendue.

C'est comme si tout s'arrêtait autour de nous.

— J'ai… j'ai vu un album photo dans ton armoire quand je prenais les mesures. Il est tombé pendant que je déplaçais des cartons. Il y avait une photo de toi et d'elle, dis-je en la désignant, sur la couverture.

Il recule d'un pas, s'éloignant de moi. — Pourquoi ne me l'as-tu pas dit ?

Je jette un œil à Kristen et remarque une lueur de satisfaction sur son visage. Je réponds à voix basse pour qu'Asher soit le seul à m'entendre : — Qu'est-ce que j'étais censée dire ? — Hé, je vois que tu as été marié, mais que tu ne m'en as jamais parlé ? — Sérieusement, Asher. Je ne pouvais pas faire ça.

Un muscle de son visage tressaille. — Tu as fouillé dans mes affaires.

Je secoue la tête avec véhémence, les yeux écarquillés. — Non. Je n'ai pas fait ça. J'ai vu l'album par terre, mais je ne l'ai pas ouvert. Je te le promets. Je l'ai remis directement dans sa boîte. Tu as ma parole.

Je tends la main vers la sienne, mais son poing est serré le long de son corps, raidi par la tension. — Ash, s'il te plaît.

— Il n'aime pas les conflits, dit Kristen derrière moi, et je suis certaine de déceler une pointe de plaisir dans sa voix. Elle a manifestement écouté chaque mot de notre conversation.

Asher lui lance un regard noir. — Arrête.

Elle lève les mains en signe de reddition. — Je dis ça, je dis rien.

Je me rapproche de lui et pose de nouveau ma main sur son avant-bras. Son corps est comme un roc inébranlable, ses traits sont figés dans la pierre. — Asher, s'il te plaît.

Il détache son regard de Kristen pour le poser sur moi. — Il va me falloir un peu de temps. Je… euh… je t'appellerai plus tard.

— Tu veux que je parte ? demandé-je, la voix pareille à celle d'une petite fille effrayée.

Un muscle tressaille sur sa joue. — C'est ça.

Et c'est ainsi que notre merveilleux premier rendez-vous prend fin, de façon brutale et déchirante.

— Mais…

— S'il te plaît. L'expression sur son visage me brise le cœur en deux. Chagrin, incrédulité, trahison.

Ma gorge se serre alors que la panique monte en moi comme une montgolfière.

Ça *ne peut pas* se passer comme ça.

Mais c'*est* comme ça que ça se passe.

Je pousse un soupir de défaite. Je sais quand je suis

battue, et là, je le suis à plate couture. — D'accord. Je vais y aller. Des larmes me piquent les yeux et je les chasse en clignant rapidement des paupières. Je jette un regard à Kristen en me tournant pour partir. Le menton haut, un sourire narquois flottant aux commissures de ses lèvres, elle me regarde de haut. En un mot, elle a l'air victorieuse.

Et elle a bien raison.

J'ai été mise à la porte, démasquée comme une menteuse.

Le cœur aussi lourd qu'un rocher, je lance un dernier regard à Asher, mais il ne croise pas le mien.

D'un pas mal assuré, je m'éloigne. Je refais le chemin en sens inverse le long de la rue.

Seule.

Pleine de regrets.

Le chagrin se tordant en moi.

Chapitre 22

C*HER* P*APA*,

Tu ne m'as jamais autant manqué qu'aujourd'hui.

Ce qui me semblait être le paradis il y a à peine quarante-huit heures ressemble maintenant à tout le contraire. J'ai tout gâché, Papa. Vraiment tout.

Je crois que j'ai perdu l'homme que j'attendais, mon meilleur ami, le type qui fait s'emballer mon cœur d'un simple sourire.

Et je ne sais pas comment le récupérer.

J'aimerais plus que tout au monde pouvoir te parler. J'aimerais tant que tu puisses me conseiller. J'aimerais... j'aimerais n'avoir jamais vu cette photo.

Mais je l'ai vue et maintenant, tout est fichu.
Tu me manques.
Ta Za-Za, xoxo

ME MORFONDRE. Je l'avoue, c'est ce que j'ai fait, purement et simplement. Je me suis morfondue. Deux jours entiers se sont écoulés depuis mon rendez-vous avec Asher, et il m'a été impossible de me le sortir de la tête. L'expression sur son visage quand il a compris que je savais pour son ex-femme m'a hantée jour et nuit. La façon dont il m'a dit de partir, le regard de Kristen, comme si elle avait gagné.

La manière dont Asher évitait mon regard.

M'éloigner de lui, les laisser tous les deux, a été la chose la plus difficile que j'aie eu à faire depuis… eh bien, depuis que j'ai dit au revoir à mon père.

Que s'est-il passé après mon départ ? Est-ce que Kristen s'est excusée pour tout ce qu'elle lui a fait subir ? Lui a-t-il pardonné ? Lui a-t-il dit qu'il n'avait jamais cessé de l'aimer, que je ne suis qu'une amie pour qui il a peut-être eu des sentiments, mais que ceux-ci ne sont rien comparés à son grand amour pour elle ?

Pourquoi ne lui ai-je pas dit que j'avais découvert l'existence de Kristen dès que j'ai vu cette photo ? S'il y a bien une chose que j'ai apprise en trente ans, c'est qu'il vaut toujours mieux être honnête. Si seulement je lui avais dit que je l'avais vue, il aurait pu tout m'avouer. Ça nous aurait rapprochés en tant qu'amis et aurait jeté les bases de ce qui devait naître entre nous.

Mais je ne l'ai pas fait. J'aurais dû, mais je ne l'ai pas fait.

Je l'ai perdu. J'ai perdu mon amour.

Bien sûr, nous nous sommes envoyé des messages. Nous

étions amis avant tout ça, alors ça aurait été bizarre de ne pas rester en contact d'une manière ou d'une autre. Ils n'étaient pas très profonds. Je me suis excusée de ne pas avoir avoué que je savais. Il a dit que ce n'était pas grave. Il m'a dit qu'il espérait que j'étais bien rentrée. J'ai répondu que oui et je l'ai remercié pour notre rendez-vous.

Et puis, plus rien.

Aujourd'hui, c'est lundi soir et je suis chez ScarZar depuis sept heures du matin. Dans une tentative totalement malavisée de me sortir Asher de la tête, j'ai fermé la boutique plus tôt et j'ai passé tout l'après-midi à éplucher tous les comptes et les rendez-vous à venir. Le bilan n'est pas brillant. J'ai trop de stock, pas assez de trésorerie et trop de frais généraux. En bref, j'ai besoin de nouveaux clients pour la décoration d'intérieur, et j'en avais besoin pour hier.

Mais je n'abandonne pas. Pas encore, en tout cas.

Alors, je me suis mise à réaménager le magasin. Ce faisant, je mets de côté un tas d'articles avec lesquels je pourrai concevoir une nouvelle vitrine. Vu la taille du bâtiment, les vitrines ne sont pas immenses, donc tout ce que je peux y mettre, c'est une ou deux pièces, puis les accessoiriser. Je me dirige vers l'arrière-boutique où je repère un panneau tapissé et je le sors. En regardant le fond rose vif couvert de lys surdimensionnés, un sourire se dessine sur mon visage. J'ai adoré ce papier peint quand il est arrivé et Scarlett a refusé de me laisser l'utiliser, me disant qu'il était criard, « hors sujet » et qu'on ne conçoit pas une pièce autour de la couleur de son manteau préféré. *Eh bien, Scarlett, tu n'es plus là, alors ça va dans la vitrine.* Et je l'avoue, je lui tire la langue d'une manière très mature en le sortant du placard de rangement pour l'amener dans la boutique — et pas métaphoriquement, d'ailleurs.

Quarante-cinq minutes plus tard, j'ai mis le panneau

en place derrière une commode blanche, un fauteuil en lin bleu roi sur le côté, et un pan de mousseline blanche suspendu au plafond comme s'il s'agissait de rideaux. Je sors, je prends du recul et j'admire mon œuvre. La vitrine a l'air fraîche, colorée et amusante, mais toujours élégante et raffinée. Et Scarlett la détesterait. Je m'autorise un sourire particulièrement large à cette pensée.

Je rentre et j'éteins l'ordinateur. Stevie sautille dans son parc, pleine de l'énergie de chiot qu'elle a accumulée en ronflant doucement sur son coussin pendant la dernière heure, et je sais qu'elle doit mourir d'envie de sortir prendre l'air.

Je lui attache sa laisse et jette un dernier regard à la boutique. Je parcours des yeux les étagères, pleines d'ornements, de bougies et de poteries, le présentoir de coussins, et le magnifique canapé moelleux que j'ai reçu il y a seulement quelques semaines. Je ne veux pas perdre cet endroit. Je l'adore. Je sais que l'affaire est en chute libre depuis que Karina s'est installée au coin de la rue, mais j'y crois. Je sais que je peux vraiment réussir ici.

J'ai juste besoin d'un coup de pouce.

J'éteins les lumières et je ferme la porte à clé. — Allez, Stevie. On rentre à la maison. Je me retourne pour voir trois visages familiers apparaître devant moi. Tabitha, Lottie et Kennedy. J'essaie de sourire. Je sais qu'il est bien faible, au mieux. — Salut, les filles.

— Salut, toi aussi, dit Kennedy alors qu'elles me serrent tour à tour dans leurs bras. — Superbe, ta nouvelle vitrine, Zee, dit-elle en l'admirant. Tu es vraiment douée pour l'agencement.

— Évidemment qu'elle l'est. C'est une décoratrice d'intérieur diplômée, répond Tabitha.

Lottie me prend le bras et nous commençons à

remonter la ruelle. — Allez, viens. On est venues t'emmener au pub, toi et Stevie.

L'idée de me retrouver dans une pièce pleine de gens heureux et bavards pèse d'un poids de plomb sur mon cœur déjà lourd. — Merci, mais je ne suis pas d'humeur à boire un verre.

— Alors, prends une limonade, répond Tabitha en haussant les épaules. Tu viens. Pas d'excuses.

J'essaie une autre tactique. — Et Stevie ? Elle doit rentrer à la maison. Elle a eu une grosse journée.

— Ça ira très bien pour Stevie. Elle va adorer le pub. Tant de gens à voir et d'odeurs à renifler, dit Lottie alors que nous tournons au coin de la rue pour arriver sur la rue principale, Stevie trottinant joyeusement à mes côtés.

— Elle doit dîner, je geins, parce que ça sonne vraiment comme une plainte.

— Arrête un peu avec tes excuses, se plaint Kennedy. On n'acceptera pas de non comme réponse.

— Et on pourra lui commander quelque chose au pub. Les chiens aiment le fish and chips, non ? demande Tabitha avec un sourire.

Nous sommes maintenant arrivées devant Karina, et je me surprends à contempler leur nouvelle vitrine. Avec son grand lit couvert de magnifiques draps jaune pâle et de coussins décoratifs, ses innombrables rangées de petits papillons en papier suspendus au plafond, et un parterre de boules blanches rappelant une piscine à balles, la vitrine est à la fois accueillante, tendance et d'une élégance poignante.

Je pense à ma nouvelle vitrine, si modeste, et mes paupières s'échauffent.

Mes amies le remarquent, et elles ralentissent jusqu'à s'arrêter à côté de moi.

Lottie me serre le bras. — Ta nouvelle vitrine est tellement plus belle, Zee.

— Ce truc avec les papillons suspendus à des fils, ça n'a pas déjà été fait un milliard de fois ? dit Tabitha avec une mine renfrognée.

— Ouais, et ta vitrine, c'est *toi* qui l'as conçue, pas toute une équipe, ajoute Kennedy.

— Ce que je veux savoir, c'est comment on peut dormir avec tous ces foutus papillons qui volettent au-dessus de sa tête ? demande Kennedy, et un gloussement inattendu commence à monter en moi.

— Et tu ne glisserais pas sur toutes ces boules si tu devais te lever pour aller faire pipi la nuit ? demande Tabitha. Tu te dirais : « Waouh, j'ai envie de faire pipi », et puis tu poserais les pieds par terre et tu te casserais immédiatement la figure dans un coussin de boules. Elle mime une chute la tête la première, et mon gloussement s'échappe de moi pour se terminer en un grognement.

— Voilà, ma grande, dit Kennedy avec un sourire radieux.

— Allez, viens. Lottie m'entraîne. On va boire ce verre.

Dix minutes plus tard, nous sommes au Lion, un pub où Scarlett et moi avions l'habitude de nous détendre après le travail. Nos verres sont posés sur l'une des tables de pique-nique en bois, sous un grand arbre dans le jardin extérieur.

— Tu as eu de ses nouvelles ? demande Kennedy. Inutile de prononcer le nom d'Asher. Nous savons toutes exactement de qui elle parle.

Mon cœur lourd me rappelle qu'il est encore plein de plomb, malgré l'incroyable gentillesse de mes amies. — On s'est envoyé quelques messages, mais rien d'important. Je pense qu'il a besoin d'un peu d'espace en ce moment.

— Mais qu'est-ce qui se passe avec lui ? demande Kennedy. Je ne comprends pas.

— Il est probablement occupé à gérer cette sale peste, autrement dit son ex, dit Tabitha.

— On ne sait pas si c'est une sale peste, je proteste.

— Si, on le sait, disent mes trois amies avec assurance.

Lottie me frotte le bras. — Je n'arrive toujours pas à croire qu'elle ait débarqué comme ça, sortie de nulle part. Franchement, c'est malpoli !

— C'est le moins qu'on puisse dire, approuve Tabitha. Son timing n'aurait pas pu être pire pour notre copine. J'ai l'estomac retourné rien que d'y penser. Tu as eu des nouvelles de tes amis là-bas, Kennedy ?

Elle prend une gorgée de son verre de vin et le repose sur la table devant elle. — Seulement qu'elle est là pour le voir. Tout le monde semble le savoir, mais personne ne semble savoir pourquoi.

— Ouais, dis-je en laissant échapper un grand soupir. C'est la question à un million.

— Et si elle était là pour se remettre avec lui ? dit Lottie.

— Oh, jamais Asher ne se remettrait avec elle après tout ce qu'elle a fait. Si mon mari me trompait avec l'une d'entre vous, je préférerais lui couper son appendice et l'épingler au mur plutôt que de le reprendre, dit Tabitha, et nous la croyons toutes. S'opposer à Tabitha ne serait pas une bonne idée.

— Même si elle est venue pour s'excuser et lui demander de se remettre avec elle, on ne sait pas s'il acceptera, suppose Kennedy.

L'idée d'Asher avec Kristen me parcourt l'échine d'un frisson désagréable. — On peut ne pas parler de ça ? je demande en levant mon verre de citronnade rempli de glaçons. Autrement, il va me falloir quelque chose de bien plus fort que ça.

— D'accord, changeons de sujet alors. Je propose qu'on cherche des idées pour sauver l'entreprise de Zara, propose Lottie. Au moins, c'est une chose pour laquelle on peut aider. Pas vrai ?

— Les hommes sont une véritable énigme, dit Tabitha.

— Je pourrais peut-être aider, dit Kennedy, et tous les regards se tournent vers elle. La rumeur court que le magazine va être vendu, alors ils envisagent tout et n'importe quoi pour les articles. Sandra, ma patronne, m'a dit vendredi qu'elle envisageait un article sur la mode pour chats, ce qui est complètement décalé pour notre magazine chic.

— De la mode pour chats ? Genre, des robes pour chats ? demande Lottie.

— Surtout des costumes, en fait. Apparemment, c'est à la mode. Sirènes, astronautes, princesses. Qui l'aurait cru, pas vrai ?

— Pourquoi exactement est-ce que tu parles de chats déguisés en sirènes alors qu'on essaie de trouver comment aider Zara à sauver ScarZar ? lance Tabitha, toujours aussi pragmatique. Elle se lâche peut-être un peu trop souvent pour son propre bien, mais elle est affûtée comme une lame de rasoir et elle ne fait pas de quartier, comme dirait mamie.

— Ce ne sera plus ScarZar, je réponds.

Tabitha hoche la tête. — Évidemment. Tu dois virer Scarlett du nom tout de suite… et de ta vie, ma belle.

— Oh, ça, c'est déjà fait, dis-je avec un rire amer.

— Elle est morte pour moi, dit Lottie, et Tabitha et Kennedy sont toutes les deux d'accord.

— Morte et enterrée.

— Scarlett qui ?

Mes amies sont vraiment les meilleures.

— Bref, commence Kennedy pour nous recentrer, ce que je veux dire, c'est que puisqu'ils acceptent des articles sur des trucs comme les costumes pour chats, je parie qu'ils seront plus ouverts à publier un article sur la décoratrice d'intérieur locale montante, Zara Huntington-Ross. Elle prend son téléphone. D'ailleurs, je vais envoyer un message à Sandra à l'instant même et lui proposer à nouveau l'idée. Elle se met à tapoter sur son téléphone.

Les larmes de gratitude me montent aux yeux et je les essuie rapidement du bout des doigts avant qu'elles n'aient l'idée de couler sur mes joues. — Merci, Kennedy. Tu es formidable.

Elle repose son téléphone sur la table. — C'est fait.

— Ce serait une visibilité incroyable pour la nouvelle entreprise de Zee. Oh, je sais comment tu peux l'appeler ! C'est si simple, je ne sais pas pourquoi on n'y a pas pensé avant. Le sourire de Lottie est aussi large que le tunnel sous la Manche. Zara, dit-elle en nous rayonnant fièrement.

— Ma chérie, ce nom est déjà pris. Zara, la chaîne de mode espagnole mondiale, tu te souviens ? dit Kennedy.

— Oh. C'est vrai. Je les avais oubliées.

— Mais c'est une super idée, lui dis-je. Je vais travailler sur le nom.

Le téléphone de Kennedy bipe et elle le prend pour lire l'écran. Son visage se décompose. — Sandra ne saute pas sur l'occasion. Mais ne t'inquiète pas, ma belle. Je vais la travailler au corps.

Ma petite lueur d'espoir s'est estompée. — Bien sûr. Merci.

— Je sais ! Et si on améliorait ta présence en ligne, ma belle ? suggère Tabitha. — J'ai quelques compétences dans ce domaine, et je connais quelqu'un qui peut aider.

— C'est une excellente idée ! On peut toutes t'aider à

te promouvoir sur les réseaux sociaux, aussi. Oh, et parler à tous nos amis et à nos familles de ton talent incroyable, dit Lottie. — Entre Tabitha, Kennedy et moi, on s'occupe de toi.

Je souris à mes amies, mon moral faisant de son mieux pour rebondir. — Merci, les filles. Vous êtes les meilleures.

— Et quant à Asher McMillan ? Il t'aime. Son ex-femme, c'est de l'histoire ancienne. Tu verras, dit Lottie avec assurance.

— Lottie a raison, ajoute Kennedy. — Il a probablement juste besoin de temps pour digérer le fait que son ex soit arrivée ici à l'improviste.

— Et que je ne lui ai pas dit que j'étais au courant pour elle, j'ajoute en laissant retomber mes épaules. — N'oubliez pas cette partie.

Tabitha se cale dans son siège. — Il reviendra, Zee. On sait toutes qu'il est fou de toi.

— Elle a raison. Il t'appelle « ma petite femme », pour l'amour du ciel, ajoute Kennedy. — Et c'est ton plan de secours. Ça doit bien vouloir dire quelque chose.

Lottie passe son bras autour de mes épaules. — Et s'il ne se souvient pas à quel point tu es incroyable, c'est tant pis pour lui, parce que nous, on te trouve géniale. Maintenant, que quelqu'un serve un vrai verre à ma copine ! On doit fêter la nouvelle et excitante entreprise de design d'intérieur de Zara, sans Scarlett.

Je ris en secouant la tête, me sentant plus légère qu'auparavant.

J'ai peut-être perdu l'homme que j'aime, mais j'ai les meilleures amies qu'une fille puisse avoir.

Chapitre 23

*C*HER *P*APA,

Ça fait quatre jours que je n'ai pas vu Asher et j'ai commencé à comprendre le message. Il ne veut pas de moi, et tu sais quoi ? Ça me va. Enfin, pas vraiment « ça me va », c'est plutôt que j'essaie d'apprendre à l'accepter. Et j'y arriverai. Je suis déterminée. Tu as élevé une fille tenace. J'allais bien avant lui, et j'irai bien après lui. Comme on dit, il vaut mieux avoir aimé et perdu que de n'avoir jamais aimé du tout.

De l'avant, toujours plus haut, comme tu disais.

Je t'aime. Tu me manques.

Ta Za-Za xoxo

. . .

– STEVIE, pas bouger. J'utilise ma voix ferme, celle qui dit *je maîtrise la situation, alors ne t'avise de rien*, et je lève la main dans le geste que Dog Diva Denise m'a appris, et Stevie m'observe attentivement. Je recule à petits pas, la main toujours levée.

— Elle va bouger ? demande Kennedy du coin des lèvres alors que j'arrive à ses côtés. — Ce photographe coûte une fortune, alors on a vraiment besoin de réussir ces photos.

— En fait, elle est plutôt sage ces derniers temps. Cette folle du cours de dressage pour chiots l'a bien mise au pas.

Penser au cours de dressage me ramène aussitôt à Asher, et je chasse vite ces pensées. Je me concentre plutôt sur la séance photo. En regardant Stevie, je rayonne de fierté. C'est une si bonne fifille, allongée sur la couverture en fausse fourrure au bout du lit king-size qui la fait paraître minuscule, les oreilles dressées, le regard fixé sur moi.

— Oh, elle se débrouille super bien, déclare Kennedy.

— Je ne te remercierai jamais assez pour ça. Je me tourne vers elle. — C'est difficile à croire qu'il y a peu, Scarlett est partie et je pensais que mon entreprise allait couler, et maintenant, je vais avoir un article dans *Claudette*. Si quelqu'un m'avait dit tout ça à l'époque, je ne l'aurais pas cru.

Kennedy me sourit. — Zara Huntington-Ross, propriétaire de Za-Za Interior Design.

— Ça sonne bien, non ?

— Carrément. Qui t'appelle « Za-Za » ? On t'appelle tous « Zee ».

— Mon père.

D'une certaine manière, j'ai pris exemple sur Emma,

ma belle-sœur. Elle a nommé son entreprise de vêtements de sport d'après son père, Timothy. Je ne vais pas appeler mon entreprise « Sebastian », car non seulement c'est le nom de mon père, mais aussi celui de mon frère, et il a eu bien assez d'attention grâce aux émissions de téléréalité dans lesquelles il a joué, *Dating Mr. Darcy* et *Saving Pemberley*.

Non. Cette entreprise ne concerne que moi, et moi seule. Donc, je change le nom pour Za-Za. Bien sûr, ça ressemble un peu à ScarZar, mais ça vient d'un tout autre endroit.

Ça vient de l'amour.

— Eh bien, je trouve ça parfait et tu sais quoi ? Scarlett va être verte de jalousie quand elle verra cet article et toutes ces magnifiques photos.

— Dieu merci, j'ai signé les papiers pour la retirer de l'entreprise hier.

— Elle ne perd pas de temps, celle-là.

— Tu dis ça comme si c'était une mauvaise chose, je réponds en riant. — Asher avait raison. Me débarrasser de Scarlett est la meilleure chose qui me soit arrivée. Je peux prendre un nouveau départ et vraiment faire en sorte que ma nouvelle aventure en solo marche. Tout ce que je peux dire, c'est que j'embrasserais bien ce client à toi qui a annulé son article dans ton prochain numéro. Sans lui, nous ne serions pas en train de faire ça aujourd'hui.

— Tout s'est bien goupillé, et ça va faire des merveilles pour Za-Za.

L'espoir déferle en moi. — J'espère que tu as raison.

— Je *sais* que j'ai raison.

Le photographe — un Français du nom de Pierre qui porte un béret noir sur un angle désinvolte, nourrissant tous les stéréotypes que j'ai non seulement sur les artistes, mais sur les artistes français — prend photo sur photo de Stevie et de la chambre, et je rayonne de fierté. Stevie est adorablement mignonne dans la chambre que j'ai redécorée pour un client l'hiver dernier, qui a gentiment accepté que nous la photographiions aujourd'hui. Si je peux me permettre de le dire.

C'est l'avant-dernière étape d'une journée complète de séances photo, et Stevie a été une vraie championne tout du long.

Ce chiot mérite un gros os bien juteux. D'abord, nous avons photographié une cuisine-salle à manger à Knightsbridge que j'ai redessinée dans le style Hamptons l'année dernière, puis un salon style campagne avec des portes-fenêtres qui s'ouvrent sur un joli jardin à Maida Vale, et maintenant cette chambre shabby chic. La dernière étape aujourd'hui est l'appartement d'Asher pour prendre des photos d'un espace contemporain et masculin.

Je sais, je sais. Complètement idiot. Et vraiment, si Kennedy ne m'avait pas suppliée et n'avait pas promis de tout arranger elle-même avec Asher, je n'aurais jamais accepté. Mais elle a insisté sur le fait que des photos de son salon compléteraient parfaitement le reportage du magazine, et quand elle m'a dit qu'Asher était en déplacement — probablement pour une mini-escapade romantique à Paris avec Kristen, mais je ne veux pas y penser au cas où ce serait vrai — l'idée m'a convaincue.

Et en plus, ça me donne l'occasion de livrer les étagères pour planches de surf que j'ai fait faire pour lui sans avoir à le voir en personne.

En arrivant à son immeuble environ une heure plus tard, je suis un peu moins convaincue que c'était une bonne idée. Je fais de mon mieux pour ne pas regarder l'endroit sur le trottoir où il m'avait dit de partir cette nuit fatidique. L'endroit où notre amour naissant a été poignardé en plein cœur. À la place, j'affiche un sourire en coinçant Stevie sous mon bras et j'indique aux livreurs de monter l'étagère par les escaliers jusqu'à son appartement.

— Tu vas y arriver, ma belle, me dit Kennedy alors que nous entrons ensemble dans l'immeuble.

— Tu es sûre qu'Asher n'est pas là ?

— Je ne te ferais pas subir ça s'il était là. Je sais à quel point tu l'aimes, et je sais combien tout ça t'a blessée. Allons là-haut, on prend les photos, et ensuite on s'en va. Ça marche ?

— Ça marche. Je me mords la lèvre en montant chaque marche, le cœur de plus en plus lourd. Quand j'atteins l'étage d'Asher, je m'arrête et prends une inspiration avant d'entrer dans son appartement. En y pénétrant, je suis instantanément assaillie par les souvenirs. Bien qu'il n'habite ici que depuis peu, il y en a quelques-uns. Regarder le match de baseball ensemble, déambuler dans l'appartement pendant que nous réfléchissions aux idées de design, prendre les mesures de la penderie et trouver la photo ce jour-là.

Mes émotions se bousculent.

C'est difficile.

— Où est-ce que vous voulez qu'on mette ça ? me demande l'un des livreurs, l'étagère à la main sur le pas de la porte.

— Vous voyez les planches de surf contre ce mur ? Par là, s'il vous plaît.

— Entendu.

Ils placent l'étagère contre le mur et retirent le plastique de protection, je les remercie tandis qu'ils partent. Alors que Kennedy, Pierre et son assistant s'affairent dans le salon, je pose Stevie par terre, sa laisse autour de mon poignet, et je passe la main sur le magnifique bois artisanal. Il est superbement ouvragé, avec des vagues simples et stylisées, évoquant la plage qu'il aime tant. Asher va adorer cette étagère, et elle mettra parfaitement en valeur ses planches de surf.

Quand je l'ai commandée pour lui, nous étions les meilleurs amis du monde, et je voulais faire quelque chose de personnel pour lui dans le cadre du réaménagement de son appartement. C'était censé être une sorte de remerciement pour m'avoir confié ce projet au moment où j'en avais le plus besoin. Maintenant que je suis là, à la regarder, notre amitié en suspens, notre histoire d'amour naissante qui bat de l'aile, un remords me ronge.

Si seulement je lui avais dit que j'avais trouvé la photo.

Si seulement son ex-femme n'était pas arrivée.

Si seulement...

Je souffle un grand coup. Je ne désire rien de plus que d'aller le voir, de lui dire que je l'aime et que je suis désolée de ne pas avoir été franche avec lui au sujet de la photo. Je veux qu'il s'ouvre et me parle de son mariage et de ce qui s'est passé, qu'il le partâge vraiment avec moi et me donne la chance d'être là pour lui, de l'écouter, de le soutenir.

Et pourquoi pas ? Pourquoi ne pourrais-je pas faire tout ça ? Nous étions amis avant de devenir amants. Les meilleurs amis du monde. Notre amitié compte tellement.

Il est temps que je prenne mon courage à deux mains.

Il faut que je le voie.

Je sors mon téléphone de ma poche arrière et cherche son nom dans mes contacts. Avant d'avoir le temps de me dégonfler, j'appuie sur le bouton « Appeler » et porte le téléphone à mon oreille. Mon cœur bat la chamade dans ma poitrine pendant que j'attends qu'il réponde.

L'appel tombe directement sur sa messagerie.

En écoutant sa voix américaine, douce, profonde et familière, me dire de laisser un message, je ferme les yeux et je prends sur moi pour parler. Le bip retentit et je n'hésite pas.

— Allô. C'est moi, je commence, la voix tremblante. Je... je veux te voir. On peut se retrouver quelque part ? Je veux te parler de tout ça. Tout semble si absurde et... et tu me manques, Asher. Tu me manques vraiment, vraiment. Je laisse échapper une inspiration saccadée avant d'ajouter : Alors... appelle-moi. S'il te plaît.

Je mets fin à l'appel et contemple par sa fenêtre les nuages qui se déplacent lentement au-dessus des rangées de cheminées.

Que fera-t-il quand il recevra le message ? Il a dit qu'il m'aimait, mais il a un passé avec Kristen. Un lourd passé. Notre amour peut-il rivaliser avec ça ?

Une voix interrompt mes pensées. — Hé, Zee. Tu peux venir m'aider ?

Je sors de ma rêverie et je vois Kennedy qui me regarde.

— Bien sûr. J'emmène Stevie vers le canapé où j'aperçois la casquette marron des Padres d'Asher avec les lettres « S D » entrelacées, posée sur la table basse. Il a dû regarder un match hier soir. Je la prends et je passe mes doigts sur le bord. C'est à ce moment-là, après le match que nous avons regardé ensemble, que j'ai su avec certitude que j'avais des sentiments pour lui.

Que je voulais bien plus que de l'amitié de sa part.

Que je l'aimais.

—Je veux garder ça, dit Pierre en lorgnant la casquette dans mes mains. Ça ira avec l'ambiance garçonnière, n'est-ce pas ?

— Non, euh, je veux dire, si. Gardons-la. Je vais lui trouver une place. Je la pose sur le canapé et Stevie saute dessus et se met aussitôt à la renifler. Mon cœur se serre tristement. Je la caresse et lui murmure à voix basse : — Il te manque aussi, hein ?

Stevie ne répond pas, principalement parce que c'est

une chienne, mais aussi parce qu'elle est toujours concentrée à renifler cette casquette, s'imprégnant de la moindre parcelle d'Asher.

— Ouais, c'est bien ça, je marmonne.

— Hé, Zee ? Tu veux qu'on mette ces planches de surf sur le rack ? demande Kennedy.

— Je vais vous aider.

— T'inquiète. On s'en occupe. Pas vrai, Dwayne ?

Dwayne est l'assistant de Pierre et, dans son costume violet parfaitement taillé et ses chaussures en cuir verni impeccablement cirées, on dirait qu'il préférerait faire n'importe quoi plutôt que de ramasser une planche de surf.

— Zara est plus forte que moi. Demandez-lui. Je prends le chiot. Pierre me subtilise la laisse de Stevie du poignet et s'assoit à côté d'elle sur le canapé.

— Merci beaucoup, Dwayne, marmonne Kennedy en lui lançant un regard noir.

— Quoi ? Je sors de manucure. Carlos me tuerait si je m'écaillais un ongle, explique Dwayne.

— Ce serait évidemment une catastrophe, lance Kennedy, mais son ton sarcastique lui passe complètement au-dessus.

— Je sais, pas vrai ? est sa réponse.

Kennedy lève les yeux au ciel vers moi. — Les assistants ne sont pas censés assister ?

— De toute évidence, les planches de surf ne font pas partie de sa fiche de poste, je lui dis.

Ensemble, nous penchons les planches sur le côté et glissons chacune d'elles dans le meuble de rangement. En prenant du recul pour avoir une vue d'ensemble, nous convenons que le résultat est parfait, dans un style très sud-californien et balnéaire.

— Son cœur va fondre quand il verra ça, dit Kennedy. Tu le sais. N'est-ce pas ?

— Je crois que son cœur est occupé ailleurs ces derniers temps.

— Tu n'en sais rien.

— J'imagine que non.

Elle me frotte le bras. — Je suis tellement désolée que tu traverses ça.

— Nous sommes deux.

— L'amour, ça craint.

Je souffle. — On peut le dire.

Pierre nous appelle dans le salon, et je m'attelle à préparer le reste de la pièce pour la séance photo. Une fois de plus, Stevie fait un travail remarquable en s'allongeant là où on lui dit et en étant adorable, et en peu de temps, nous avons la photo.

— C'est dans la boîte ! annonce Pierre avec emphase, et juste comme ça, nous remballons nos affaires et nous nous préparons à partir.

C'est à ce moment-là que j'entends une clé dans la serrure.

Le cœur au bord des lèvres, je me retourne pour voir la porte s'ouvrir, m'attendant à voir Asher sur le seuil et souhaitant pouvoir m'échapper par une fenêtre.

À la place, une femme en tailleur-pantalon vert foncé ajusté et lunettes à monture en corne entre dans l'appartement. Elle est accompagnée d'un homme en costume bleu marine, et ils me sourient en entrant. Ils sont suivis par d'autres personnes, toutes habillées de la même manière en costumes sobres et bien coupés, et ils commencent à déambuler dans l'appartement, regardant les meubles et les tableaux, se montrant des choses les uns aux autres et parlant à voix basse.

— Qu'est-ce qui se passe ? je demande à Kennedy.

— Je n'en ai aucune idée, répond-elle d'une manière qui me suggère qu'en fait, si.

Je hausse les sourcils. — Kennedy ?

— Écoute, tu avais l'air d'avoir le cœur si brisé, Zee, et je sais à quel point tu l'aimes.

— Qu'est-ce que tu as fait ? je demande, effarée.

Elle fait une grimace.

— Kennedy ?

— Je l'ai appelé et je lui ai dit que tu étais là. Tu as l'air si malheureuse, Zee, et je sais qu'il t'aime, même si son ex a débarqué et a semé la zizanie avec son histoire de mariage.

— Tu as appelé *Asher* ? je souffle, mon cœur battant si fort dans mes oreilles que j'entends à peine ma propre voix.

— Ne me déteste pas.

— Mais... mais tu as dit qu'il n'était pas en ville.

— Je voulais dire qu'il n'était pas dans le quartier de Notting Hill.

— En ville, ce n'est pas Notting Hill. En ville, c'est Londres. *Tout* Londres.

Elle agite la main. — Des détails, répond-elle avant que son visage ne s'illumine d'un sourire. — Je pense qu'il pourrait bien arriver pour te voir.

— Tu crois ? je souffle.

— Mais qui sont ces gens et ce qu'ils font ici, je n'en ai aucune idée. Je vais demander ?

J'ouvre la bouche pour répondre, mais elle s'est déjà approchée de la femme au tailleur-pantalon vert et a commencé à discuter avec elle.

Et c'est à ce moment-là que je le vois.

Asher.

Mon estomac fait des loopings tandis que je le regarde balayer la pièce du regard. Mon envie de fuir monte en flèche. Je jette un coup d'œil à la fenêtre. Nous sommes trop haut.

Je ne devrais pas être là.

Il faut que je parte.

Je regarde de nouveau dans sa direction.

Trop tard, son regard croise le mien, et une décharge électrique fait trembler tout mon corps.

Au moins vingt personnes s'entassent maintenant dans le salon, et je reste clouée sur place tandis qu'il se fraie un chemin à travers le groupe pour venir vers moi.

Va-t-il encore me dire de partir ? Est-il en colère ?

Je ne devrais pas être là.

Il s'arrête et j'essaie de ne pas remarquer à quel point il est séduisant. Dans son costume bleu marine et sa chemise blanche impeccable au col ouvert, ses yeux bruns, sombres et intenses, me transpercent.

— Salut, murmure-t-il.

— S-salut.

J'essaie d'avaler la boule que j'ai dans la gorge. Sans succès.

— J'espère que ça ne te dérange pas que je débarque comme ça après ta séance photo.

— C'est ton appartement, alors... tu sais.

— Je suis content de te voir. Je... j'ai amené des gens avec moi.

J'esquisse un petit sourire.

— Juste quelques-uns de tes amis les plus proches ?

— Des collègues et des clients, en fait. Je me suis dit qu'ils aimeraient peut-être voir le travail de la décoratrice d'intérieur la plus prometteuse de Londres.

— Tu les as fait venir pour me voir ? je demande, émerveillée.

— Eh bien, toi et ton travail. Je me suis dit que le nouveau ScarZar, ou peu importe comment tu l'appelles maintenant — et j'espère que ce nom exclut complètement ton ancienne associée — pourrait avoir besoin de nouveaux clients. Toutes les personnes dans cette pièce cherchent une décoratrice d'intérieur.

Complètement abasourdie, je parcours la foule du regard.

— Toutes ? je croasse, ma voix irritante et haletante.

— Toutes, confirme-t-il, et au moment où mon regard revient sur lui, il sourit, ses traits doux et aimants.

— Asher, je ne sais pas quoi dire.

— Pourquoi n'irais-tu pas leur parler de ce que tu fais ? Je vais aller me rendre utile.

— D'accord.

Je marque une pause avant d'ajouter :

— Merci de faire ça pour moi. Je... je ne sais pas si je le mérite.

— Va juste leur parler, d'accord ? On pourra discuter plus tard.

Je hoche la tête, mon esprit faisant des bonds entre toutes les possibilités. Est-ce que ça veut dire qu'il m'a pardonné de ne pas avoir mentionné que j'étais au courant pour sa femme ? Est-ce que ça veut dire qu'on est de nouveau amis ?

Ça pourrait même vouloir dire qu'il attend quelque chose de plus de moi ?

Mais ensuite, je me souviens de Kristen, et je redescends brutalement sur Terre avec un bruit sourd et écœurant.

Il m'adresse son sourire à la Asher qui me fait fondre, avant de tourner les talons et de commencer à disposer des choses sur le plan de travail de la cuisine : des verres à vin, des fromages, quelques paquets de chips.

Je le regarde, ahurie. Il s'occupe d'eux, maintenant ? Il avait *prévu* tout ça ?

— Excusez-moi, mademoiselle ? Vous êtes Zara ?

À contrecœur, je détache mon regard d'Asher et me tourne pour voir un homme d'âge mûr, dégarni, avec des sourcils broussailleux et un visage agréable et ouvert. Il tient Stevie dans ses bras.

— Oui, c'est moi. Je vois que vous avez rencontré ma chienne.

— Elle est tout aussi adorable qu'Asher l'avait dit, dit-il alors que Stevie fait ce qu'elle fait toujours : essayer de lui lécher les lobes d'oreilles.

Je cligne des yeux en le regardant. Asher a parlé de Stevie à cet homme ?

— Est-ce que je peux vous parler de mon appartement ? demande-t-il. Je n'ai aucune idée de comment le décorer et je veux qu'il devienne un vrai foyer maintenant que mon divorce a enfin été prononcé. J'ai besoin d'un nouveau départ, vous voyez ?

Mes lèvres s'étirent en un sourire tandis qu'une douce chaleur se propage dans mon corps.

— Bien sûr, je peux vous aider avec ça. Pouvez-vous m'en dire plus ?

Je passe l'heure et demie suivante à discuter avec des clients potentiels pendant que Stevie gambade partout, profitant de l'attention de tout le monde. Mes yeux ne cessent de chercher Asher, et il passe son temps à offrir des en-cas et à remplir les verres de vin, et l'ambiance dans la pièce est à la positivité, à la convivialité et aux possibilités.

Au moment où la dernière personne part, Kennedy, Asher, Stevie et moi nous écroulons d'épuisement dans le salon tant admiré.

— Asher, tu es un génie d'avoir amené tous ces gens ici juste après la séance photo, déclare Kennedy. Combien de nouveaux clients as-tu eus, Zee ?

— J'ai douze rendez-vous dans les deux prochaines semaines, et en plus, il y a ce Sanjay qui passe à la boutique demain midi pour voir des tissus d'ameublement pour retapisser son salon. Apparemment, il veut refaire une de ses « ailes ».

— Sanjay est plein aux as, explique Asher. C'est un banquier d'affaires super riche.

— C'est le genre de client que tu veux, ma belle, me dit Kennedy. Je propose qu'on lève nos verres à une journée totalement réussie. Une séance photo pour le magazine du mois prochain et un tas de nouveaux clients pour Za-Za.

— Za-Za ? demande Asher.

— C'est le nouveau nom de mon entreprise. J'ai enlevé la partie Scarlett.

Il me sourit. — Je suis content pour toi. Pourquoi Za-Za ?

— C'est comme ça que mon père m'appelait.

Ses yeux se plantent dans les miens. — J'adore.

Je lui souris timidement. — Ouais. Moi aussi.

— En fait, vous savez quoi ? Je vais vous laisser tranquilles tous les deux. Kennedy se lève.

— Mais ça va, je proteste.

— Non, non. Je viens de me rappeler que j'ai un truc à faire. C'est super important. Elle me lance un regard encourageant avant de filer hors de la pièce. Un instant plus tard, elle réapparaît brièvement et nous lance : — Salut, vous deux, puis disparaît de l'appartement, le tout en une douzaine de secondes.

Asher et moi nous retrouvons seuls dans son salon, Stevie ronflant doucement sur le tapis par terre.

— Alors, je commence, ne sachant pas trop quoi dire.

— Alors, répète-t-il.

Nous tombons dans un silence gêné avant qu'il ne dise : — J'adore le porte-planches de surf. Tu l'as fait faire sur mesure ?

De ma place sur le canapé, je le regarde, contre le mur. Dans la douce lumière du soir, il est absolument radieux. — Oui. Il y a des vagues dessus pour te rappeler la plage de chez nous.— Où ça ? demande-t-il en se levant et en s'approchant de l'objet. Je n'ai pas encore eu l'occasion de le regarder de près.

Je le suis. — Là, dis-je en montrant le motif. J'ai demandé au type de les sculpter, mais c'est moi qui ai créé le design.

Il se tourne vers moi. — C'est génial.

—Je suis contente qu'il te plaise.

— S'il me plaît ? Je l'adore.

Je vois l'intensité qui se cache derrière ses yeux. Dans un élan de gratitude, je lâche : — Tu as fait tellement pour moi aujourd'hui et je t'en suis tellement reconnaissante. Merci. Je sais que les choses ont été bizarres entre nous ces derniers temps, et je te dois vraiment d'énormes excuses pour ne pas avoir avoué que je savais que tu étais marié. C'était tellement stupide de ma part et je suis vraiment, vraiment désolée. J'espère que tu pourras...

Il interrompt mes paroles en pressant sa bouche chaude et douce contre la mienne, et mes yeux s'ouvrent tout grands de surprise. Il m'embrasse ? Il m'embrasse ! Il me faut un moment pour réaliser ce qui se passe, mais quand j'y parviens, je lui rends son baiser, passant mes mains derrière sa taille alors qu'il me serre contre lui avec ses bras forts et musclés. Tandis que notre baiser s'approfondit, ma tête tourne d'amour, d'excitation — et de confusion. C'est un cocktail puissant, qui nous maintient enlacés pendant un temps vertigineusement long.

Finalement, nous nous écartons pour reprendre notre souffle.

Je suis la première à parler. — Est-ce que ça veut dire... ?

— Ça veut dire que je t'aime, Zee. De tout mon cœur, je t'aime.

Une chaleur délicieuse se propage dans ma poitrine. Il m'aime. Asher m'aime ! Je suis folle de joie. Folle de joie et toujours confuse. — Mais Kristen ? Elle voulait que tu te remettes avec elle, n'est-ce pas ? Vous êtes... ?

— Quoi ? Non ! Ça n'a jamais été une option.

— Mais tu m'as renvoyée pour que vous puissiez être seuls. J'essaie de cacher la blessure dans ma voix.

— Je t'ai renvoyée parce que j'étais blessé et que je devais découvrir ce qu'elle faisait ici. Je ne savais pas qu'elle prévoyait de débarquer, et je ne l'ai certainement pas invitée. C'est fini entre nous, Zee. Terminé. Elle espérait autre chose, mais je lui ai dit non.

— Elle voulait se remettre avec toi.

— Ça n'allait jamais arriver. Pas avec elle. Elle fait partie du passé pour moi. Je l'ai oubliée depuis longtemps, et enfin, elle a signé les papiers du divorce.

— Tu es divorcé maintenant ?

— Yep. C'est officiel.

— Félicitations ? dis-je, et il laisse échapper un petit rire.

— Ça n'a que trop tardé, et je suis heureux d'avoir enfin pu tirer un trait dessus. Et il y a autre chose, dit-il en me serrant contre lui. Je suis tombé amoureux d'une fille, et je suis dingue d'elle.

— Ah oui ?

— Oh, que oui.

Roue, sauts de joie, poing levé en l'air. Je fais tout ça en ce moment même dans ma tête. C'est absolument *génial* !

— Je t'aime, je murmure en empoignant le tissu de sa chemise pour l'attirer à moi et l'embrasser encore.

Quelque temps et une longue séance de baisers torrides sur le canapé de sa nouvelle garçonnière plus tard, je pose mes jambes avec satisfaction sur ses genoux, nos doigts entrelacés. Stevie dort toujours profondément par terre, épuisé par toute l'attention qu'il a reçue un peu plus tôt.

— Je te dois des excuses, Zee, commence Asher. J'ai gardé pour moi ce qui s'est passé avec Kristen, alors que j'aurais dû t'en parler il y a bien longtemps.

— Je comprends. Tu étais blessé. Tu avais besoin de temps.

— Au début, oui. Tu as raison. Mais être ici, dans une nouvelle ville, m'a donné le temps de digérer les choses, et j'ai réalisé que j'étais mieux sans elle. Quand elle m'a quitté pour mon ami Dylan, j'ai été très blessé, alors j'ai fait mes valises et j'ai quitté San Diego.

— Ça a dû être terrible pour toi.

— Ta femme qui complote dans ton dos avec ton meilleur ami ? Ouais, répond-il avec un petit rire. Mais tu sais quoi, Zee ? Au final, j'ai réalisé qu'elle nous avait rendu service à tous les deux. Nous n'étions pas faits l'un pour l'autre, peu importe à quel point j'avais essayé de faire en sorte que ça marche.

— Combien de temps êtes-vous restés mariés ?

— Pas même un an. C'était mon amour de fac. À l'époque, plusieurs de nos amis se passaient la bague au doigt. Ça nous a paru logique de le faire aussi. C'était une erreur.

— Et puis tu es venu ici, à Londres.

Il me serre la main. — La meilleure décision que j'aie jamais prise.

— Ah oui ?

— Sans aucun doute. J'ai pu repartir à zéro sans les rappels quotidiens de ce qui s'était passé. Ici, personne ne savait rien de ma vie à San Diego. En plus, j'ai rencontré une fille incroyablement magnifique qui s'est frayé un chemin jusqu'à mon cœur.

— Vraiment ? Comment s'appelait-elle ? je le taquine.

— Caroline. Ou était-ce Carolyn ? répond-il avec un sourire malicieux, ce qui lui vaut une petite tape de ma part sur le bras.

— Tu es tordant, mon p'tit mari.

— Ne m'en parle pas. *Ma p'tite femme.* — Il charge le dernier mot de sous-entendus tandis que ses yeux se plantent dans les miens, et j'ai des papillons dans le ventre.

Mais là, je mets un peu la charrue avant les bœufs. Bien sûr, je nous vois tout à fait mariés un jour. Peut-être avec une ribambelle d'enfants, deux ou trois chiens et le poulailler qui va avec. Qui sait ?

Mais pour l'instant, je suis heureuse d'être simplement avec Asher. Je suis heureuse d'explorer notre amour, de voir où il nous mène. Ensemble.

Épilogue

— Regarde-la sur cette photo. N'est-elle pas trop mignonne ? dis-je en désignant la photographie en pleine page, le cœur fondant devant l'expression de Stevie. Elle a l'air alerte et intelligente, et on dirait qu'elle regarde le lecteur, le mettant au défi de ne pas l'adorer.

— Tu te rends compte que tu as dit ça pour chacune de ses photos, n'est-ce pas ? demande Asher avec un grand sourire, le bras passé autour de mes épaules alors que nous sommes assis sur le canapé vert émeraude de ma boutique fraîchement rénovée, Za-Za.

Je glousse en caressant Stevie endormie, blottie contre

moi, chaude et douce. — Que veux-tu que je te dise ? J'ai totalement raison.

Il m'embrasse longuement et répond : — On devrait probablement enlever ce rouge à lèvres de nos visages. Tes invités seront là dans moins de deux minutes. La reine de la soirée ne peut décemment pas avoir le maquillage qui a coulé pour l'inauguration de sa nouvelle boutique.

— Mais j'aime tellement t'embrasser.

— Je te promets qu'on pourra faire bien plus une fois que tout le monde sera parti.

— Je te prends au mot, mon chéri.

Pile à ce moment-là, on frappe à la porte, de plus en plus fort, à tel point qu'on dirait une meute d'ogres hurlant pour entrer.

— Ça, ce doit être mes amies si calmes et discrètes, dis-je en me levant d'un bond pour ouvrir la porte. — Salut, les filles.

— Zee, oh mon Dieu ! C'est *trop* génial ! s'exclame Lottie en m'attirant dans ses bras, et je respire une bouffée de son parfum.

— Regarde l'état de ton visage ! déclare Tabitha tandis qu'elle et Kennedy me dévisagent.

— Beaucoup trop de roulage de pelles. Clairement, dit Kennedy. Asher, tu vas devoir faire de ton mieux pour ne pas coller tes lèvres sur notre copine ce soir.

— Je ne promets rien, répond-il.

Tabitha regarde Kennedy d'un air surpris. — Je ne savais pas que les Américains disaient « se rouler des pelles ».

— Cette Américaine est une Londonienne maintenant, répond-elle avec un grand sourire, puis son visage se décompose. Même si je ne me suis pas beaucoup roulé de pelles, moi-même. Ou pas *du tout*, d'ailleurs.

— Il va falloir y remédier. Et vite, réplique Tabitha.

— Charlie Cavendish vient à l'inauguration ce soir, dis-je pour la sonder, en guettant sa réaction.

— Pourquoi est-ce que ça m'intéresserait, Charlie Cavendish ? réplique-t-elle.

— Parce que peut-être qu'en fait, tu ne le détestes pas ? Peut-être que ce dont tu as vraiment envie, c'est de lui arracher sa chemise et de passer tes doigts sur ses abdos en béton pendant que tu l'embrasses à perdre haleine ? suggère Tabitha avec un sourire adorable et − complètement faux − innocent. Elle sait qu'elle la cherche.

Kennedy ricane. — Je t'assure que non. Et de toute façon, ce soir, c'est la soirée de Zee, pas la soirée où je vais rouler des pelles à Charlie Cavendish. Ce que je ne ferai pas. *Jamais.*

Nous hochons la tête et lui sourions toutes les quatre, Asher y compris.

— Quoi ? demande Kennedy, les yeux ronds. Comme nous continuons de lui sourire en coin, elle lance sèchement : — Va te refaire une beauté, Zara. Et toi aussi, Asher. Personne ne veut d'un petit ami avec le visage tout rouge à l'inauguration de la nouvelle boutique de sa copine.

— Oui, chef, répond-il en me lançant un clin d'œil avant de se diriger nonchalamment vers l'arrière de la boutique.

— Ma belle, cet endroit est incroyable, déclare Lottie en me prenant le bras.

Asher et moi avons passé des heures et des heures ce week-end à suspendre des nuages en papier de coton au plafond et à coller du papier peint blanc gaufré sur des panneaux pour les placer derrière des chaises blanches aux jolis coussins bleu pâle. Nous avons ramassé du bois flotté et des coquillages lors de notre toute première mini-escapade en couple lorsque nous sommes allés en Cornouailles il y a quelques semaines. Pendant notre séjour, j'ai pu regarder Asher surfer pour la toute première fois. J'ai même essayé. Disons simplement qu'il était canon et que moi, je ne l'étais absolument pas. Mais le voir avec sa combinaison descendue pour révéler son torse musclé et dessiné après sa session de surf a fait que l'humiliation de tomber de ma planche dans une eau complètement plate en valait absolument la peine.

Et j'en souris encore.

— En regardant autour de moi, j'ai l'impression d'avoir passé la journée à la plage, et maintenant je me détends dans ma maison côtière chic pendant que ma combinaison sèche sur le fil à linge dehors, déclare Lottie.

— Tu ressens tout ça avec quelques nuages duveteux suspendus à des fils ? demande Tabitha en riant. — Sérieusement, Zee. C'est vraiment magnifique ici.

Je leur souris de toutes mes dents. — Merci, les filles.

Je laisse mes amies discuter et me dirige vers l'arrière pour arranger mon maquillage. Asher n'est nulle part en vue, alors j'ouvre mon poudrier et j'essuie du bout des doigts le rouge à lèvres qui a bavé avant d'appliquer une nouvelle couche.

Je rentre dans la boutique et je fais une dernière vérification. J'ai demandé au traiteur de livrer tout un tas de ce qu'Asher appelle des en-cas de plage californiens. Il y a des mini-tacos, des mini-açaïs, ainsi que des chips de maïs avec du guacamole et des coupes de fruits tropicaux. Pour les boissons, nous servons des margaritas, de la bière et du kombucha, et Asher joue le rôle du charmant barman californien.

Le tintement de la clochette au-dessus de la porte m'annonce l'arrivée des invités. Je me retourne et je vois ma famille qui entre. Emma salue aussitôt sa bonne amie, Kennedy, accompagnée de mon frère, Sebastian, qui me lance un sourire et articule silencieusement : « Deux minutes ». Je lui réponds par un grand sourire tandis que Maman et Mamie me saluent en me serrant dans leurs bras et en m'embrassant.

— Pourquoi tout est blanc, Zara ? demande Mamie, avec son air de prédilection, celui de quelqu'un qui *vient d'avaler un citron*.

— C'est une affirmation de style, Maman, explique Maman. N'est-ce pas, ma chérie ?

— C'est du chic côtier, je réponds.

— Je me fiche de ce que ça affirme, ça a besoin de couleur et tu ne veux certainement pas de ces sales bouts de bois flotté ici. Toi, plus que quiconque, tu devrais le savoir, Zara. Tu es allée à cette école de fabrication de meubles et de rideaux.

— Ça s'appelle une école de design d'intérieur, Mamie, et le bois flotté fait partie du concept.

— Eh bien, je trouve ça terriblement bizarre.

— Chut, Maman. C'est le grand moment de Zara. Si elle veut des sales bouts de bois flotté ici, alors il faut la laisser faire, dit ma mère.

Asher apparaît à mes côtés et prend ma main dans la sienne, m'évitant d'avoir à défendre à nouveau mon design. — Bonsoir, Mesdames. Vous êtes toutes les deux magnifiques, dit-il, et Maman se met aussitôt à glousser comme une adolescente. Même Mamie esquisse un sourire.

Tel est l'effet de mon petit ami sur les femmes.

Mon petit ami. Waouh, j'adore dire ça.

— Il fallait bien se faire un peu belles pour notre Zara chérie. Ce n'est pas tous les jours que sa fille lance une nouvelle entreprise. Elle pose sa main sur mon avant-bras et ajoute : J'adore que tu aies appelé ça Za-Za, ma puce. Ton père aurait été si fier de voir ce que tu es devenue.

— Il n'aurait pas aimé les sales bouts de bois flotté, renifle Mamie.

— Maman, prévient Maman.

— Ta mère a raison, Zara. Ton père serait fier de toi, confirme Mamie, le menton levé alors qu'elle ravale l'émotion que la mention de mon père provoque inévitablement en elle.

— N'était-il pas génial, cet article dans le magazine de Kennedy ? dit Asher. Le carnet de commandes de Zara est plein jusqu'en 2035 environ, en ce moment. N'est-ce pas, ma p'tite femme ?

Les sourcils de ma mère et de ma grand-mère se haussent jusqu'au plafond en entendant le surnom qu'il m'a donné.

Je me note mentalement de lui demander de cesser d'utiliser « ma p'tite femme » quand nous sommes avec ma famille. La dernière chose que je veux, c'est qu'elles se mettent à organiser un mariage tout de suite.

Je jette un coup d'œil furtif à Asher. Enfin, pas exactement la *dernière* chose...

— Tu as beaucoup de réservations, Zara ? me demande Maman.

— Pas tout à fait jusqu'en 2035, mais mon carnet de commandes est bien rempli, je réponds en riant.

À vrai dire, j'ai trop de clients à gérer en ce moment. La manœuvre d'Asher d'inviter ses collègues et ses clients à son appartement ce jour-là a commencé à porter ses fruits presque immédiatement, et six semaines plus tard, quand l'article de *Claudette* est sorti, j'ai été inondée de demandes. À tel point que j'aurais vraiment besoin d'employer un autre designer.

Mais pour l'instant, j'aime trop travailler en solo pour ça.

— Cette horrible Scarlett doit se mordre les doigts

devant ton succès, dit Mamie avec un sourire malicieux qui illumine son visage. Bon débarras, c'est ce que je dis.

— Elle peut se mordre les doigts autant qu'elle veut. Elle n'aura jamais le succès de notre Zara parce qu'elle est trop centrée sur elle-même, dit Maman, et je ne peux qu'être d'accord avec elle. Scarlett a été très contrariée quand elle a appris pour l'article de magazine, allant même jusqu'à me rendre visite à la boutique pour s'exclamer qu'elle voulait revenir, que je devais changer le nom pour ScarZar, et que ce ne serait pas tout simplement adorable si nous pouvions mettre toute cette stupide affaire derrière nous maintenant et redevenir amies ?

Ma réponse a été un aimable « merci, mais non merci ». J'ai retenu la leçon avec Scarlett. Elle est devenue rouge de colère et a quitté les lieux en trombe, pour retourner à son poste de designer junior chez Karina où, apparemment, elle doit dépoussiérer les étagères tous les jours et retaper les coussins après que les clients se sont assis dessus.

Je ne suis pas sûre que ce soit exactement l'évolution de carrière qu'elle espérait en abandonnant ScarZar, mais comme le dit le proverbe, comme on fait son lit, on se couche. Ce qui est particulièrement pertinent pour une décoratrice.

Asher dépose un baiser sur ma joue. — Je vais aller servir à boire, d'accord ?

— Je viens t'aider tout de suite.

Il me serre la main. — Reste et discute. Profite de ton moment. Tu le mérites. Il lance un autre sourire à maman et à mamie avant de s'éclipser.

Maman se penche vers moi. — Il me plaît bien, celui-là, ma chérie.

Je jette un coup d'œil à Asher. Il est en train de servir des verres à partir d'un pichet de margarita. Tabitha rit de quelque chose qu'il a dit, et son large sourire rend son visage terriblement séduisant. — Moi aussi, il me plaît bien.

— Pourquoi t'a-t-il appelée « wifey » ? demande mamie. Donne-moi ta main gauche.

— On n'est pas fiancés, si c'est ce que tu penses, je réponds.

Maman me sourit de toutes ses dents. — Mais ça pourrait arriver, ma chérie. Bientôt.

— On ne va pas encore avoir un Américain dans la famille, si ? maugrée mamie.

— Mamie, on vient à peine de commencer à sortir ensemble. Ce n'est que le début.

— Mais tu nous as dit que c'était ton « back-stop boy ».

Je glousse et mon rire se termine en grognement. — Un « back-up guy », mamie. Un « back-stop », c'est le grillage derrière le marbre au baseball.

La passion d'Asher pour le baseball déteint clairement sur moi, si je connais *ce* niveau de détail sur ce sport.

— C'est du chinois pour moi, ma chérie. Contente-toi d'avancer. Si tu l'aimes, épouse-le, dit-elle. Tu l'aimes, n'est-ce pas ?

Un large sourire illumine mon visage tandis qu'une douce chaleur m'envahit. — Oui, mamie.

Maman tape dans ses mains, ravie. — Vous pourrez vous marier et ensuite me faire un petit-enfant.

Je laisse échapper un rire surpris et mes yeux retrouvent Asher. Bien que cela ne fasse que sept semaines et six jours depuis notre tout premier rendez-vous qui s'est terminé en désastre, je sais qu'Asher est l'homme avec qui je veux passer ma vie. Nous y allons peut-être doucement en ce moment, apprenant à nous connaître, explorant cette nouvelle relation qui est la nôtre, mais mon cœur a déjà bel et bien pris sa décision.

Et comme le dit l'adage, on ne commande pas à son cœur.

Et mon cœur veut Asher.

Les gens ont commencé à arriver, et l'endroit se remplit. Je circule, saluant et discutant avec les clients, la famille et les amis. Même si la boutique est petite, nous avons réussi à y faire entrer un nombre décent de personnes, toutes me souhaitant bonne chance, toutes heureuses d'être là pour moi et de soutenir ma nouvelle entreprise.

J'aperçois Victoria et sa fille gothique, Chloe, près de la vitrine et je vais les saluer. — Je suis ravie que vous ayez pu venir. Comment trouvez-vous votre appartement redécoré, Chloe ?

Chloe me gratifie d'un haussement d'épaules désintéressé. — Ça va.

Victoria lève les yeux au ciel. — Elle adore, Zara. Vous avez fait un travail merveilleux. Elle se penche vers moi et me dit à voix basse : — Et j'adore cette superbe lampe que vous m'avez offerte en guise d'excuses.

— C'était la moindre des choses après ce qui s'est passé avec Stevie.

— Eh bien, j'ai certainement apprécié le geste. Dites-moi, seriez-vous disponible pour jeter un œil à ma maison ? Ma salle à manger aurait bien besoin d'un coup de jeune et la salle de billard est un désastre.

— Bien sûr. Je suis assez occupée en ce moment, mais en tant que cliente privilégiée, je ferai de mon mieux pour vous trouver une place.

— Merveilleux.

Je sens une main me tapoter le bras et je me retourne pour voir une femme âgée me sourire.

— Muscles Mavis ! Je suis si heureuse que vous soyez venue. Je me penche pour lui faire une brève accolade.

Mavis a pris l'habitude de passer à la boutique tous les mardis midi pour me saluer. Je pense qu'elle espère que je pourrais décider de suivre quelqu'un et de faire de nouveau appel à ses services. Pour l'instant, je n'en ai pas eu besoin, mais elle ne perd pas espoir. Et j'aime bien sa présence.

— Merci beaucoup de m'avoir invitée, dit-elle. Elle balaie la pièce du regard. — Alors, c'est lequel, votre homme ?

— Je ne manquerai pas de vous le présenter. Il meurt d'envie de vous rencontrer.

— Ah oui ? Eh bien, tant qu'il vous traite bien, ça me va.

Je lui souris de toutes mes dents. — Vous êtes formidable, Mavis. Votre présence ici signifie beaucoup pour moi. Merci d'être venue.

Elle agite la main en l'air. — Oh, n'allez pas être toute émotive et tout le tralala avec moi, maintenant.

Je ris. — C'est un grand jour pour moi.

— Ça, c'est sûr. Profitez-en.

— Bonjour, ma petite sœur qui a bien grandi.

Je me retourne et je vois Sebastian, sa femme Emma et leur adorable fillette Darcy qui me sourient.

— Je suis tellement contente que vous soyez venus, dis-je en les serrant tous dans mes bras et en tapotant le nez de Darcy. Elle glousse avant de cacher sa tête dans l'épaule de sa mère.

— On n'aurait manqué ça pour rien au monde. La boutique est tellement belle, dit Emma. On trouve que tu es tout simplement incroyable, la façon dont tu t'es relevée et retombée sur tes pieds. Tu as vraiment du ressort dans tes jarretières, ma grande.

Je glousse.

— Du quoi dans mes quoi ?

— Oh, c'est une vieille expression du Texas qui veut

dire que tu as de la ressource. J'aime bien conserver le jargon de mon État maintenant que je vis ici.

— Emma a raison pour tes jarretières, même si je trouve que c'est une expression très étrange, dit Sebastian avec un petit rire. J'ai toujours pensé que tu ferais de grandes choses, et te voilà, à nous prouver que tu es vraiment quelqu'un.

Je rayonne à ce compliment. Sebastian et moi avons toujours été proches, surtout après le décès de notre père, mais il ne m'a jamais vue autrement que comme sa petite sœur. Il me taquinait toujours, me traitant de petite peste ou de fêtarde, disant que je ne prenais jamais rien trop au sérieux et que je cherchais toujours à m'amuser.

Il avait raison. Mais plus maintenant. Bien sûr, je m'amuse encore, mais j'ai mûri. J'ai grandi. Et j'ai trouvé mon but dans la vie.

— J'ai toujours cru que tu me prenais pour une éternelle enfant qui ne pensait qu'à s'amuser, je lance avec humour.

— Oh, je le pensais aussi, répond-il, et nous rions tous les deux.

Je pose ma main sur le dos de ma petite nièce.

— Darcy ? Tu veux voir Stevie ? Je sais qu'elle meurt d'envie de te voir.

— Toutou ? demande-t-elle, son attention se reportant vivement sur moi, ses grands yeux marron ronds comme des soucoupes.

— Oui, le toutou. Elle est à l'arrière dans son enclos parce qu'il y a beaucoup de monde ce soir, mais je sais qu'elle adorerait recevoir des caresses de son amie spéciale.

— Moi veux voir toutou, dit-elle à sa mère.

— Eh bien, dans ce cas, nous ferions mieux d'aller la voir, répond Emma.

Je conduis Emma et Darcy dans l'arrière-boutique où

Stevie bondit d'excitation, ravie que quelqu'un lui accorde enfin de l'attention.

— Des mains douces quand tu la caresses, ma chérie, lui conseille Emma en regardant Darcy avec Stevie dans son enclos. Elle se redresse et me dit :

— J'adore le nouveau nom, Zara. Tu rends hommage à ton père, et je trouve ça très spécial.

Ma poitrine se gonfle.

— Je suppose que c'est quelque chose que nous avons en commun.

Elle passe son bras autour de mon épaule et me serre contre elle.

— C'est tout à fait ça.

— Te voilà.

Asher arrive à l'entrée, sa masse emplissant la pièce.

— Tu as un discours à faire.

— Mon discours. C'est vrai. Je demande à Darcy :

— Ça te va si je prends Stevie dans mes bras ?

— Toutou Stevie, répond-elle, ce que je prends pour un oui.

Stevie blottie dans mes bras, nous retournons dans la boutique où Asher fait tinter une cuillère contre un verre à vin pour attirer l'attention de tout le monde. Tous les regards tournés vers moi, je commence le discours que j'ai répété devant Asher — et le miroir — un tas de fois ces deux dernières semaines.

— Stevie et moi vous souhaitons la bienvenue dans notre petit monde chic et côtier, je commence, en soulevant Stevie pour que tout le monde la voie.

— C'est formidable de vous avoir tous ici, et je ne saurais vous dire à quel point je suis profondément touchée par votre affection et votre soutien pour moi et ma nouvelle aventure en solo. Quand ma partenaire commerciale a décidé de partir vers d'autres horizons, un choix s'est imposé à moi : fermer la boutique, au sens propre, ou continuer à me battre. Stevie et moi avons décidé de continuer à nous battre. Du moins, c'est ce que j'ai cru comprendre quand elle courait comme une folle dans la boutique pendant que je faisais les comptes.

Les gens éclatent de rire et applaudissent, et j'entends Asher pousser des exclamations tandis que Kennedy crie :

— Vas-y, ma grande !

— Pourquoi « chic et côtier » ? Eh bien, j'ai rencontré un homme il y a un peu plus de deux ans, et nous sommes devenus les meilleurs amis du monde. Bien qu'il soit associé dans un grand cabinet d'avocats londonien aujourd'hui, au fond de lui, c'est un surfeur californien, un peu un rat de plage, en fait. Cet espace est mon cadeau pour lui, pour lui rappeler sa maison, mais pour m'assurer qu'il reste bien ici avec moi dans notre bonne vieille ville de Londres.

Je repère Asher dans la foule et nous échangeons un sourire.

— Je ne vais nulle part, répond-il, et une vague de rires et d'applaudissements parcourt la pièce.

Je prends une profonde inspiration et baisse les yeux vers Stevie avant de me lancer dans la suite de mon discours. Elle lève les yeux vers moi, comme si elle savait que j'étais sur le point de fondre en larmes. — Vous savez, il manque quelqu'un ce soir. Quelqu'un d'important pour moi. Quelqu'un qui a cru en moi. J'aurais tant voulu qu'il soit là ce soir parce que… Ma voix se brise, et je pince les lèvres pour tenter de retenir les larmes qui menacent de couler. Je réessaye. — Il… Ma voix tremble à nouveau. Quelque chose attire mon attention du coin de l'œil. Je jette un coup d'œil et je vois Asher, qui me regarde avec des yeux pleins de douceur.

— Tu vas y arriver, articule-t-il sans un bruit.

Encouragée, je lui adresse un sourire et je retente ma

chance. — Tous ceux qui me connaissent savent que je suis une vraie fille à papa. C'est vrai. Je hausse les épaules avec un sourire voilé de larmes. — Mais bon, je l'assume complètement. Ce soir, pour le lancement de Za-Za, le surnom que mon père me donnait tout le temps, j'espère qu'il est fier de moi. Fier de la femme que je suis devenue, tout comme je suis toujours fière de l'appeler mon papa. Je prends une profonde inspiration et mes lèvres s'étirent en un sourire. — Je suis maintenant l'unique propriétaire de Za-Za Interior Design, et je suis si impatiente de voir où ce nouveau chapitre de ma vie va me mener. Oh, et Stevie aussi. Il ne faut pas l'oublier. Je fais un grand sourire à Stevie, qui remue la queue.

Un cri de joie fuse de mon groupe d'amies, et je leur adresse un sourire rapide.

Je lève les yeux vers les petits nuages en papier suspendus au plafond. — Papa, j'aurais tellement aimé que tu sois là ce soir. Je t'aime et tu me manques. C'est pour toi. Même si je le redoutais, des larmes roulent sur mes joues et je les essuie rapidement tandis que tout le monde applaudit. Maman se précipite vers moi et me serre fort dans ses bras, écrasant Stevie entre nous.

— Bien parlé, ma chérie, me souffle-t-elle à l'oreille. — Ton père aurait été si fier de toi.

— Merci, maman.

La fête se poursuit encore un moment, puis, quand la plupart des gens sont partis, il ne reste plus qu'Asher, Kennedy, Lottie, Tabitha et Stevie — qui s'est endormie sur mes genoux après toutes ces émotions. Nous sommes assises par terre, à manger les restes, siroter nos verres et discuter. Je suis appuyée contre Asher, sentant la chaleur rassurante de son corps fort et ferme derrière moi.

— Regarde-toi, me dit Lottie avec un grand sourire. — Tu es l'unique propriétaire de Za-Za, une boutique qui est déjà une énorme réussite. Et en plus, tu as aussi ta propre histoire d'amour.

Je souris en levant les yeux vers Asher. — Oui, la vie n'est pas si mal en ce moment.

— Ma belle, avec toi, le shabby a l'air chic, dit Tabitha.

— C'est un jeu de mots ? demande Kennedy.

— Très bon, je trouve, répond-elle.

— Eh bien, personnellement, je suis super contente pour vous deux, dit Kennedy. — Maintenant, si seulement vous pouviez user de votre magie pour régler nos vies, ce serait génial.

— Pas de problème. On peut faire ça, pas vrai ? je demande à Asher.

— Qu'est-ce que vous voulez, les filles ? Des entreprises rentables, de bonnes amies ou un mec canon comme moi ? Il fronce les sourcils d'un air joueur.

Je lui donne un coup dans le bras. — Tu ne peux pas dire que tu es un mec canon. C'est à nous d'en décider.

— Elle a raison, approuve Tabitha. — Seules les filles peuvent décider qui est canon ou pas.

— Carrément, approuvent Kennedy et Lottie.

— Mais oui, je veux absolument tout ça, dit Kennedy avec un air rêveur. — Quoique, j'ai déjà les bonnes amies. Vous êtes les meilleures, les filles, et vous avez rendu mon installation à Londres si facile.

— Je suis contente qu'Emma nous ait confié sa garde, je réponds. — J'imagine qu'on ne peut pas passer tout son temps à la regarder, elle et mon frère, se rouler des pelles. Je frissonne à cette pensée. — Ils en font beaucoup trop.

Tabitha hausse un sourcil. — Et vous deux, non ?

Je glousse tandis qu'Asher dépose un baiser sur le sommet de ma tête.

— Vous allez devoir vous y habituer, désolé. C'est

l'amour qui fait ça, dit Asher, et je lui souris, rayonnante. Mon petit ami. Mon amour.

— Je dois y aller, dit Kennedy en se relevant d'un bond. — Super soirée et bravo, Zee.

—Je devrais y aller aussi, dit Lottie en jetant un regard à Tabitha.

— Oh, oui. Moi aussi, acquiesce-t-elle.

Nous nous levons toutes et nous nous disons au revoir avec des câlins et des « je t'aime », comme si nous n'allions pas nous revoir avant un an.

La boutique désormais vide, à l'exception d'Asher et moi, nous commençons à ranger. Alors que je ramasse les verres vides sur la table, je sens une paire de mains m'entourer la taille. Je me retourne pour voir Asher qui me sourit. Il dépose un baiser sur ma joue et dit : — Tu sais à quel point je suis fier de toi ?

— Vraiment beaucoup ? je hasarde avec un grand sourire.

Son rire est grave et sexy, et sa vibration me parcourt tout le corps. — Je t'ai apporté quelque chose pour marquer le coup. Il plonge la main dans la poche de sa veste et en sort une boîte noire de la taille de sa main, nouée d'un ruban rose vif. — Ouvre-la.

Je défais le ruban et j'ouvre la boîte. Je contemple ce qui se trouve à l'intérieur, le cœur serré d'émotion. — Asher, c'est magnifique, dis-je avec effusion. Avec précaution, je sors le flacon de parfum en verre de son écrin de velours et je l'examine. Comme celui qu'il m'a offert pour mon anniversaire il y a plusieurs mois, ce flacon est splendide. Il est rayé de noir, avec un bouchon en argent ouvragé et délicat. — Est-ce que c'est… demandé-je, en pensant à mon tableau Pinterest et à ce même flacon de parfum antique en verre de Murano que je convoite depuis si longtemps.

— Oui.

— Mais comment ? Ça a dû coûter une fortune.

Il hausse les épaules, les yeux pétillants. — Tu le vaux bien. Et puis, tu n'as pas voulu que j'investisse dans cet endroit, alors il fallait bien que je fasse *quelque chose* de mon argent.

Je lui adresse un sourire radieux, le cœur débordant d'amour et de bonheur.

Nous avons commencé en tant que meilleurs amis, et nous voilà aujourd'hui amants. Tomber amoureuse de son meilleur ami, de son client et de sa roue de secours n'est peut-être pas la chose la plus sage à faire, mais pour nous, c'est le dénouement parfait d'une histoire parfaite.

Et je n'aurais voulu qu'il en soit autrement pour rien au monde.

CHER PAPA,

Les choses se sont plutôt bien passées pour ta petite fille. J'ai une entreprise qui marche, un super groupe d'amis, et je suis amoureuse de l'homme le plus merveilleux qui soit.

Alors, s'il te plaît, ne t'inquiète pas pour moi, Papa. Je suis entre de bonnes mains.

Tu me manques. Je t'aime.

Ta Za-Za, pour toujours, xoxo

Plus de titres dans la série Cœur à prendre

Ne jamais craquer pour son **faux fiancé**

Surtout pas à la Saint-Valentin

Autrice bestseller du USA Today
KATE O'KEEFFE

Ne jamais craquer pour celui qui vous a **échappé**

Surtout s'il était son premier amour

Autrice bestseller du USA Today
KATE O'KEEFFE

De la même auteure

La série Sœurs et cœurs

La série Royalement amoureux

ROYALEMENT AMOUREUX

Un amour
royalement
imprévu

Auteure bestseller du USA Today
KATE O'KEEFFE

ROYALEMENT AMOUREUX

Une
princesse
fuite

Auteure bestseller du USA Today
KATE O'KEEFFE

ROYALEMENT AMOUREUX

Un
amour
royalement
interdit

Auteure bestseller du USA Today
KATE O'KEEFFE

LA SÉRIE AMOUR EN DIRECT

Un bébé
pour
Mr. Darcy :
Le défi

Auteure bestseller du USA Today
KATE O'KEEFFE

Mr. Bingley :
Hors caméra

Une nouvelle
Amour en direct

Auteure bestseller du USA Today
KATE O'KEEFFE

LA SÉRIE POUR TOUJOURS... OU PRESQUE

TROIS FOIS POUR TOUTES

USA TODAY Bestselling Author
KATE O'KEEFFE

QUATRE FOIS POUR TOUTES

USA TODAY Bestselling Author
KATE O'KEEFFE

FINI LES MAUVAIS RENCARDS

Autrice bestseller du USA Today
KATE O'KEEFFE

FINI
LES
RENCARDS
CATA

Autrice bestseller du USA Today
KATE O'KEEFFE

FINI
LES
RENCARDS
DÉSASTREUX

Autrice bestseller du USA Today
KATE O'KEEFFE

ROMANS INDÉPENDANTS

De la même auteure en anglais

Royal Romcoms:

The Backup Princess
Royally Matched
The Royal Runaway
Royally Off-Limits

Hockey Romcoms:

Mistletoe Face Off
The Rebound Play
Offside and Off-Limits

Small Town Romcoms:

Faking It With the Grump
Faking It With My Best Friend
Faking It With the Guy Next Door

Romcoms Set in Britain:

Dating Mr. Darcy
Marrying Mr. Darcy
Falling for Another Darcy
Falling for Mr. Bingley (spin-off novella)
Never Fall for Your Back-Up Guy

Never Fall for Your Enemy

Never Fall for Your Fake Fiancé

Never Fall for Your One that Got Away

Romcoms Set in New Zealand:

One Last First Date

Two Last First Dates

Three Last First Dates

Four Last First Dates

No More Bad Dates

No More Terrible Dates

No More Horrible Dates

Co-Authored with Melissa Baldwin:

One Way Ticket

Lacey Sinclair spicy romances:

Manhattan Cinderella

The Right Guy

Playing with Fire

Stolen Kisses

Note aux lecteurs

Je suis ravie de partager ces livres en français ! N'ayant moi-même qu'un français scolaire (qui ne m'a jamais servi qu'à commander à déjeuner et trouver les gares) j'ai utilisé la technologie de traduction IA comme point de départ, puis j'ai fait réviser et polir le texte.

Mon objectif était d'offrir ces histoires aux lecteurs francophones de la manière la plus fluide possible. Si jamais vous remarquez une petite bizarrerie dans la formulation, c'est pour cette raison, mais j'espère que l'âme de l'histoire reste exactement la même.

Kate xoxo

À propos de l'auteur

Kate O'Keeffe est une auteure multi-récompensée et bestseller du *USA Today*, reconnue pour ses comédies romantiques amusantes et feel-good, débordantes d'humour, d'émotion et de fins heureuses. Originaire de Nouvelle-Zélande, Kate a créé de nombreuses séries populaires, s'attirant un lectorat international dévoué.

Avec un talent pour les dialogues spirituels et des héroïnes irrésistibles naviguant dans les hauts et les bas des rencontres modernes, les romans de Kate mettent en scène des amitiés solides, des situations comiques et bien sûr la route parfois cahoteuse mais toujours pleine d'espoir vers l'amour.

Quand elle n'écrit pas, on peut souvent trouver Kate en train de lire des comédies romantiques, de regarder ses séries préférées en binge-watching, ou de passer du temps avec ses amis et sa famille dans la magnifique région de Hawke's Bay en Nouvelle-Zélande.